A E
& I

El susurro de la mujer ballena

Autores Españoles e Iberoamericanos

Esta novela resultó finalista del I Premio Iberoamericano
Planeta-Casa de América de Narrativa 2007,
concedido por el siguiente jurado:
Miguel Barroso, Juan Gossaín, Gabriel Iriarte,
Eduardo Mendoza y Juan Villoro.
La reunión del Jurado tuvo lugar en Bogotá
el 21 de abril de 2007.
El fallo del Premio se hizo público dos días después
en la misma ciudad.

Alonso Cueto

El susurro de la mujer ballena

Finalista del Premio Iberoamericano
Planeta-Casa de América de Narrativa 2007

Ilustración de portada: © Camille Bombois, VEGAP
© Geoffrey Clements / Corbis

© 2007, Alonso Cueto
© 2007, Editorial Planeta, S. A. – Barcelona, España
© 2007, Editorial Planeta Mexicana, S.A. de C.V.
Avenida Presidente Masarik núm. 111, 2o. piso
Colonia Chapultepec Morales
C.P. 11570 México, D. F.

Primera edición en España: junio de 2007
ISBN: 978-84-08-07399-4

Primera edición en América: junio de 2007
ISBN: 978-958-42-1685-4

Primera edición en México: junio de 2007
ISBN: 978-970-37-0620-4

Impreso en los talleres de Litográfica Cozuga, S.A. de C.V.
Av. Tlatilco núm. 78, colonia Tlatilco, México, D.F.
Impreso en México – *Printed in Mexico*

www.editorialplaneta.com.mx
www.planeta.com.mx
info@planeta.com.mx

Este libro está dedicado a Carlos Cueto Fernandini
y a Lilly Caballero de Cueto

«Miss Amelia let her hair grow ragged, and it was turning gray. Her face lengthened and the great muscles of her body shrank until she was thin as old maids are thin when they go crazy. And those grey eyes —slowly day by day they were more crossed, and it was as though they sought each other out to exchange a little glance of grief and lonely recognition.»

CARSON McCULLERS, *The Ballad of the Sad Café*

I

Mi cita era a las seis, y había llegado tarde.

Estaba parada en el umbral. Miré el reloj.

La recepcionista me dijo que me sentara. El doctor no iba a tardar mucho, me insistió.

Me senté. La sala tenía muebles anchos y pinturas de atardeceres. Había muchos barquitos descansando en las orillas. Pensé que era una sala hecha para tranquilizar a pacientes como yo.

Leí algunas revistas. Las dejé a un lado. Me puse a dibujar en un papel. Algo parecido a lo que hacía en la clase de Miss Tina. Después de llenarlo, arrugué el papel y lo puse en mi cartera.

Por fin la puerta se abrió. Mi médico, Pepe Barco, estaba de pie, y sonriendo, junto a la puerta. Me saludó con más cariño del usual, lo que me preocupó.

Su consultorio era un lugar amplio, con estantes llenos de libros, algunos diplomas y muchas fotos de sus hijas. En la esquina había una planta alta y frondosa, un objeto algo excesivo para esa habitación. Pero todo el resto —los cuadros, los libros, los adornos— parecía haber sido colocado en su lugar.

Era una oficina agradable, como el médico que la ocupaba. Quizá por eso, yo había ido allí tantas veces, siempre para consultarle acerca de mis alergias y demás problemas.

Nos sentamos. La luz del final de la tarde lo iluminaba en ese momento. Era casi un sueño realizado. Un hombre fuerte y bondadoso frente a mí.

—Bueno, todo está en orden —me dijo mientras sostenía las hojas del informe.

—¿Estoy bien? —le contesté.

—Estás estupenda —me felicitó—. La glucosa, el colesterol, los leucocitos y los hematíes. Todo normal. Mira.

—¿Y de lo demás no hay problema?

—Todo está bien. No hay de qué preocuparse.

Di un suspiro de alivio. Miré hacia la ventana.

—Bueno… qué bien.

—La noche que te trajeron en la ambulancia nos diste un susto tremendo. No me puedo olvidar de cómo estabas, toda bañada en sangre. En cambio ahora, mírate, estás radiante.

—Bueno, por lo menos recuperada. Gracias a ti.

En ese momento sonó el teléfono. Lo oí decir que llamaría más tarde.

—Y todo lo demás, ¿qué tal? —me dijo.

—Bien. Todo tranquilo.

—¿Todo bien con la familia?

—Ay, sí. Mi hijo Sebastián va a terminar el año con buenas notas en el colegio. Está muy bien.

—¿Y en el trabajo?

—Bueno, la verdad es que me encanta mi trabajo. Me hace aprender algo nuevo todos los días. Además, a veces hago viajes interesantes. Y ahora vamos a ampliar la sección.

—Me alegro mucho, Verónica. Ya todo pasó, entonces.

Hablamos un rato más. Nos despedimos.

Mientras salía, pensé que tenía razón. Sí, en cierto modo ya todo había pasado. Me sentía más tranquila. Pero él no sabía nada de lo que había tenido que ocurrir para llegar a este punto.

* * *

Al salir del consultorio, en vez de ir de frente al ascensor, seguí por el pasillo de la clínica. De pronto me encontré con la habitación donde me habían internado un tiempo antes. Entré. Estaba vacía.

Me quedé allí un rato, todo lo que pude.

Esa tarde, al llegar a mi auto, tomé la decisión. Iba a terminar de escribir este libro. Iba a encontrar un modo de escribirlo en las mañanas, en las noches, los fines de semana. Recuerdo que era un día de fines del 2005.

Durante los meses anteriores había reunido apuntes, fragmentos, un diario personal. Pero esa tarde, después de estar en la habitación, me decidí a terminar de contar la historia y a buscar que se supiera, a pesar de todos los riesgos. La he escrito por ella.

Quiero aclarar que en esta versión he cambiado los nombres y algunas circunstancias. No puedo aparecer aquí con mi verdadero nombre, ya se entenderá por qué.

Gracias a la gestión de una amiga, le di el texto a un escritor que ha agregado algunas frases y ha quitado otras, pero no ha omitido nada.

La historia con Rebeca empezó, o más bien se reinició, precisamente durante uno de mis viajes como periodista de la sección internacional.

* * *

Una mañana, al llegar al periódico, recibí una llamada de Lucho, el director.

Lo encontré como siempre, ocupado frente a la computadora.

—Hay un viaje en tu presupuesto que no se ha cumplido —me dijo—. Te sugiero ir a Colombia.

—¿De qué quieres que escriba?

—De todo. Como siempre.

Mi encargo en Bogotá era escribir una serie de informes sobre la situación general. Lucho me lo describió. Un texto con el sabor de una crónica y la seriedad de un informe, ¿me entiendes? Datos de la economía, declaraciones de la gente de la calle y algo de comentario general. ¿Te parece?

Claro.

El último de los viajes de mi vida, tal como era por entonces, resultó interesante y hasta divertido. Todo salió como lo había previsto. Llegué al Hotel Tequendama de Bogotá muy temprano un martes y de inmediato llamé a confirmar mi cita con el presidente Uribe.

Un taxi me dejó en el barrio de La Candelaria y tuve tiempo de tomar un café mientras miraba pasar a la gente. A las doce estaba sentada en el despacho presidencial. Uribe salió de una puerta y me sonrió.

Durante la conversación, recordó a su padre muerto por la guerrilla y habló de su afición a escribir poemas. Me dijo que su esposa era una gran lectora de poesía, y que de vez en cuando reunía en el Palacio de Nariño a un grupo de poetas para recitar y comentar libros recientes.

No solo hablé con él. También con la ministra de Relaciones Exteriores y con líderes de la oposición, también con los escritores Jorge Franco Ramos y Juan Gustavo Cobo Borda. Y con mucha gente de la calle. Gracias a un amigo periodista, me encontré con un exmiembro de las FARC que me hizo dos o tres confesiones. Escribí también una crónica sobre mi visita a la colección de Fernando Botero. Arte, gobierno, violencia y literatura. Espero que sea un buen cóctel de temas, le dije a Lucho en un correo.

Mandé partes del informe tres días seguidos al periódico en Lima, y el cuarto paseé por la ciudad. Caminé mucho por La Candelaria. Un ambulante me tomó una foto junto a la Alcaldía (tengo la foto aquí cerca, como un recuerdo). La última tarde comí un exquisito ajiaco en casa de una amiga a la que no había visto en muchos años.

Llegué al aeropuerto esa noche, pensando en todo lo que me esperaba en Lima. Tenía que presentar un informe sobre la marcha de mi sección al día siguiente frente al directorio del periódico.

El vuelo estaba casi lleno. Hice una cola larga, siguiendo los pasos de unos mochileros rubios que despedían un olor a tierra. Por fin, entré al avión equipada con una novela que había empezado en el hotel. En el corredor del avión, empecé a sentir frío.

Vi a dos monjas sentadas en el asiento delantero. Ambas miraban de frente. Parecían ensimismadas, atentas a un rosario entre los dedos. Miré hacia el fondo. La mitad o más de los pasajeros hablaba por sus celulares.

Aunque le tengo pánico, la altura me fascina. Quizá por eso en los aviones escojo sentarme junto a la ventana. Durante esos segundos en los que el avión despega y me quedo de pronto suspendida, me siento (perdonar la cursilería) como un ángel que se escapa de su cuerpo.

Saqué una libreta y me puse a escribir. Encontré la libreta hace poco. Había escrito algo así.

En un avión somos seres transitorios. El cuerpo que vuela sobre el mundo está como liberado de su propia materia. Vuela, flota, está suspendido. Allí arriba no estamos en ningún país, no pertenecemos a ninguna región, no tenemos un nombre o un oficio. Somos una parte minúscula del gran aire cósmico, un punto oscuro, un organismo sin tiempo ni espacio definidos. *El presente se aísla durante unas horas para reconocer el pasado y postergar el futuro: un pasajero ha dejado un lugar y no ha llegado a otro. Su estado es transitorio, habita una pausa entre dos modos de vida. Viene de un clima, de un cielo y de unas paredes, de un conjunto de obligaciones, y se dirige hacia otro. Por el momento solo recuerda y espera. Después de algunas horas, el mundo da una voltereta y el caos se regenera. Al aterrizar nos reinsertamos lo mejor que podemos entre las cosas. Aterrizar, regresar, llegar, las antiguas cosas nuevas. Venimos de afuera, de lejos. Siempre estamos partiendo y llegando, y regresando. Para mí, viajar siempre ha sido un verbo temerario.*

Por entonces, me había dado por escribir cosas así.

Estábamos a punto de despegar. Hice lo que siempre hago en esos casos: apreté al máximo el cinturón de seguridad, pensé en mi hijo y recé algo. Tuve la tranquilidad de comprobar que varios días de buena comida colombiana no habían sido suficientes para desarrollar demasiado mis caderas.

* * *

Quizá porque pensaba en eso, noté las dimensiones de la mujer que se había sentado a mi derecha.

Era un organismo descomunal.

Una gorda de brazos como oleoductos, embolsada en un traje negro, estaba a mi lado. La azafata le dijo que le iba a traer un cinturón especial.

La vi apenas por el rabillo del ojo, pues no quería llamar su atención.

Sentí un estremecimiento helado.

¿Era ella? Sí, era ella, claro.

Movía uno de los brazos, del que colgaba una lonja sobrante de carne. Estaba rebuscando algo en su cartera, insistiendo con los dedos, arañando algún objeto en el fondo de la cartera una y otra vez. Tenía la piel tostada, como si estuviera recién llegada de unas vacaciones playeras. Me concentré en mi libro. Las letras me temblaban.

Después de un rato comprendí que en realidad mi compañera de asiento no parecía estar buscando nada.

Estaba entregada, más bien, a un ejercicio repetido y desesperado. Solo quería seguir rasgando los objetos que guardaba en el bolso —tenían un sonido a peines, pomos, chisguetes, un monedero. Era como si quisiera romperlos.

El bolso parecía un animalito de cuero muerto que ella gozaba torturando. Llevaba anteojos de lunas oscuras, con aspecto de antifaz.

Despegamos. Nos sumergimos en un vacío negro y tranquilo. Traté de concentrarme en mi libro. El autor de la novela era Sándor Márai y contaba la historia de Henrik y Konrad. Me la había recomendado una amiga. La había leído en las varias noches de hotel y me faltaba poco. Llegué al final.

A mi lado, ella se había quedado inmóvil. No estaba durmiendo. Estaba como paralizada, con los ojos abiertos. Yo me propuse quedarme dormida. Esperaba que no me reconociera. Que no me reconociera, Dios mío.

Después iba a recordar que a lo largo del viaje ella no leyó, ni vio la película, ni escuchó música, ni apenas se movió. Estuvo mirando hacia delante como una esfinge, concentrada en la espalda del asiento delantero. Cuando se movía, era solo para buscar algo rápido en el bolso. Comprobaba que estaba allí y luego se quedaba tranquila. Yo apenas la miraba.

En algún momento, me levanté para caminar por los pasillos del avión. Luego entré al baño. Me quedé allí todo lo que pude. ¡La cantidad de avisos que hay en el baño de un avión: advertencias, precauciones, órdenes, todo escrito en letra roja! Me quedé allí hasta que alguien tocó la puerta. Era la azafata. Salí con una sonrisa y avancé por el pasillo.

Fue entonces cuando ocurrió el incidente.

Al entrar a mi asiento, mi pierna se topó con su vasito de café, que le cayó sobre las piernas. Un racimo de líneas marrones se extendió por su vestido.

—Disculpa —le dije—, lo siento mucho.

No me contestó. Tenía las manos en alto, como un pájaro grande tratando de alzar vuelo.

Repetí las disculpas varias veces, pasé unas servilletas por el vestido y me senté a seguir leyendo. ¿No me había reconocido? Parecía que no. ¿No debía ofrecerme a llevarle el traje a la lavandería? Perdona, hola, cómo estás, no te había reconocido, ¿quieres que te lleve el traje a la lavandería? Pero mejor no, para qué voy a decir algo así, pensé. Sería un exceso de cortesía o de estupidez. Era obvio que había sido un accidente.

Nos quedamos en silencio.

El avión se estaba inclinando para el aterrizaje. Miré el reloj. Tenía una sensación extraña. Me parecía que algo terrible estaba a punto de ocurrir.

Lo que pasó a continuación es en realidad la primera escena de esta historia.

Me apoyé en el asiento. Volteé hacia ella. Me estaba mirando.

Quizá me había estado mirando desde hacía un rato. Tenía unos ojos negros y secos, como piedras.

—No te has dado cuenta, ¿no? —me dijo.

Sonreía. Sus dientes se mostraron en toda su extensión. Pronunciaba cada palabra con una voz áspera, como si estuviera expulsando algo sólido.

Me quité los anteojos.

—¿Perdón? —dije.

—No me reconoces, ¿no? Soy Rebeca, ¿no te acuerdas? ¿No te acuerdas de mí?

Solo entonces la vi de frente.

En la piel gruesa, de pronto, como un acto de magia, apareció el dibujo claro de sus facciones. Era como un maleficio sonriente del pasado. La cogí de una mano. Estaba fría y suave.

—Rebeca, claro, claro que sí. ¿Cómo estás?

—Bueno, como puedes ver, no me va muy bien. Mira cómo estoy.

Una de las manchas del café se había extendido y formaba un camino largo entre sus piernas.

—Discúlpame, Rebeca. De verdad.

—No te preocupes, no te preocupes. Puedo comprarme otro vestido. Ese no es el problema.

—¿Qué pasa?

Dejó de sonreír. Miraba hacia delante. Estaba apoyando la mano en la barbilla.

—Es que estoy muy mal. ¿No me ves?

Extendió las manos como haciendo un recorrido sobre su cuerpo.

—No. ¿Por qué?

Se inclinó hacia mí. Las manchas en el vestido se doblaron.

—Bueno, por lo que imaginas.

—¿Por qué dices eso?

Me miró de frente. Una voz suave.

—¿No te parece obvio?

—Bueno, no sé.

En ese instante, como en una emboscada, recuerdo los sonidos de esa noche.

—Bueno, pero me parece que está bastante claro.

—¿Qué? —me atreví.

—Estoy mal obviamente por lo que me hicieron en el colegio, Verónica. Las burlas, las risas, las cosas que me decían, todo lo que me hacían. La vez que me tiraron las cosas de mi lonchera al basurero, por ejemplo. ¿Te acuerdas?

Me froté las manos y miré por la ventana. Luego volteé hacia ella. Me observaba con una especie de serenidad.

—¿No te acuerdas? —insistió.

Hubo un largo silencio.

Miré hacia abajo.

¿Me acordaba? Claro que sí. Un día, durante el recreo, Tita Traverso le vaciaba los panes y dulces de la lonchera. Lo tiraba todo al tacho de la basura. El ritual había durado cinco o diez minutos. Tita y sus amigos echando sus cosas. Yo había estado allí cerca. No lo había hecho, pero lo había visto hacer. Sus dulces, su botella, sus panes, todo rodando por el jardín y luego en el basurero, y las chicas y los chicos riéndose. Para que no sigas engordando, gorda. Para que hagas dieta, Rebeca. Ella se había dado la vuelta y se había ido corriendo. Yo me había ido, en señal de protesta.

Al día siguiente lo había comentado con Hugo, uno de los chicos. Me parece muy mal lo que hicieron ayer. Es que queríamos divertirnos, me había respondido. ¿Divertirse, querían divertirse? Qué dices, Hugo. Son unos inmaduros todos ustedes, oye.

—Sí, sí me acuerdo —le dije, mirándola—, pero bueno, es que los chicos lo hicieron sin mala intención. Es que eran muy inmaduros. Hugo, Oswaldo, Doris y Tita... todos eran muy inmaduros. Pero no eran malos. A veces los muchachos son así, pues.

—¿No eran malos, Verónica? ¿No te parece que eran malos?

La voz había sonado como una puñalada.

—No, no sé. Pero hablamos de eso, ¿te acuerdas? Y tú me decías que no te importaba. ¿No te acuerdas?

—Pero ¿tú me creías? Sí, claro que me creías.

La imagen apareció otra vez. Una ronda, unas voces, su cuerpo en el medio.

Nos quedamos en silencio. El rostro parecía haberle crecido.

De pronto, el ruido del avión regresó para instalarse entre nosotras. Estábamos dando vueltas sobre el mar. Cogí una revista.

—Bueno, lo siento. ¿Qué más te puedo decir? Lo siento por todo.

Los focos del panel se prendieron. Una voz anunció que pasarían a recoger los auriculares.

Las luces de Ancón brillaron a lo lejos.

Tuve que voltear hacia ella. Sus ojos tenían una luz pequeña en el centro.

Crucé las piernas. Dejé la revista a un lado.

—¿Y ahora qué haces? —le dije—. ¿En qué trabajas?

Miró hacia adelante.

—Es que ahora todo ha cambiado.

—¿Ha cambiado? ¿Por qué?

Se frotaba los dedos como si quisiera sacarse algo de la piel.

—Porque recibí una herencia.

—¿Una herencia?

—Una herencia de un millón de dólares… me los dejó una tía.

Me sonrió mientras asentía con la cabeza.

—Caramba, Rebeca. Te felicito, oye. Un millón de dólares no se recibe todos los días.

Las alas del avión crujieron. Nos habíamos enredado en un grupo de nubes.

Me aferré al asiento. El avión se elevó y empezó a dar otra vuelta.

—Sí, una tía que siempre me quiso… —continuó—. Mi tía Carolina. Juntó toda esa plata, dólar por dólar, solo para dejármela. La invertí en una empresa. Y del millón que tenía ahora tengo diez millones de dólares. No hago nada —alzó los brazos—. Tengo un negocio de exportación que camina solo. Tengo lo que mucha gente quisiera tener. Tiempo y dinero. Mucho tiempo y mucho dinero, la verdad. Ahora mismo vengo de viaje de una playa en el Caribe. ¿No me ves?

Pasó la mano delante de su cuerpo.

—Vaya, cuánto me alegro.

—¿Te alegras? ¿De verdad te alegras?

—Claro que sí.

Me ofreció una sonrisa larga.

—Bueno, dime. ¿Por qué dices que te alegras, Verónica?

—Bueno, no sé, porque me alegro de que te vaya bien.

—Pero ¿por qué te alegras de que me vaya bien? A ti no te importa nada de lo que me pase.

—No sé por qué dices eso.

—¿De verdad te alegras?

—Me alegro por ti, Rebeca. De veras.

Hubo una pausa.

—Y tú, ¿qué haces? ¿A qué te dedicas?

El avión se elevó. Estaba buscando un pasaje por donde atravesar la red de nubes. Me parecía que nos habíamos inmovilizado.

—Trabajo en un periódico. Por mi carrera viajo a veces.

—¿En qué periódico trabajas?

—En *El Universal*.

—Caray, un trabajo interesante. ¿En qué sección?

—En la página internacional.

Miró hacia abajo, como si estuviera meditando.

—Dime una cosa —dijo.

—¿Qué?

—¿Podríamos vernos? —susurró—. ¿Como antes?

—¿Vernos?

—Me gustaría verte un día, no sé. Para conversar. Tenemos tanto de qué hablar. Como en el colegio.

—Bueno, sí. Si quieres.

Tras una turbulencia breve, vi por fin las luces pálidas de Lima. El avión se inclinó rápidamente y dio un golpe contra la pista.

—Tenemos tanto que hablar —repitió, bajando la voz.

Puso las manos entre las piernas.

—Si quieres, llámame —me resigné a contestar.

La voz de la aeromoza anunció que debíamos quedarnos sentadas. Esperaban vernos en un próximo vuelo.

—¿Tienes una tarjeta?

Miré por la ventana.

Rebeca se desató el cinturón.

—No, no tengo tarjeta.

—Me parece raro. Una profesional como tú sin tarjeta.

La azafata se acercó.

—Abróchese el cinturón por favor, señora.

Rebeca se lo abrochó con dificultad.

Incliné la cabeza y cerré los ojos.

Pensé en mi esposo Giovanni, que estaría viendo televisión. Y en mi hijo Sebastián. Ya debía estar dormido.

De pronto la voz de Rebeca me hablaba de muchas cosas al mismo tiempo: la universidad a la que había ido en Estados Unidos, su fábrica en Los Olivos, el departamento en San Isidro donde vivía sola.

—Estoy sola pero me alegro —concluyó—. La soledad es como un hogar en cierto modo, ¿no?

Siguió hablando. El avión avanzaba, arrastrándose en medio de una explanada de aviones dormidos. Todo se veía borrado por la neblina, como a una gran distancia. Aunque yo miraba hacia fuera, ella seguía hablando. Había un edificio y unos hangares. Me parecía que su voz servía de fondo a un paisaje espectral.

Seguíamos avanzando.

Miré el reloj. ¿Tan lejos habíamos aterrizado? Te contaré que acabo de estar en una isla en Bahamas, seguía diciendo Rebeca. El mar era de un color esmeralda y la arena blanca, blanca, blanca como el azúcar. No sabes lo rico que era estar allí. Por las mañanas me despertaba, tomaba desayuno y luego iba a la playa a olvidarme de todo. No llevaba libros ni revistas ni nada parecido. Solo me echaba allí, dispuesta a olvidarme. Solo quería echarme sobre la arena y quedarme allí. ¿Qué te parece?

Me la imaginé. Pensé que tendría una ropa de baño negra, hecha de hule.

Por fin, el avión se detuvo.

Me paré, le dije hasta luego, le ofrecí una rápida sonrisa y bajé mi maletín. Entré en el pasillo del avión. El par de monjas avanzaba hacia la puerta. Logré escurrirme entre ellas y dejarlas atrás mientras escuchaba un sonido de reproche. Qué malcriada, dijo una de ellas. Vi la cabeza de Rebeca desapareciendo entre el tumulto de los otros pasajeros que descargaban los maletines. Avancé por el corredor de entrada junto a los avisos de Machu Picchu y del pisco, y me atreví a mirar hacia atrás. La había perdido por el momento. Sin embargo, en la cola de migraciones la volví a ver de lejos.

Por fin llegué a la ventanilla. Un agente de ojos tristes me dijo «Bienvenida», mientras me ponía un sello en el pasaporte.

Llegué a la sala donde se recogen las maletas. Esperé. Las monjas estaban junto a mí. Se decían algo entre carcajadas. Parecían estar contándose chistes rojos.

De pronto la vi materializarse a mi lado. Era como si su hada madrina la hubiera traído desde el final de la cola.

¿Tienes muchas maletas?, dijo. No, solo tengo una. Ha sido un viaje corto. Igual estoy cansadísima. Yo pensaba proponerte ir a tomar un trago. Ahora no, estoy muy cansada. ¿Otro día? Ay, sí, Rebeca. Mejor otro día.

Cargué la maleta, que me pareció de pronto muy ligera. Me despedí otra vez, y llegué a la puerta de salida.

No había tráfico a esa hora y el taxista aceleró durante casi todo el camino.

En la casa encontré bien a Giovanni y a Sebastián. Le había traído un regalito a cada uno. Una billetera para Giovanni y un disco de Slipknot para Sebas.

Cuando llegué, Giovanni estaba acostado. Me dio un beso, recibió su regalo y volvió a quedarse dormido. Fui al cuarto de Sebastián y lo desperté. Ay, mi amor. Te extrañé tanto, mi amor.

Sentí su cuerpo tibio.

Me senté a ver televisión. El último noticiero no traía nada nuevo. Me fui a acostar.

En la oscuridad, las imágenes reaparecían. La cara del presidente Uribe, los fusiles de los paramilitares, la colección de Botero, los fotógrafos ambulantes en La Candelaria, el vestido manchado de Rebeca. ¿Podríamos vernos? Necesito verte, de verdad. Tenemos tanto de qué hablar.

Claro. No habíamos mencionado lo que de veras nos unía, la antigua verdad que se escondía detrás de nuestra breve conversación, de las huidas en la cola, de los labios temblorosos mientras me preguntaba.

A veces aún podía verla. Yo en el círculo y ella adentro, muda. Esa noche, durante algunos segundos me había mirado. Mientras intentaba dormirme, comprendí que me había seguido con la mirada durante todos estos años.

II

Rebeca. Una niña grande mirando una pared. Sentada en las gradas de la tribuna, junto al patio.

Un grupo de alumnas pasa cerca. Una de las chicas voltea, le dice algo y se ríe. La niña Rebeca no se mueve.

El ruido de gritos, los chicos y chicas que deambulan. Pero ella sigue allí.

Yo me acerco, me detengo, me voy.

Casi había olvidado esa imagen. Pero ahora la veo con claridad.

El mentón carnoso, la nariz alargada y el moño duro como una piedra. La blusa tensa, a punto de estallar. Las medias blancas, sus marcas rojas en la piel.

Nos hemos sentado en el salón de clase. Miss Tina está de pie con el libro abierto. Se ha hecho un silencio y de pronto aparece su voz. «Perdóneme, señorita...». Un ruido agudo, fraccionado en golpes cortos, una voz de pajarito en el cuerpo de una ballena, un chillido dulce que se prolonga, «perdóneme, ¿estamos en qué página?».

En ocasiones, cuando la veían levantar la mano, antes de oírla, los chicos empezaban a reírse de ella. Después de eso, Rebeca se quedaba callada durante varios días.

Las risas eran una costumbre en el colegio. Como ese letrero que colgaba en la pared de la clase: «La palabra de Dios te salva». Era lo primero que veíamos al llegar, antes de la clase de inglés. Recuerdo la cara de conejo de Miss Tina diciendo: «Always behave well with your parents». Y luego: «God helps us», «The dove is the Holy Spirit». Todo esto ocurría frente a una ventana con geranios rojos, junto a un jardín y una pared de ladrillos.

Hay otras imágenes que regresan. Una bandera peruana, un rostro pálido y doliente de la Virgen, la azotea de una casa vecina con una enredadera de jazmines. Y la clase. Cinco hileras de carpetas. Flores de papel en la pared. Un crucifijo ensangrentado. La palabra de Dios te salva. Luego la profesora de lenguaje que entraba para que recitáramos las conjugaciones del verbo «amar». Te amo, te amé, te había amado, te hubiera o hubiese amado. Los alumnos y alumnas sentados allí, repitiendo en voz alta, con ella al centro. Lo recordaba tan bien.

Y a Christian, por supuesto.

* * *

Rebeca del Pozo. Tenía un nombre que tardaba en acabarse. Las letras gruesas, las «e» y las «o», son letras redondas como su cuerpo, nos decía riendo Tita. Es tan gorda que si la estiran, toda ella entraría en un pozo, agregaba. Por eso se llama así. Rebeca del Pozo.

En el colegio se había comentado que Rebeca era el nombre de su madre y de su abuela y de la madre de su abuela. Sus compañeros de clase habíamos recibido noticias sobre la familia (la mamá de Tita lo había contado y el rumor se había esparcido entre los chicos y las chicas del salón).

En la remota región de la vida en la que había crecido, nadie la había preparado para hacer su ingreso al feliz infierno de risas y de conversaciones, de lisuras y de inscripciones en los baños por el que vagan a su gusto las chicas y chicos de un colegio. Para las demás, Rebeca era patéticamente cortés cuando hablaba (¿me permitirías pasar?, ¿te molestaría si veo tus apuntes en el cuaderno, amiga?) y ridículamente anticuada cuando se vestía. Su peinado era una bola grande. Sus telas gruesas parecían el anuncio de una solterona prematura.

Nadie sabía que ella y yo teníamos una historia clandestina, un pacto hecho por la costumbre de vernos, casi a escondidas y siempre en su casa.

A diferencia del resto de la clase, a Rebeca le gustaba leer y escuchar música. Un día, cuando estábamos en segundo o tercero de media, la encontré leyendo en el patio.

—¿Qué lees? —le dije.

Me enseñó el libro. Poemas de la literatura universal.

—Te lo presto si quieres.

Le dije que se lo devolvería al día siguiente. Esa tarde busqué algo en mi casa para llevarle a cambio y encontré una novela, *Demian*, de Hermann Hesse. Se la llevé. Es linda, me dijo una semana después. Desde ese día nos prestamos varios libros, que luego comentábamos. Leímos al mismo tiempo *Corazón*, *Mujercitas*, *Un capitán de quince años*. Luego varias novelas policiales de Enid Blyton, y en quinto de media, *Orgullo y prejuicio*. Esas sí que son mujeres, me dijo Rebeca una vez.

A lo largo de esos últimos años de la secundaria, sin que las demás lo supieran, fui algunos sábados a su casa. Iba tarde, como a las tres o a las cuatro, para evitar el almuerzo con sus tías. Me quedaba en cambio a recibir los lonches inmensos que servía su mamá. Terminando de comer, nos íbamos a su cuarto a escuchar música. Rebeca tenía discos de Cat Stevens, de Elton John, de Los Beatles, de Benny Moré, de Beethoven. Eran sus trincheras contra la artillería de rezos y de rosarios a la que la obligaban sus tías cada mañana.

«Beethoven metió toda su alma en su música», me dijo un día. «¿Cuántos compositores hacen eso?».

A veces se quedaba en silencio, y yo me preguntaba qué pasaba por su mente. Muchas tardes, antes del lonche, salimos a dar un paseo por su barrio. Rebeca era capaz de maravillarse mirando la enredadera de una fachada o de acercarse a sentir el aroma de unos jazmines al atardecer. Un día me describió todos los colores azules, morados, grises en el cuello de una paloma que se había parado en un árbol. Si miras cualquier cosa durante mucho rato, te vas a dar cuenta de que es un milagro, me dijo, no sé dónde leí eso. En otra ocasión, caminando por la calle, pateamos una piedra durante varias cuadras. Cuando llegamos a su casa, tomó la piedra y se la guardó en el bolsillo. Un recuerdo de este día, me explicó.

Un día me enseñó algo que había escrito, letras estiradas y rápidas sobre unas hojas del cuaderno.

Las hojas de un árbol caen sobre el ligero tambor del mundo. El pequeño ruido que hacen pasa desapercibido para casi todos. Pero los corazones sensibles, los que pueden escuchar, sienten el peso triste de esa música en el fondo de su alma. Solo algunas personas reconocen el estremecimiento de una hoja que vuela y que ha muerto y que se llena de aire para siempre.

¿Te gusta? Sí. Bueno, toma, es tuyo, me dijo. Es para ti.

Durante los tres últimos años de secundaria, la vi con regularidad. Algunos días, en el patio del colegio, de un modo casi clandestino, quedábamos en vernos el sábado siguiente.

Hablamos varias veces de lo que pasaba en la clase. Me dijo que al comienzo las bromas de las chicas la habían hecho sufrir pero que casi se había acostumbrado a ellas.

Pero son terribles, le dije. Por qué no te cambias mejor de colegio. No, no. No te preocupes.

La primera vez salimos al cine, fuimos al Alcázar. Fue una tarde de invierno. De pronto, en la oscuridad, vi que entraban Tita, Oswaldo y Dante. Al verlos, me estremecí. No quería que me vieran con Rebeca. No te preocupes, me dijo ella. Quédate en tu sitio. No van a vernos. Se van a ir apenas acabe la película.

Así fue. Tita y sus amigos partieron sin darse cuenta de nosotras.

Desde entonces fuimos a otros cines, para asegurarnos de que nadie nos viera. El Risso de Lince y el República del Centro de Lima estaban entre nuestros preferidos.

—Yo sé que los de la clase no deben vernos juntas —me dijo un día mientras poníamos unos discos en su casa—. Si nos ven, todo se malogra. Mejor tú y yo nomás.

Yo no le contesté. Me gustaba estar con ella. Casi siempre me recibía en su casa con un disco o un libro.

—Mira —me dijo la última semana de clases en cuarto de media —te regalo esto.

Era un libro que se llamaba *La historia del siglo xx*.

Ese verano lo leí completo. Gracias a ese libro empecé a interesarme luego en el Pacto de Versalles y la segunda guerra mundial y las conferencias de Yalta y la Revolución cubana, en suma en mucho de lo que había ocurrido en la historia contemporánea. No puedo encontrar otro origen a mi vocación por el periodismo.

Me da pena mi amiga Rebeca, le decía a mi mamá. No sé. Es inteligente y sabe sus cosas, pero es tan torpe cuando está con otros. Todos la fastidian. Ay, pero trata de ayudarla. Bueno, la voy a ver por lo menos. No la veo todas las semanas pero por una o dos veces al mes. Hablamos de todo o de casi todo. Y a veces salimos al cine. Pero eso sí, no quiero que me vean con ella. Dime una cosa, me decía mi mamá, ¿y cómo es su casa?

¿Cómo era? Una casa alta y de paredes gruesas, como bien protegida. Había un antiguo aire atrapado dentro, un aire inmóvil, como si fuera un enorme ropero que nadie había abierto en muchos años. Había pocos adornos y muebles grandes y en la pared más larga, estaba observándonos siempre la mirada de su abuelo. Una sala donde se acumulaba un polvo flotante, una zona blanda poblada de objetos macizos. Había algunas lámparas desteñidas y mesas anchas, a veces llenas de panes y botes de mermelada. Por allí vagaban sus tías, mujeres considerables, de ojos duros y melancólicos. Un rebaño que rezaba el rosario en un salón. De lunes a viernes a las seis y media, y los domingos en doble turno, antes y después de misa. Y la pobre Rebeca, obligada a estar allí con ellas.

Me las imaginaba rezando el rosario. Rebeca y su madre y sus tías reunidas, todas de rodillas, las manos aferradas a las cuentas, el murmullo de los misterios gozosos, los misterios dolorosos, una dinastía de vacas pastando en las páginas de su catecismo. Alguna vez me habían propuesto unirme a ellas, pero no.

Rebeca era hija única. Su padre las había abandonado unos años antes. Nadie había sabido mucho más acerca de él. El padre. La mamá de Tita lo recordaba como un tipo huesudo, de ojos pequeños y ardientes, lo bastante sinvergüenza como para casarse por dinero y huir con algo de su botín (había vaciado una de las cuentas de su esposa a los pocos meses de matrimonio). Rebeca me contó que había enamorado a su mamá enseñándole algunos trucos de magia aprendidos en un manual. Después de quitarle todo su dinero, fiel a su vocación de mago, había desaparecido para siempre.

Pero nosotras, intentando vivir lejos de ellas, nos íbamos siempre al cuarto de Rebeca. Había logrado pintarlo de rosado. Tenía retratos de María Callas y de Cat Stevens, estantes con muchos libros y discos apilados, y las ventanas abiertas junto a las ramas de un árbol. Era nuestro cuarto.

Tuve la prueba de que era así. En una ocasión, el último año del colegio, ocurrió un incidente. Una tarde de sábado, mientras yo iba a su casa, se me acercó en la calle un hombre joven, de polo blanco, que me preguntó la hora. Cuando miré el reloj, el muchacho se me acercó y me puso una cuchilla en la garganta diciendo «dame todo lo que tengas, concha tu madre». Temblando, le di mi reloj y el poco dinero que tenía.

El tipo salió volando y en vez de regresar a mi casa, fui corriendo a donde Rebeca. Cuando la vi en su cuarto, me eché a llorar y me recosté en su cama. Ella se me acercó. Yo puse mi cabeza en su regazo y me quedé allí, con ella. Estaba sollozando. Si alguien hubiera entrado, habría visto a una madona acunando a su hija. Después de un rato, sentí que recuperaba la calma. Creo que no le conté de esto a nadie, excepto a mi madre.

* * *

En el colegio, Rebeca fue siempre una de las últimas en trasponer la reja de entrada. Llegaba con su mochila negra, entraba al patio y a veces, sobre todo los viernes, asimilaba con todo el cuerpo la artillería de insultos de mis amigas.

Rebeca, Revaca, grande y gorda como una vaca. Cuando los gritos le llovían, su cuerpo se movía ligeramente como si algo sólido acabara de caerle. Algunas veces, sobre todo los viernes, había un grupo que se reunía para esperarla en el patio («bienvenida, miss ballena», «hola, marmota», «mapamundi rodante», «gorda pufi» y condecoraciones parecidas le llovían esas mañanas desde un grupo de caras sonrientes).

En el colegio, Rebeca atraía naturalmente los insultos. No necesitaba hacer nada especial para que la insultaran. Su cuerpo macizo y su montaña de pelo y sus faldas duras eran anzuelos naturales. Era como si su madre la vistiera y peinara todas las mañanas para que se burlaran de ella. Yo también me reía, por supuesto, pero con discreción y solo de lejos (después de todo, era mi amiga secreta). En los pasillos, la miraba alejarse, las piernas anchas y vacilantes, el montículo de telas, la expresión bovina de terror con la que se daba vuelta. La metamorfosis era extrema. En esos momentos ella no era la misma persona a la que yo veía algunos sábados.

Rebeca, Revaca, tan grande y gorda como una vaca.

El coro había empezado en quinto de primaria y había subsistido a lo largo de la secundaria. A la hora de la salida, Rebe tomaba un atajo por el parque y huía hacia la avenida. Era su ruta.

Una vez me contó por qué. Los insultos también deben tener su horario. Si se acaba el colegio, se acaban los insultos… así que mejor me voy por otro camino.

Todos los días recorría varias cuadras hasta llegar a un paradero solitario donde tomaría el ómnibus de regreso a su casa. Yo a veces seguía el mismo camino. La avenida Santa Cruz, la calle Blas Valera, la avenida Pezet. En algunas ocasiones nos encontramos cerca de los árboles del Parque Mora.

Aunque alguna chica, por lo general Gaby, se acercara a hablarle, ella apenas contestaba. Luego Gaby nos reproducía algunos de sus diálogos. ¿Quieres venir a jugar vóley con nosotras? No. ¿Te provoca almorzar en el patio? Mejor me quedo aquí nomás. ¿Quieres juntarte para hacer la tarea de matemáticas? No sé.

Gaby sin embargo siempre la defendía y algunas veces las vimos conversando juntas en el patio. A mí, no sé por qué, me daba cierta tranquilidad que hubiera alguien como ella en la clase. Gaby hacía lo que yo simplemente no me atrevía a hacer en público.

Mi cobardía es un peso que aún siento sobre los hombros. Al verla otra vez, en el avión, la sensación de culpa me había hecho negar su existencia y rechazarla, creo que eso fue lo que ocurrió, no sé. Durante mucho tiempo traté de olvidar el asunto, pero ahora… bueno, a la luz de lo ocurrido… creo que ya.

* * *

Todas las imágenes de esa época se superponen. Los años escolares pasaron por encima de nosotras y un día llegamos, con el pelo largo, a la puerta de rejas grandes de la universidad. De pronto, un mediodía el timbre sonó, nos paramos en el patio, escuchamos unos discursos, cantamos el himno, y luego de todo eso, mientras saludábamos a nuestros padres, el edificio del colegio entró a formar parte del pasado.

Después de algunas semanas me entregué con gran emoción a mi condición de estudiante universitaria: despertarme temprano para ir al campus, tomar notas de las clases de ciencias sociales y de historia, hablar en la cafetería con amigos nuevos, salir hasta hasta tarde en los bares.

Todos los recuerdos del colegio habían envejecido de pronto. El letrero de «La palabra de Dios te salva». Los geranios en la ventana. La cara de conejo de Miss Tina. Y los sábados de conversaciones con Rebeca.

Después de lo que pasó no la había vuelto a ver. Una noche de esos primeros años en la universidad, alguien me contó que se había mudado a los Estados Unidos. Fue un comentario en una reunión, una frase suelta dentro de una charla llena de frases sueltas. Luego no había sabido de ella en mucho tiempo. Me entregué por entero a mis estudios en la universidad, donde conocí a Nico y a otros muchachos. De mis amigas del colegio, solo seguí viendo a María Eugenia. La imagen de Rebeca se había ido desvaneciendo. Los azares de la memoria me la habían devuelto algunas veces pero yo siempre había logrado mantener su imagen a cierta distancia.

Hasta que su recuerdo se había materializado en el fantasma macizo sentado a mi lado, en el avión. Nuestra conversación, el café derramado, y su pedido de vernos otra vez eran por entonces apenas los episodios de un breve encuentro casual.

III

—

Al día siguiente de mi llegada de Colombia, me levanté temprano. Desperté a Sebastián con un abrazo y bajé a la cocina. La manzana era una de las pocas frutas que le gustaban. Le corté algunos trozos, se los puse en un plato y luego le serví un vaso de yogur con cereal. Felizmente comió todo.

Desde la ventana lo vi partir. Le hice adiós y subí a cambiarme.

En el dormitorio, le conté a Giovanni sobre mi entrevista con Uribe, mi visita a La Candelaria y el sabroso ajiaco en casa de mi amiga.

Luego partí al gimnasio.

A las once llegué al periódico. Cuando entré al cubículo encontré trabajando a Milagros, mi asistente.

Mila era una versión más pequeña de mí misma. El pelo negro y lacio pero más corto, la cara angular pero más chica. Algunos decían que usaba mi peinado.

Cuando yo salía de viaje, Milagros me reemplazaba. Asistía a las reuniones, sintetizaba los cables, llamaba a los columnistas. Era muy eficiente. Tenía la gran virtud de la gente menuda. Estaba siempre moviéndose de un lado a otro.

—¿Qué tal el viaje?

—Bien. Regio me fue. ¿Todo bien por aquí?

—Sí, mira, tu artículo salió ayer con una llamada en primera. Todos lo comentaron en la reunión y mucha gente llamó.

—Bueno, ¿qué tenemos para hoy?

Me pasó algunas cartas que habían llegado, la mayor parte invitaciones a cócteles y presentaciones de libros. Quieren que presentes el libro sobre comercio exterior que ha publicado Horacio Armando, dijo Milagros.

En ese momento apareció Mariano, el mensajero, con nuevos sobres. Los fui abriendo. Lo mejor de recibir sobres era sentir el placer anticipado de tirarlos a la basura. Muchos reclamaban ser eliminados pronto: los nombres equivocados, el remitente desconocido, los folletos de publicidad. El cubo de basura era pequeño. Mi puntería había mejorado desde que trabajaba allí.

—Ah, me olvidaba —dijo Milagros—. Hay una señora que te acaba de llamar. Rebeca del Pozo. Ya es la tercera vez que llama.

—¿Rebeca del Pozo?

—Sí. ¿La conoces?

—Sí. Me la encontré en el avión.

—Parecía de lo más nerviosa, me dijo que te estaba buscando para darte un encargo o algo.

—Ya.

—¿Quién es?

—Una antigua compañera del colegio. Pero es una pesada… No estoy para esa mujer a ninguna hora, ya sabes.

—No te preocupes.

Sacó su cartera. Era larga y negra. Me pareció que era la misma en la que Rebeca había estado escarbando la noche anterior.

—Voy a la máquina del café. ¿Quieres algo?

—Un cafecito, por favor, Mila.

La vi salir.

¿Qué le habría dicho Rebeca?

Mila regresó con el café.

El teléfono estaba sonando. Me dio el vaso. El líquido reflejaba las luces movedizas de la ventana.

—No, no está, señora —dijo Milagros—. Sí, señora del Pozo. Perdón, señorita. Señorita del Pozo, sí, ya le digo, ha salido, no, no puede venir aquí a esperarla… Es que ella está en reuniones todo el día… No, no puede.

Milagros entró y alzó los brazos.

—Te llamó otra vez Rebeca del Pozo.

—Ya.

—Me acuerdo de que te llamó también antes, justo un día antes que te fueras.

—¿Antes que me fuera de viaje?

—Si, creo que sí. ¿Pasa algo?

—No, nada.

Tomé un sorbo de la taza. El agua negra, temblorosa, sobre la mesa. Empecé a caminar por el pasillo.

—¿Le dijiste que me iba de viaje?

—Creo que sí.

¿Había averiguado que yo iba a regresar a Lima en ese avión?

¿Había sabido que yo estaría en ese vuelo? ¿Era por eso que no había viajado en primera clase?

No pensar en eso, no pensar en eso.

—¿Qué te preguntó ahora?

—Ay, estaba de lo más insistente —dijo Milagros—. Dice que va a venir, que es muy amiga tuya.

—¿Va a venir?

—Dice que va a venir. ¿Cómo así te busca tanto?

—No sé, pero que no la dejen entrar entonces. Dile al guardia de abajo que le diga que no estoy.

—Me dijo que quiere venir aquí a esperarte hasta que regreses.

37

—Ay, Dios mío. Mira, si llama de nuevo, dile que no voy a regresar. Que me fui a una reunión fuera del periódico.

—Ya te dije que no te preocupes.

—Es que… es una loca.

—¿Y de dónde conoces a tipas así? ¿Esas chicas estudiaban en tu colegio?

—Ya no me fastidies, Milagros.

La vi alzar el teléfono.

Me parecía escuchar la voz de Rebeca. ¿No está? Pero me dijo que podía llamarla.

Milagros colgó.

—Ya. Le he dicho al guardia de abajo que no deje entrar a nadie sin avisarme. Pero me pregunta cómo es la señora o señorita que te busca.

Mientras ella hablaba, yo estaba escribiendo algunas notas para la reunión de esa tarde.

—Bueno, dile que es una gorda inmensa, una vaca. La van a reconocer allí mismo.

Mientras ella hablaba por el teléfono con la gente de seguridad, yo me fui tranquilizando.

—Bueno —dijo Milagros—. Ahora dime, ¿qué ponemos en la página?

Hay un montón de noticias pequeñas.

—Ya. No te preocupes. Vamos con esto de las amenazas de terrorismo en Londres.

—Ya, pues. Voy a juntar los cables y te los mando.

Me puse a escribir. Era cuestión de adaptar los cables a un solo texto. Parece fácil pero en realidad es mucho más difícil de lo que la gente piensa. Juntar datos, nombres, ideas de varias fuentes y hacer una amalgama de frases que tenga vida propia. Es como lograr que la sangre corra por su cuerpo hecho de los retazos de otros. A ver si logramos darle un corazón al mosaico de un cadáver. El parentesco entre el doctor Frankenstein y una periodista de internacionales.

Me acerqué a la computadora. Me puse a revisar los cuadros para mi presentación.

Miré el reloj.

A las tres, había una reunión especial con los miembros del directorio. Cada editor de sección iba a exponer sus logros y sus objetivos. Lo había hecho otras veces. Antes de mi viaje, había preparado esquemas y cuadros con barras de colores. Estaban todos los índices de lectoría por sectores sociales, género y edad. Llegar con un diskette de power point era como ir bien vestida a esa reunión.

—Oye, ¿cómo es esa Rebeca del Pozo que te llama? ¿Tan gorda es?

—Bueno, digamos que es como sería Pedro Picapiedra si fuera mujer.

Milagros sonrió.

—Tú siempre tan burlona, Vero.

Ese día pedí el almuerzo a la oficina: un sándwich de pollo con apio, una ensalada, un bizcocho, dos jugos de papaya. El bizcocho era mi única concesión a los dulces, una tajada chica que no debía desnivelar demasiado mi cuerpo perfilado en los sudores del gimnasio (mirarme la cintura y las caderas era mi pasatiempo más ansioso. Cuando tenía un espejo cerca, corría hacia él y me quedaba allí un minuto. El pelo largo y sedoso, los ojos aún brillantes, pero, ay, algunas manchas, y dos o tres arrugas. Y sin embargo, por ahora estaba bien. Sí, estaba bien. ¿Me veía guapa?).

Después de almorzar prendí la computadora. Las cifras del primer semestre de la sección eran bastante buenas.

De acuerdo con las encuestas, la página internacional del periódico había crecido en un 27% en lectoría, más que cualquier otra, incluida deportes.

No era usual que se leyera tanto una sección internacional. Yo me decía a mí misma que además de tener éxito, le estábamos haciendo un bien a la gente. El mundo se había ensanchado, había más países ahora (incluso países como Armenia, que habían reaparecido), y sabíamos tan poco de ellos. Hay decenas, quizá un centenar de países de los que no tenemos idea. Pequeños informes de naciones como Eritrea o Togo aparecían de vez en cuando en nuestra página. Yo había escrito columnas donde opinaba que hoy ya no había países. El mundo era una lucha de tres o cuatro bloques económicos con núcleos de poder. Todos éramos dependientes. A veces lo explicaba usando un lugar común. «Si la bolsa de valores de Nueva York estornuda, la de Lima se muere de pulmonía». Ay, era una tontería que gustaba.

Una vez escribí algo en mi diario:

Bromas aparte, me tomo muy en serio lo de escribir en un periódico. Informar y comentar las excepciones de la realidad, o sea las verdades profundas que aparecen de vez en cuando. Los atentados, los terremotos y las tormentas que revelan las condiciones en las que viven algunos países. Quiénes son sus líderes y presidentes. Las vidas y las muertes y los sufrimientos y esperanzas y los sueños de la gente. Cómo es la vida para un alemán, para un senegalés, para un birmano. Ay, tanta gente, uno quisiera contar tantas historias. Tanta gente. Y tantas cosas que pasan todos los días. El periodismo, el único trabajo que nunca es rutinario.

Y sin embargo, una no puede dejar de pensar que este mundo, cuya historia ha estado siempre hecho de guerras, de conquistas, de emperadores y de reyes, es un mundo diseñado por los hombres, con los valores que tienen los hombres, esos valores que se reducen a un solo deseo: el de estar siempre al mando. ¿Cómo sería este mundo del que me toca hablar si las mujeres lo hubiéramos dominado? Ay, no sé si mejor, no sé, pero otro mundo, otro, sin duda. Pero es inútil pensar en eso, claro.

Como era obvio, para mi presentación en el directorio debía hablar de otros temas. El éxito de la página se debía a las nuevas secciones: «Datos sueltos» y «Biografías de los protagonistas». Nuestro público más fuerte pertenecía al grupo de los hombres de 25 a 40 años en los niveles A y B, seguido por las mujeres de 40 a 55 años en el nivel C. Todo un logro. Quizá iban a felicitarme esa tarde.

A las tres yo tenía toda la información guardada en cuadros y cifras en el CD con el power point.

Ese día, para la reunión, me había puesto una blusa blanca con un chaleco azul, zapatos chatos y aretes de perla.

Me miré antes de salir.

Me peiné un poco. Me sentía nerviosa pero segura de que las cosas resultarían bien.

Entré al salón. Todos me miraron. Ternos, caras serias, algunas sonrisas familiares. Di las buenas tardes y me puse junto al atril.

Los miré a todos, uno por uno, mientras empezaba a exponer. Apenas comencé a hablar sentí confianza en lo que decía. La reunión transcurrió sin problemas. Al final, adiviné por el semblante de algunos que estaban complacidos. Di un suspiro de alivio que nadie notó.

* * *

Tato Drago me encontró saliendo al corredor.

Aunque no era un empleado del diario, el señor Drago iba con frecuencia. Dejaba sus anuncios y se quedaba por allí. Yo lo veía deambulando por la entrada. Uno de sus hábitos era el de acercarse a mí. Con el tiempo, su presencia había empezado a molestarme. Su cara era un pacto no del todo resuelto entre su nariz aplanada, sus labios gruesos y unos ojos verdes barridos por sus pestañas de gato.

Ay, Tato Drago, qué hombre tan patético y tan divertido, por Dios. Lo había comentado tantas veces con Mila y habíamos llegado a una conclusión sobre él.

El cuerpo de Tato se movilizaba por dos motivos: la aparición de una mujer guapa y el tamaño de una botella de whisky. De joven se había dedicado más a las mujeres que al trago pero ahora se había visto obligado a invertir la ecuación. Tan grande era el peso del alcohol en su cuerpo que a veces lo encorvaba. Con frecuencia movía la boca, como masticando o saboreando algo que solo podían ser los recuerdos de su gloriosa juventud. Un día me dijo que a los veinticuatro años había cumplido con el ideal familiar de ser juerguero, mujeriego y millonario. Su padre y su abuelo habían sido iguales a él. Un escudo familiar suyo podría haber tenido como emblema un brassière colgando de una botella de whisky.

Como si estuviera ejecutando alguna compensación del destino, la madurez del señor Drago le había ido esculpiendo un rostro de rumiante risueño. Sus mejillas le colgaban. Sus ojos parecían pesarle. Solo su sonrisa lo iluminaba. Era como un protocolo fijado a su boca. Por una consigna facial, estaba siempre suplicando, a través de ella, ser aceptado. Con frecuencia un mechón largo se deslizaba por la frente, como la señal de un cuerpo que ya no controlaba.

Yo lo conocía desde hacía diez años, cuando había empezado su declive. Desde entonces, él se condecoraba con ropas nuevas. Se ponía siempre una camisa roja o azul, un broche en la solapa y una corbata multicolor (un comercial sobre sus corbatas podría haber dicho «Póngase un arco iris sobre el corazón»).

Pero las corbatas no le bastaban. Tato se ponía también botones metálicos en las camisas. Se rociaba con perfumes que se mezclaban con el olor de su aliento. Se echaba gel en el pelo. Iba por el mundo como un mendigo de lujo.

Casado con Amalia, una mujer rubia, histérica y muy católica, había escogido dejar los anuncios de su empresa en el local del periódico y vagar por allí, con el único propósito de no estar en su casa. Cuando él se me acercaba, yo procuraba esconder mis risas.

En ese instante el vidrioso Tato Drago me estaba observando. Lo saludé y avancé por el corredor. Él me siguió.

No le hice caso durante un buen rato. Cuando por fin me alcanzó, lo recibí con una sonrisa.

—Oye, Verónica, para un ratito. Tengo que decirte algo.

—¿Qué tal, don Tato?

—Ay, no me digas «don». Me haces sentir viejo.

—Como quieras.

—¿Sabes que anoche tuve sueños eróticos contigo?

—Primera noticia.

—¿Quieres que te los cuente?

Le sonreí.

—Pórtate bien, Tato, porque yo llamo a la señora Amalia para acusarte, ¿me oyes?

—Bueno, bueno, tampoco te pongas así. Oye, veo que anda muy bien tu sección. Felicitaciones.

Tato Drago me sonreía y se atrevió a tocarme el hombro, en un gesto que era a la vez una palmada y una caricia exploratoria. Luego todo ocurrió como otras veces. Me preguntó qué tal estaba la familia. Bien. ¿Vas a jugar tenis el fin de semana en el club? Sí. ¿A qué hora? No sé, todo depende de la hora en que se despierte mi marido. Ah, pues, pero por qué tienes que meter en esto a tu marido. Pero somos una familia, pues, Tato, todos funcionamos juntos, ¿tú no sabes lo que es eso? Oye, ¿qué te parece si nos encontramos en mi oficina? ¿Puedes ir? Encantada, le pido permiso a mi amiga Amalia para ir a verte. Ah, pero por qué dices eso. Es que tu esposa es mi amiga, pues, Tato. Pero no pidas permiso a nadie, anda nomás a verme. Lo que quiero es hablar un ratito contigo, nada más, hijita. Me han contado tanto de ti. ¿Y qué te han contado? Bueno, tú sabes, la gente habla de ti siempre.

Por fin la conversación —copia de todas las anteriores con él— se terminó. Él me devolvió la sonrisa, me dio un beso esponjoso en la mejilla y se fue diciendo ya sabes que te espero.

Camino a mi sitio, me encontré con los miembros del directorio. Me felicitaron otra vez por los progresos en la sección y les agradecí.

IV

—

Al llegar a mi escritorio, alcé el teléfono.

Había llegado el momento. Llamar a Patrick. Llamar a Patrick para contarle acerca de mi viaje.

Me contestó con su «alóóó» de siempre. Era un sonido distante, una burla de saludo, un murmullo cordial que él estiraba para lucirse. A veces, a solas, yo le imitaba la voz. Hola, nena. Qué lindo escucharte, querida. ¿Qué tal te fue? Todo me fue muy bien por allá. Entonces, nena, tenemos que festejar, dijo. ¿Por qué no te vienes a la casa?

Voy, le dije.

Patrick Calder. Mi querido y tonto Patrickcito. Ay, Patrick querido. Un antiguo novio con el que me había reencontrado en una cena. Esa noche, después de varios años, me habían inquietado otra vez sus labios, siempre largos y duros y tan finos. Unos labios hechos para que una mujer los besara.

Poco después, para mi vergüenza, había empezado a acostarme con él. Mi rutina era simple. Yo me proponía dejarlo, él me llamaba y yo seguía yendo a su apartamento.

Recuerdo lo primero que me dijo el día que nos reencontramos. Tienes una cintura de tenista, Vero, ¿das muchos golpes con la izquierda? ¿Por qué piensas que con la izquierda, Patrick? Porque con la izquierda mueves toda esa cintura de avispa que tienes. ¿Cintura de avispa? Ay, qué tonterías dices, oye. Tienes una cintura hecha para bailar. ¿Te acuerdas cuando nos pasamos una noche entera bailando en El Parral?

Hacerme sonreír con sus tonterías había sido su primer pequeño triunfo. Me gustaría verte jugar, agregó. Esta noche no voy a dormir, te voy a estar viendo en ropa de tenis, con tu faldita. Voy a tratar de dormirme contando cuántas pelotas tuyas pasan por la red. Ay, ya párala. Basta de idioteces, Patrick.

Poco después había ofrecido traerme una raqueta nueva de uno de sus viajes.

Consentí en darle el primer beso de esa nueva etapa en la sala de su apartamento, poniendo mi boca entre las cuerdas de la Wilson 550 que me acababa de regalar. Había sido divertido sentir sus labios tibios y cuadriculados, tras las cuerdas de plástico.

Nos acostamos, me da vergüenza decirlo, al día siguiente.

Desde entonces empecé a verlo. Con frecuencia me sentía atraída hacia él, tengo que reconocerlo.

A veces también sentía que lo odiaba y que me odiaba a mí misma por verlo, y que eso sin embargo me hacía querer hundirme otra vez en su cuerpo. Besarlo sabiendo que con eso me estaba destruyendo... no sé pero era así.

Durante los diez meses que llevaba la relación con Patrick, mi esposo Giovanni no había sospechado nada.

O al menos eso creía yo.

No, no sospechaba nada. Estaba segura.

No sospechaba nada porque Giovanni estaba demasiado metido en sí mismo, quejándose de las personas que no lo aceptaban (entre ellos su tío y sus hermanos) y de lo poco que las empresas valoraban sus dotes de gerente financiero.

La familia de Giovanni le ponía dinero en su cuenta todos los meses. Él era libre por lo tanto de quejarse con toda tranquilidad. Podía emitir sus lamentos mientras veía películas y jugaba al golf. Estaba sin trabajo desde hacía seis meses pero seguía demasiado absorbido en sus angustias para buscar un empleo nuevo, o para sospechar de mis tardes con Patrick.

Me sentía abrumada por la culpa de engañar a Giovanni. Y sin embargo visitar a Patrick se había vuelto una adicción.

A veces en el periódico, cuando veía un teléfono cerca, me provocaba llamarlo.

Patrick, Patrick, un tipo atractivo y embustero, casi inescrupuloso. Por encima de todo, un tipo divertido. Rubio, delgado, con varios sacos de tweed en su ropero, lucía siempre un aspecto de gentleman que disfrazaba a la perfección su alma de canalla. Un canalla cortés y atento, que había leído algunos libros, había viajado por Europa y siempre despertaba el cariño en las señoras.

Venía de una familia de ingleses pero había nacido en la hacienda de su padre en Chincha. Ser un inglés en el Perú lo divertía. Tenía una colección de pipas, ninguna de las cuales había fumado. De joven había jugado al cricket, pero luego prefirió deportes más esforzados que le permitieran perfilar su cuerpo, y alistarlo para manejar a través de él su repertorio de admiradoras. Se había mantenido en buena forma gracias a sus cuatro días a la semana de squash y natación. Lo fascinaba la convicción de que se veía siempre bien. Me confesó que todas las mañanas se levantaba para hablar con él mismo en el espejo. Hola, Patrick. Buen día, Patrick. Qué bien te ves hoy, Patrick.

Una porción de él siempre estaba ausente de sus conversaciones. Yo había reparado en las farsas de su narcisismo demasiado tarde. Durante mis años en la universidad, habíamos sido novios erráticos. Después de algunos meses de ilusiones mías, él me había dejado por otra chica. Luego la había dejado a ella también. Cambiar de novias era su obsesión. Había imaginado su vida como un carrusel donde quería montar encima de todos los caballos.

Patrick había sido un maestro involuntario de mi dureza. Me alegraba comprobar que mis desilusiones con él habían reforzado mi coraza sentimental. Hombres como Patrick son un virus y a la vez su vacuna. Mucho después de los años universitarios, el día que lo encontré en esa cena en la embajada inglesa, él llevaba el mismo saco de tweed de la última vez. ¿Te das cuenta de que este saco fue el mismo que tenía puesto el día que nos separamos? No me hagas acordar de ese día, oye. Pero es como si no hubiera pasado el tiempo, nena. Mira qué fácil sería amistarnos. Fingimos que hemos regresado a ese mismo día. Yo te pido perdón, tú me aceptas otra vez, y después nos besamos y seguimos juntos como si nada, qué te parece.

Resguardada por mi rencor, esta vez podía mantenerlo a cierta distancia y administrar mi diversión con él. Pero siempre me rondaba el peligro de volver a sentir algo, de construir la imagen de un hombre ilusorio detrás de ese muñeco esbelto y cordial. Aun así, yo estaba preparada para contenerme.

O eso creía. La primera vez que volvimos a estar a solas sentí de pronto la invasión de su cuerpo. Nunca iba a volver a amarlo, pero su cuerpo me seguía atrayendo. Era duro y afilado. Sus manos delicadas y sus ojos finos y risueños le daban una elegancia rara. Quizá todo se debía a su extraña agilidad. Era una agilidad que se extendía a su conversación, hecha de bromas sobre cualquier tema. «Hemos vuelto a la normalidad», me dijo poco después de

Año Nuevo, cuando el grupo de guerrilleros de Antauro Humala tomó la comisaría de Andahuaylas. Su cinismo siempre o casi siempre me hacía reír. Su cuerpo de oficial de la reina Victoria cobijaba un alma de Cantinflas. Si tan solo hablara menos, habría sido un hombre perfecto. Me producía un efecto extraño. El único modo de olvidar que era su amante era acostándome con él. Ah, Patrick, si fueras otro, mi amor. Y si yo... y si pudiera dejarte o golpearte o insultarte como mereces.

Y si yo, y si yo... y si yo pudiera. La frase que me repetía siempre, para todo.

Patrick. Un sinvergüenza. Un patán distinguido. Un embustero que me decía la verdad. Él siempre me lo había dicho. No debes, nena, hacerte ilusiones con alguien como yo, soy un canalla (era un insulto vanidoso, se publicitaba diciendo que era un sinvergüenza, luego me llamaba todo el tiempo al periódico, hola, Vero, qué te parece si te vienes a almorzar a mi casa, tengo aquí unos canapés riquísimos, te van a encantar, te voy a decir lo que vamos a hacer: comemos, ponemos a Mozart y nos metemos en la cama, qué dices, nena).

Patrick se consideraba un parque de diversiones ambulante. El hecho de que yo tuviera entrada libre a él no significaba que me gustara ir con frecuencia. O eso creía. Su presencia era como un día feriado, una puerta de luces que yo cruzaba, una caja de chocolates con una sonrisa suya como lazo. Atrás, la indolencia y la ansiedad de mi Giovanni y sus quejas: «Hoy que vi a tu amiga María Eugenia apenas me saludó, tan sobrada»; «Mañana presento mis papeles a la Sony pero seguro que no me aceptan».

Patrick y mi marido. Mi marido y Patrick. Giovanni se veía a sí mismo a la vez como un perro y como el amo que lo apaleaba. Contra él, Patrick era el amo de todos los perros de este mundo que les movían la cola. Era un rey que se levantaba todas las mañanas para sonreír mientras tomaba un café y un croissant, sobre el mullido trono de su ego. Viniendo de donde yo venía, de las arenas movedizas de Giovanni, la desfachatez, la arrogancia y el humor de sir Patrick eran islotes sólidos en los que podía descansar de vez en cuando.

Patrick, Giovanni. Personajes secundarios como yo, en una vida sin protagonistas como la mía.

Pero sí había un protagonista, claro que sí.

Sebastián era el corazón que me movilizaba. Sus latidos podían sentirse desde que nos decía «hola» por la mañana. Estaba siempre o casi siempre de buen humor. Creo que lo que me fascinaba de él era el brillo de sus ojos, esa manera de mirarme, como la de un niño que le pide a su madre que lo acompañe en la vida, o al menos eso era lo que me gustaba interpretar. Me habría sentido extraordinariamente avergonzada si él se hubiera enterado de mis tardes con Patrick. Creo que no lo habría soportado. Por entonces no quise contarle tampoco lo de Rebeca aunque terminó enterándose, por supuesto. Sebastián, Sebastián, ay, hijo mío, espero que nunca sepas bien quién es tu mami.

A sus quince años, la frente ancha, el pelo largo, algunas manchas de acné, su imagen me acompañaba todo el día. Tenía tres amigos, Paco, Leoncio y Adrián, que iban a la casa a ver películas y a jugar Winning Eleven. Yo les preparaba sándwiches, les servía grandes vasos de jugo y se los dejaba mientras escuchaba algunos murmullos de gratitud. Luego me iba satisfecha.

Esas palabras («gracias, mamá, gracias») eran una medalla para mí. A veces lo llevaba a ver una película o me sentaba en una cafetería con él. Me fascinaba escucharlo hablar, habría podido pasarme la vida oyéndolo. No se parecía ni a su padre ni a mí. Era un chico guapísimo.

* * *

Esa tarde, un día después de mi llegada de Colombia, estaba sentada en el escritorio, pensando en Sebas y hablando con Patrick.

De pronto la voz de Patrick me pareció tan chillona. Tuve ganas de colgarle.

—Te llamo otro día para ver cuándo nos vemos —dije.

Hubo un silencio.

—Yo me voy al sauna porque necesito descansar. Anoche estuve con mis amigos hasta tarde.

Colgué.

Anoche estuve con mis amigos hasta tarde.

Una frase patética. Un cansado narciso que exclama que estuvo con sus amigos hasta tarde. ¿Quieres que yo piense que estuviste con una chica? Todos saben que andas con varias chicas y a nadie le interesa, Patrick. Has dejado de llamar la atención por eso, hijito. Tu estrategia es cómica. Pero vamos a pensar en otra cosa.

Me quedé mirando el teléfono. Creí que iba a sonar. No sabía por qué, pensé que alguien estaba a punto de llamarme. Tenía una vaga sensación de expectativa en todo el cuerpo.

Algo definitivo ocurriría pronto. Iba a encontrarme con un hombre, estaba segura: un hombre al que iba a reconocer de inmediato, me imaginaba un tipo alto y de pelo negro, y una camisa roja entreabierta. Iba a acogerme en sus brazos. Yo echada en su regazo, él sosteniéndome como un padre.

Me extrañaba que ese encuentro no hubiera ocurrido hasta entonces.

Me puse de pie. Miré los afiches de películas que tenían los periodistas de espectáculos. Rita Hayworth estaba allí, fumando un cigarrillo. Era el tipo de mujer que yo detestaba. La mujer agresiva que se cree o se sabe superior.

Llamé a la casa para ver si todo estaba bien. Me contestó Tomasa, la empleada.

—Todo bien, señora. Sebastián acaba de llegar y está haciendo sus tareas en su cuarto.

Sebas se puso al teléfono. Metí un gol en el partido, metí un gol y con ese gol ganamos. Felicitaciones, hijito. Ay, tienes que contarme cuando llegue. Ahora haz las tareas. Ya, mami. Un beso, mi amor.

Colgué.

—¿Qué tal todo en la reunión? —dijo Milagros.

—Todo bien. Pero al final me encontré con el viejo Drago, que me desvestía con los ojos. Un viejo más mujeriego no he visto nunca, oye. Ay, y además está horrible, con los cachetes inflamados. Ya hasta tiene la forma de una botella.

—¿Te miraba mucho?

—Cuando me di cuenta, le crucé las piernas y casi se muere. Después me siguió al corredor.

Milagros aplaudió una vez entre risas.

—Buena, buena. Tú síguele la corriente nomás.

—A mí me parece que deberías salir con él, Milagros —sonreí.

—Ay, qué mala. No me digas eso.

—¿Ya mandaste la página?

—Y ya corregí las pruebas. Se fue todo por hoy.

—Entonces voy a llevarme un par de revistas y voy a salir a tomar un café a la esquina, Mila. Quiero airearme porque he estado metida aquí todo el día.

—Ya. Cualquier cosa te llamo al celular.

Entré al baño, me maquillé y me peiné rápidamente.

Me veía bien, todavía bien. Mis ojos duros y brillantes. Las facciones perfiladas. Los dientes como perlas. Los senos pequeños pero erguidos. Me veía bien, sí. Cuarenta y dos años y no estás mal, no del todo mal por lo menos, hasta podrías salir a cenar con un hombre interesante si lo conocieras, si pudieras, si pudieras.

El ascensor tenía un olor a fierros gastados. Mientras el aparato subía, los cables despidieron un chirrido lento.

Me tocó bajar con el gerente del periódico, André. Era un tipo con ojos de águila y cuerpo de obispo, cortés y amistoso. ¿Qué tal va todo?, le dije. Bien. Todo bien, contestó.

Salí a la calle y caminé las dos cuadras que me separaban del Chef's Café.

* * *

El Chef's Café está diseñado para que sus parroquianos piensen que han llegado de visita a alguna ciudad europea. Las paredes tienen reproducciones de canales venecianos y el menú incluye muchos tipos de crepes. Hay una flor en cada mesa. Es el sitio a donde van los empleados de mediano y alto nivel de las oficinas aledañas. A algunos les gusta ser vistos allí.

Esa tarde hacía frío y busqué una de las mesas del fondo. Lo único que me molestaba del lugar era el ruido de la máquina del café, una especie de estallido con un zumbido largo. Traté de ignorarlo pasando las páginas de los periódicos y revistas. Estaba tan cansada que no leí casi ningún artículo completo. Pero vi algunas de las fotos de una revista. En una de ellas estaban mis amigos Pedro Pablo y Gabriela Alayza.

El mozo se acercó. Era un tipo flaco. Tenía un aire sumiso y elegante. Se había visto obligado a aprenderse mi nombre. Sí, señora Verónica. ¿Qué se sirve, señora Verónica? Yo siempre equivocaba su nombre. Víctor. Te llamas Víctor, ¿no? Óscar, señora. Soy Óscar, para servirla.

Un café cortado. Otra revista. Declaraciones de los políticos, un mensaje de Fujimori en la televisión nacional.

—Por fin te encuentro —dijo una voz encima de mí.

V

Se sentó lentamente.

El espectáculo era ominoso. Me parecía que la estaba viendo por primera vez. En el avión había estado sentada a su lado; en la cola del aeropuerto había caminado junto a ella. Pero solo ahora, mirándola de frente y a la luz del día, podía ver en toda su magnitud las proporciones de su cuerpo.

Se terminó de sentar. Me parecía increíble tener a alguien así tan cerca. Los hombros formaban una montaña de la que emergía, como un promontorio, la cabeza. Tenía una blusa que parecía haber sido diseñada para embolsar sus pechos. El pelo le acariciaba unas mejillas grandes y duras. Llevaba aretes, pulseras y sortijas plateadas en casi todos los dedos. Mientras se apoyaba, los ojos le brillaron. Parecían pequeños faros alumbrando su objetivo.

Esa tarde se había tomado un tiempo en maquillarse. Tenía rímel y lápiz de labios. Las manchas de rubor le daban un aire disparatado. Sin embargo, por un instante sentí que un extraño fulgor de belleza rondaba por sus ojos.

Tardó en acomodarse en el asiento frente a mí.

—Te estuve llamando. ¿No te avisaron? —me dijo con una voz ronca.

—Sí, me avisaron pero no pude contestarte. Tenía una reunión.

—Te dejé mi teléfono con una chica que me dijo que trabajaba contigo. Milagros, creo que se llamaba.

—Sí, yo sé. Pero no pude llamarte, lo siento.

Hablaba con una rapidez contenida, como despidiendo repentinas oleadas de palabras. Decía algo sobre lo que había hecho esa mañana al despertarse. De pronto se calló. Se estaba frotando la cara. Luego se pasó las manos por la cabeza. Los ojos se le estiraron. Por un momento me pareció un feto inmenso.

Alzó la mano.

—Yo no creo en las casualidades —dijo.

—¿Qué casualidades?

—Ya te digo. Yo no creo en las casualidades.

—No sé de qué hablas, ¿qué casualidades?

—Yo creo que nos encontramos en el avión por un motivo —dijo—. No fue algo casual. Nos sentamos juntas por un motivo. Me derramaste el café y me manchaste por un motivo.

El mozo se acercó.

—¿Se sirve algo la señora? —dijo.

—Señorita, por favor —dijo ella—. Le ruego que me llame señorita, señor. Por favor.

—Disculpe usted.

La miré.

—¿Tomas algo?

—Un capuchino, señor.

—¿Con crema? —dijo el mozo.

Ella alzó la cabeza. Observó al mozo.

—Con crema, por supuesto —dijo.

—¿Algo más? ¿Algo para comer se sirve?

—Sí. Sí quiero algo. Un keke de chocolate, de esos que hay en la vitrina. Un keke de chocolate, por favor. Con un helado de vainilla encima. No se tarde.

—Muy bien.

El mozo me dejó el café en la mesa.

—Dime, ¿cómo sabías que ibas a encontrarme aquí?

—Porque te vi salir y te seguí.

Una línea le cruzó la frente. Dobló las manos y apoyó los codos en la mesa.

—¿Me viste salir?

—Claro. Te estuve esperando y te seguí. Una chica en tu periódico me dijo que no estabas pero por si acaso me quedé esperando. A ver si salías de tu oficina. A veces la gente que da información en tu periódico se confunde. Para ser un periódico no están muy bien informados.

—Bueno, bueno, así es a veces. Yo entro y salgo así que nunca saben cuándo estoy allí.

—¿Te estabas negando cuando te llamaba?

—No.

Bajé la cabeza y miré a un costado.

Claro que me estaba negando, Rebeca. ¿Qué crees, que me divierte estar aquí contigo, mirándote mientras apoyas tu cuerpo de dinosaurio en la mesa? Ay, yo vengo a leer mis revistas y a tomar mi café tranquila, estoy cansada por el viaje y por la presentación en el directorio y cuando más quiero descansar tú vienes y te sientas conmigo, Rebequita. ¿Me levanto y te dejo? No sé.

Mi voz salió en un murmullo:

—A veces salgo del edificio para las entrevistas. También tengo reuniones fuera. O sea que Milagros debe haber pensado en eso cuando te dijo que yo no estaba, lo siento.

Rebeca había dejado de sonreír pero conservaba un gesto risueño que le deformaba la cara. Me quedé mirando su cuello hecho de anillos de piel.

—Ya, no importa. No te preocupes.

—Bueno, no me acuses de cosas que no sabes.

—No, no te acuso —dijo—. Espero que no te moleste que me haya sentado aquí contigo. Es que me sentí tan bien de encontrarte anoche.

Movía las manos hacia arriba y hacia abajo. En ese momento, parecía estar dirigiendo una pequeña banda compuesta por los ruiditos de su cuerpo. Los aretes, las pulseras y las sortijas revoloteaban como pelotas por el aire. Yo veía cada sortija y pensaba que debía habérsela puesto cuando era joven, y que no se la había podido sacar desde entonces.

—Bueno, ¿cómo has estado, Rebeca? Tanto tiempo que no nos veíamos. Anoche estaba muy apurada y no te pude hablar.

—Sí. Tanto tiempo —murmuró—. Estoy bien. ¿Y tú? ¿De verdad estás contenta en el periódico?

Asentí.

El mozo trajo una bandeja con el café y un keke de chocolate cubierto de helado. El helado tenía una superficie áspera. En ese momento, me parecía un trozo de carne lacerada.

—¿Qué tal está tu dulce?

—Bueno. Comíamos kekes así en el colegio. Los vendían así, igualitos, en el kiosco del colegio. ¿Te acuerdas? —dijo.

—La verdad no tengo ni idea. Esos los venden en todos lados.

—No. Estos eran igualitos. Eran así, kekes de chocolate igualitos. Los vendían en el kiosco.

Probó un bocado.

—Saben igual también —murmuró—. Saben igual que los del colegio. ¿Quieres probar un poco?

—No, gracias —le dije. Hice una pausa y agregué en voz baja—: estoy a dieta.

Me di cuenta de mi error.

Ella sonrió.

—Yo no —dijo—. Como puedes ver, yo no estoy a dieta. Yo como de todo. Pero últimamente como más. La verdad es que solo me siento bien cuando como. Comer. Comer. Es lo que hago. No se me ocurre otra cosa.

Terminó el keke con helado y llamó al mozo. Tenía los labios humedecidos de blanco. Se limpió con la servilleta.

En ese momento ocurrió algo. Bajó la cabeza, se quedó de perfil y de pronto la vi inmóvil, como paralizada. Pensé por un instante que se acababa de morir. Me sentí inquieta. Pensé en tocarla para ver si aún respiraba. Tenía los ojos cerrados. De pronto los abrió.

—Los hombres… —dijo.

—¿Qué?

—Los hombres. Son la peor basura que hay en este mundo.

Me quedé callada. Ella alzó las manos.

—¿No te parece? —insistió.

—Ay, son un mal necesario —me atreví a bromear.

Me miró de frente.

—Son la peor escoria —dijo, apoyando la cabeza en una mano—. Yo sé por qué te lo digo. Y tú también.

—¿Yo también?

—Claro. Pero mejor no hablemos de eso.

Di un sorbo. El café me pareció demasiado caliente.

Rebeca se acariciaba el pelo. De pronto lo jaló hasta estirarse la piel cerca de los ojos. Lo hacía con toda naturalidad. Miraba hacia la pista.

—Mozo —dijo, alzando una mano.

El mozo se acercó.

—Me trae otro —dijo señalando los mendrugos de keke en el plato.

—¿Vas a comer otro?

Me miró con los ojos iluminados.

—Claro. Me encanta comer. ¿A ti no? Ah, no. Me olvidaba. Estás a dieta.

Me recosté en la silla.

El mozo le trajo otro keke. Era un espectáculo. Comía con una lentitud morbosa, cada pedazo desaparecía con un regocijo pausado en los labios. Lo atravesaba con el tenedor, lo contemplaba y pasaba la mayor parte del tiempo posible midiendo el trayecto entre el plato y la boca, casi con el placer de estar engullendo a un ser vivo. Quizá me estaba haciendo una demostración.

Muy bien, pensé. Ahora sí, llegó la hora de irme. Han pasado tantos años y lo único que quiero es irme. Pido la cuenta de mi café, dejo un billete de diez soles, no espero el vuelto y regreso al periódico. Si me sigues, yo puedo prolongar el juego de hablar contigo. Por lo menos hasta que lleguemos a la puerta de entrada. Después nos despedimos.

Estuve a punto de irme en ese momento. Pero no me paré, no me fui de allí, no la dejé.

En estos días, cuando ha pasado un buen tiempo, a veces me lo pregunto.

¿Por qué no la dejé ese día? ¿Por qué no me fui? Habría sido fácil. Habría caminado más rápido que ella, por supuesto, y al llegar al periódico, le habría dicho al guardia que no la dejara entrar. Si me hubiera parado con un gesto rápido, quizá todo habría sido distinto. Y sin embargo... no sé.

No me quedé sentada frente a ella por lástima o miedo o por una sensación de culpa. Lo más probable es que me quedara allí por cansancio. Acababa de llegar al café y no tenía ganas de regresar al periódico todavía.

Aunque pensándolo bien, tal vez quedarme allí con ella era, me cuesta decirlo, mi obligación. Mi obligación, mi deber, mi obligación. No sé cómo decirlo de otro modo.

Esa mujer llamada Rebeca era una mensajera del pasado, una prueba algo grotesca pero bastante tangible de todo lo que había ocurrido y casi había olvidado; las profesoras, los exámenes, las charlas en el patio, las loncheras al mediodía, los ejercicios en el gimnasio. Nuestras conversaciones, nuestras conversaciones sobre todo. Era una sobreviviente de mis recuerdos. Y además lo otro. Todo lo otro. ¿No podía tener la generosidad, mejor dicho, el cariño de seguirle la corriente un rato? Habíamos sido cómplices de lecturas y de discos y de idas al cine. Hasta que de pronto todo se había terminado.

Se estaba apresurando en demoler el keke. Tenía otra vez grumos en los labios.

Pensé en decirle que se limpiara con la servilleta, pero no lo hice. Estuvimos un rato en silencio.

—Pero no me has dicho qué tal te ha ido —murmuró.

—Yo estoy bien. Me casé, tengo un hijo. Y me va bien en el trabajo. Todo bien, la verdad.

Mientras yo hablaba, Rebeca asentía con la cabeza. El pelo le bailaba sobre los hombros.

—Yo no tengo marido. Nunca me casé. Pero te diré que no me importa. Estoy bien. Si te fijas, estoy mejor que tú, la verdad. ¿Sabes por qué?

Tardé en contestar.

—¿Por qué? —me resigné.

—Por lo que te conté en el avión. Por la herencia de mi tía. Me dejó un millón de dólares. Tengo una fábrica de textiles. Y ahora he hecho más dinero. Mucho más. Soy dueña de una empresa de exportaciones. La administra un sobrino. ¿Tú sabes cuándo una persona sabe que es rica?

—No.

—Cuando piensas que la cara de George Washington es la de tu marido. Cuando tienes relaciones obscenas con esa cara. Es como si él te hiciera el amor varias veces al día.

Le pedí al mozo un vaso de agua. Una pareja estaba entrando.

Sorbió de la taza. Vi que tenía una legaña.

—Tienes algo en el ojo. Límpiate.

En ese momento un rayo pareció activarla. Cogió violentamente la servilleta y se limpió varias veces. Al terminar, me miraba con un ojo húmedo y rojizo, atravesado de venillas.

Me trajeron el vaso de agua, que me terminé de un sorbo.

—¿Ya estoy bien?

—Sí. Estás bien.

—Bueno, como te iba diciendo. Una vez, cuando era chica, alguien me hizo la famosa pregunta: ¿qué harías si tuvieras un millón de dólares? ¿No te han hecho esa pregunta alguna vez?

—Si. En broma.

—Y yo me la tuve que hacer pero en serio cuando murió mi tía y me dejó esa plata. Un millón de dólares en el bolsillo. ¿Sabes qué fue lo primero que hice?

Me quedé callada. Supuse que se había comido tres tortas enteras de chocolate para festejar la herencia.

—No —le dije por fin—. ¿Qué hiciste?

—Maté a mis dos gatos —murmuró—. Los tiré a la calle desde la azotea de mi edificio.

Dio una carcajada que sonó como una descarga de ametralladora.

—¿Qué?

—Es que no quería compartir la herencia con nadie. ¿No te das cuenta? La plata era para mí nomás. Mi tía no se la había dejado a nadie más. Era para mí. ¿Para qué iba a compartirla con los malditos gatos?

El mozo le estaba sirviendo una nueva taza de capuchino. Ella le agradeció, y empezó a toser.

—No puedo creer que hiciste eso. ¿Mataste a tus gatos?

—Claro.

Se sonrió.

—No te creo.

—Es una broma —dijo con una expresión grave.

—Ya.

De pronto estaba moviendo la mano por la mesa, como si estuviera limpiando algo.

—Pero ganas no me faltaron, sabes. De todos modos, los dos se murieron de viejos allí nomás, poco después de recibir la herencia. En realidad quería a los gatos. Los quería mucho, y me quedé sola sin ellos. Pero eso me permitió viajar a Miami sin problemas. ¿Entiendes?

Sí, claro que te entiendo, pensé. Lo que entiendo es que te has vuelto loca. Eso es lo que entiendo. Un revoltijo de recuerdos y frustraciones amasadas en la soledad infinita, la soledad cóncava de tus habitaciones en el corredor de estos años y éste es el resultado. ¿Qué vas a hacer ahora?

—Pero el dinero es solo un paliativo, es como una pastilla para el dolor, al rato pierde su efecto —agregó—. En realidad, nada te consuela.

—Pero en Miami a veces, en la playa, uno puede conocer gente —objeté.

—Por favor, Vero, dime, ¿quién se va a acercar a una mujer como yo?

Se estaba pasando la mano por el cuerpo.

—Bueno, pero Miami es lindo. Claro que el sol de Miami es demasiado fuerte a veces —comenté—. Pero el color del mar es lindo.

—No me meto al mar. Me quedo en la arena. El mar es muy frío. Me quedo en la arena nomás. No hay nada como sentir la arena en los dedos.

Llamó al mozo. Movía la mano como si fuera un pañuelo. Me trae otro café por favor, señor. El mozo inclinó la cabeza.

Vimos pasar a la gente por la calle. Todos avanzan con lentitud, como en una procesión.

—¿Te acuerdas cuando leíamos juntas? —me dijo.

—Claro. Tantos libros. Y el que me regalaste todavía lo tengo, *La historia del siglo xx*.

Le trajeron el café. Tomó un sorbo. Se pasó la servilleta por la boca varias veces. Está frío, dijo. El café está frío. Oiga, mozo, lléveselo y traiga otro.

Leslie, la periodista deportiva del diario *Actualidad Peruana*, entró a la cafetería, me saludó de lejos y se sentó en una mesa junto al baño. Cargaba algunas revistas deportivas que se puso a hojear. Leslie tenía el pelo teñido de cobre, labios de piedra y manos como erizos.

—Sabes que verte anoche me trajo montones de recuerdos —dijo Rebeca.

Se hizo un silencio. El siguiente paso debía ser precisamente que yo le preguntara qué recuerdos habían sido esos.

Un grupo de turistas entró a la cafetería. Despedían un rumor sostenido. Todos llevaban manuales de *Perú Guide*.

Pedí la cuenta y saqué la billetera.

—¿Y qué recuerdos eran esos? —me resigné a decirle.

—Recuerdos de mi soledad. Los recuerdos de los días que yo lloraba sola detrás del kiosco, mientras veía a las empleadas hornear kekes como éste. Yo lloraba en una esquina detrás del kiosco, frente a la pared. Miraba todo el tiempo a la pared. La pared era mi único consuelo, ¿sabes? A veces me daba por escribir algo en la pared, y lo borraba. Escribía por ejemplo «Mierda mierda mierda» y después lo borraba. Pero después me metía en el baño y lloraba y golpeaba la pared con la mano y una vez la mano me empezó a sangrar. Y cuántas veces, mientras lloraba, absorbía la sangre, tomaba de mi propia sangre. Después me metía en la clase.

Se llevó una mano a la boca y agregó:

—Así era pero hoy ya trato de olvidarme de eso, de verdad. Es un asunto del pasado.

Había alzado las manos. Se echó a reír con una risa lenta.

—¿Por qué nunca me dijiste lo que sentías?

Miró hacia arriba.

—No quería incomodarte.

—Lo siento —le dije—. Lo siento, de verdad. Pero cuando lo hablábamos, no parecía que te preocupaba tanto. Nunca me dijiste que era tan horrible tampoco.

—No te preocupes. No quería molestarte con mis quejas, ya te digo. En esa época me parecía que nos habría distanciado. Pero ahora no me importa. Además, todo eso me da risa, como ves.

—Bueno, lo siento.

Dejó de reír. Se quedó un rato mirando al vacío. De pronto me estaba observando.

—Pero decir «lo siento» es muy fácil —comentó.

Estaba tomando un sorbo de la taza.

—¿Qué quieres que te diga?

Alzó una mano.

—No te preocupes.

—La verdad es que la gente joven puede ser muy cruel. De chicos, somos como unos animalitos. Totalmente inconscientes. Hay que verlo así.

—Bueno, pero tú nunca me fastidiaste. Nunca me decías nada. No eras de esas —dijo.

En su mesa, Leslie acababa de encender un cigarrillo. Me parecía que me había estado mirando un buen rato.

—No, yo no era de esas. Y mi hijo no es así tampoco en su colegio.

—¿Tu hijo? ¿Cómo me dijiste que se llama?

—Sebastián.

—¿Y qué edad tiene?

—Quince.

—¿Y a qué colegio va?

—Al San Pedro.

—¿Es bueno ese colegio?

—Sí. Está bien.

Asintió con la cabeza, como si yo le hubiera hecho una gran revelación. El mozo trajo la cuenta.

—Volviendo a lo anterior… No eras de las que me fastidiaban, no eras de las que me jodían, claro que no —dijo.

—Bueno. Me parecía que era una crueldad lo que hacían contigo.

—Tú eras algo peor —continuó.

Tomó otra vez de la taza. Parecía retener el café en la boca, como si lo mascara. Por fin le dije:

—¿Peor?

—Eras de las que nunca hicieron nada por evitar lo que pasaba. Tú eras mejor que las otras, o sea, eras mejor que las que me jodían. Además eras mi amiga. Y sin embargo no hiciste nada por evitarlo.

—Pero ¿qué querías que hiciera, Rebeca? Nunca me lo pediste.

—No sé, pues. Podías haber hecho algo.

—Pero ¿qué podía hacer?

—Pudiste haberles dicho que ya no siguieran haciendo esas cosas conmigo. Que ya no me jodieran, que me tuvieran un poco de compasión, un poquito nomás. ¿No podrías haberles dicho eso? Tú eras una líder de la clase. Todos te hacían caso.

—Pero ¿qué podía hacer yo? ¿Iba a regañarlas? ¿Iba a pegarles? No habría servido de nada, tú ya sabes eso.

—No sé.

—Te habrían seguido fastidiando igual.

—¿Qué?

—Te habrían seguido fastidiando igual, tonta.

Asintió con la cabeza. La siguió moviendo de arriba abajo.

—Me habrían seguido fastidiando igual, claro que sí —murmuró.

Tomó un poco de agua y se limpió la boca.

—Pero por lo menos yo habría sabido que alguien me defendía —agregó—. Todo habría sido distinto.

—¿Por qué distinto?

—Porque yo me habría ido a mi casa por las tardes por lo menos con un buen pensamiento. Habría caminado por esas calles llorando igual pero por lo menos con una frase, una frase que me habría consolado. Me habría dicho «Pero Verónica por lo menos me defendió». Para mí, en esos momentos, recordar tu voz defendiéndome habría sido algo precioso. Ya no la jodan, ya no le digan nada, frases así habrían sido un tesoro para mí. Yo ahora estaría aquí frente a ti, recordando eso. Te estaría diciendo: ¿te acuerdas de esa vez cuando todos se burlaban de mí en el patio y tú les dijiste «ya no la jodan», o «la próxima que la jodan se las van a ver conmigo»? ¿Te acuerdas de esa vez? Y tú me dirías que eso era lo mínimo que podrías haber hecho. Lo mínimo, así me hubieras dicho, no podría hacer otra cosa, unos idiotas eran esos que te jodían. Una cosa así habría significado como un abrigo, o sea, un abrigo contra los recuerdos, ¿sabes lo que te estoy diciendo? Una palabra tuya, una sola vez, habría bastado. A lo mejor yo sería otra persona si hubieras dicho eso. Y no la porquería que soy.

Hablaba en un tono neutral, sin inflexiones, como recitando una lección.

No sabía qué contestarle. Estaba tratando de controlarme. Yo había salido de una reunión importante, mi familia me estaba esperando en la casa, y de pronto estaba respondiéndole a un fantasma real que había aparecido con sus reclamos, después de veinticinco años de olvido. Era para no creerlo.

—Pero en esa época me dijiste que no te molestaba tanto.

—Lo dije para no joderte. Pero habrías podido decir una frase. Una frase, nada más.

—No digas tonterías —le dije—. Una frase no habría servido de nada. ¿Cómo vas a pensar eso?

Me di cuenta de que yo había puesto un billete de cincuenta soles en la mesa. No tenía nada más pequeño. El mozo se lo llevó. No podía irme por el momento. Iba a esperar el vuelto.

De pronto el local se había llenado.

—Es lo que pienso ahora —contestó.

—Pero, dime, Rebeca, ¿y por qué iba a ser yo la única responsable de defenderte?

Yo estaba casi temblando.

—Por lo que significabas para mí.

—Y qué significaba yo para ti, ¿me puedes decir? Había otra gente en la clase.

—Tú eras alguien especial.

Miró hacia la acera. Un grupo de chicas pasaba.

—La verdad es que creo que en esa época nunca me di cuenta de todo lo que te afectaba —me resigné a contestar.

Rebeca miraba hacia abajo. Había creado un espacio oscuro debajo de ella, como si estuviera acunando algo.

—Querías ser siempre tan guapa, ¿no? Tan elegante, tan guapa, tan inteligente. No querías problemas. Por eso no dijiste nada. ¿No fue eso?

La voz se le había agudizado. Me sentí de pronto paralizada.

—No. No fue eso —dije.

—¿No?

Le sonreí. La tarde había enfriado y estábamos cerca de la puerta. Un viento largo arrasó con las servilletas de varias mesas.

El mozo tardaba una infinidad en traer el vuelto.

Sentí una capa de hielo en los labios.

—¿Sabes en realidad por qué nunca te defendí, Rebeca?

La cabeza se enderezó.

—¿Por qué?

—No te defendí, la verdad, porque no me dio la gana, ¿me entiendes?

—¿No te dio la gana?

—Te lo voy a decir de otra manera: no te defendí porque tú te merecías todo lo que te decían.

Mi voz había temblado al final de la frase. El mozo se acercó. Traía unos billetes y monedas en una bandeja.

Hubo un largo silencio. Guardé el dinero y tuve el resto de frialdad suficiente para dejar unas monedas de propina. La miré otra vez.

—¿Me lo merecía? —susurró.

—Más bien, era algo que me entretenía. Me divertía ver que te fastidiaban.

Algo se estaba recomponiendo en su cara. Las facciones parecían ordenarse como asimilando lo que acababa de oír.

—Vaya, Verónica. Qué noticia. Así que te divertía. Tengo que decirte algo.

—¿Qué más puedes decirme?

Miró hacia arriba y dio un largo respiro. Luego volteó hacia mí.

—¿Tú sabes todo lo que yo te admiraba?

Eché la cabeza hacia atrás. Rebeca había bajado los ojos.

—No hables tonterías —le sonreí—. Y ahora con tu permiso, tengo que irme a trabajar. Hasta luego.

Me paré y desde la puerta, cedí a la tentación de voltear a mirarla. Seguía allí sentada. El pelo le caía como un velo grueso.

De pronto la vi alzar la cabeza. Pensé que iba a voltear pero no lo hizo.

Me alejé. Llegué pronto al periódico.

El guardia me saludó. Le pedí que no dejara pasar a nadie. Avancé rápidamente por el corredor. Tomé las escaleras. Sentí la brisa de una ventana abierta en algún lado.

Estaba jadeando.

Di media vuelta para ver si ella estaba allí.

Por un momento pensé en regresar.

¿Por qué le había dicho eso?

Tú merecías todo lo que te decían. Me divertía ver que te fastidiaban. No era cierto. Al contrario. Me horrorizaba todo lo que le hacían. Yo también sufría, aunque en silencio, con los insultos. Nunca la había visto después del último día. ¿Por qué le había dicho eso? ¿Por qué no me había contenido? Y ahora el eco de esas palabras juntas, la frase estaba allí.

Me la imaginé sentada, sola, en la cafetería.

Subí por las escaleras, saludé a algunas personas en el pasillo. Respirando con dificultad, me senté frente a mi computadora.

—Buenas noticias —dijo Milagros—. Acaba de llegar una carta del embajador de Colombia al señor Lucho. Te felicita por la entrevista a Uribe y por el reportaje. El señor Lucho llamó a felicitarte también.

—Gracias —le dije, mirando el reloj—. Creo que me voy a descansar. Estoy muerta con el viaje de anoche.

—Oye, ¿estás bien? Te ves pálida.

—Es el cansancio del viaje. Ay, además tengo muchas preocupaciones estos días.

—¿Qué preocupaciones?

Volteé y le sonreí.

—Nada. Lo de siempre nomás.

VI

En la casa, Giovanni me recibió con la noticia de que debíamos ir a la casa de su tía. Era cumpleaños de su tía Vicky y yo lo había olvidado.

—La verdad es que estoy muy cansada, Giova. Yo creo que me quedo.

—¿No vas?

—No. Anda tú nomás.

—Pero, Verónica, por favor vamos, pues. No seas así.

—Ay, pero estoy muy cansada.

—Pero quiero que me acompañes, pues. Es que también va mi primo Pocho, que no me quiere nadita.

Giovanni tenía la costumbre de proclamar el rango de sus parientes. Cada miembro de su familia aparecía con su etiqueta: «mi hermano Aurelio», «mi tía Vicky», «mi primo Pocho».

—Tu primo Pocho es un idiota, Giovanni. No le hagas caso.

—Pero acompáñame, pues. Ven conmigo.

—Me voy a acostar. Llegué de viaje anoche, acuérdate. Diles que me disculpen nomás.

Giovanni se encogió de hombros.

—Llámala a mi tía Vicky por lo menos. A disculparte.

—Sí, voy a llamarla.

Giovanni partió a la casa de Vicky con Sebastián. Yo me senté frente al televisor.

Cambié varios canales. Por fin me quedé viendo una película de pandillas. No entendía la historia. Me parecían todos unos tipos raros que hablaban en un idioma extraño.

Fui al armario. Allí, en algún lugar, tenía el libro de graduación del colegio.

Lo encontré. Un escudo, una espada, una llama de luz. La fuerza, la prudencia, la moral. Las armas con las que el colegio había preparado a los alumnos y alumnas.

Pasé las páginas. Una serie de fotos. Partidos de fulbito, saltos en la pista atlética, carreras en la piscina, alumnos escribiendo en sus cuadernos. Los kioscos en la kermesse. La letra del himno del colegio. Las fotos de la directora, los profesores y los alumnos.

Luego venía la foto de cada una de nosotras. Estaba mi foto, yo casi irreconocible, con mi pelo corto y mi sonrisa tonta y mis deseos para el futuro: hacer una carrera como periodista y conocer muchos países.

La foto de Rebeca estaba un poco antes. A diferencia de las demás alumnas, ella miraba al lente de costado, con una sonrisa a medio hacer. Debajo, aparecían las preguntas que se les habían hecho a todas: qué carrera vas a seguir, qué es lo que más vas a recordar del colegio, cuál es tu mayor sueño para el futuro. Ella había contestado las tres: administración de empresas, mis tardes junto al kiosco y encontrar a alguien.

Encontrar a alguien. ¿Qué quería decir con eso?

Cerré el libro y volví a ver la televisión. Me quedé dormida en el sofá.

Soñé que yo corría por una avenida llena de dinosaurios, elefantes y otros animales inmensos que no identificaba. Los oía pero no los podía ver. Cuando uno de ellos estaba a punto de alcanzarme, desperté.

Sentí la puerta de la calle cerrándose.

Fui al dormitorio temblando y me dejé caer.

Giovanni entró.

Lo oí ponerse la piyama.

* * *

Desperté. Bajé corriendo. Estaba justo a tiempo de tomar desayuno con Sebastián.

Lo despedí. Giovanni estaba bajando las escaleras, con su piyama a rayas.

—¿Qué tal la reunión de anoche? —le pregunté.

—Aburrida, como todo en mi familia. Pero mi primo Pocho no me molestó. Me la pasé hablando con mi hermano Beto.

—Bueno, no estuvo del todo mal entonces.

—Oye, te ves cansada. ¿Qué te pasa?

—Debe ser el viaje.

—¿No estarás enferma?

—No. Pero me he estado sintiendo un poco mal.

—¿Mal? ¿Por qué?

—No sé.

En ese momento no tenía ganas de contarle acerca de Rebeca.

Todavía podía verla, sentada de espaldas en el Chef's Café, el velo negro sobre los hombros. Olvidarme, olvidarme, dejarla atrás. Pensaba que no iba a saber más de ella.

Giovanni estaba de pie, rascándose la piyama.

Bostezó varias veces, miró hacia arriba y se alejó. Qué dolor de cabeza tengo. Voy a tratar de dormir más. ¿Podría llevarle una aspirina? El dolor de cabeza me mata, comentó.

Me levanté, le puse dos aspirinas en un plato y se las llevé con un vaso de agua. Me dijo «gracias» y se las tomó, sin mirarme.

Me fui al baño. Era el lugar de la casa donde prefería estar. Podía quedarme sola allí. Un rato. Ay, un rato por lo menos.

Qué dolor de cabeza tengo, me había dicho. No podía recordarlo de otro modo. Me duele la cabeza, me duele el estómago, me mata el dolor de espalda.

Su infancia había sido una clínica privada con un solo cuarto y siempre había tenido una gran enfermera que hacía las veces de médico y mucama junto a la puerta. Esa enfermera vivía de pie, con la bandeja lista, esperando que llegara el momento de llevarle un vaso de agua y una pastilla. Pero su madre se había muerto hacía dos años, y ahora yo debía ocupar su lugar.

Me parecía tan extraño haberme casado con él.

En nuestra primera cita, Giovanni me había contado acerca de las dificultades que tenía con su padre. Habíamos hablado de eso durante tres horas en un café en Diagonal. Por entonces, yo me sentía muy estimulada por sus lamentos. Me gustaba oírlo quejarse porque me alegraba consolarlo. Saber que podía darle consejos reforzaba mi confianza. Su debilidad me daba fuerzas. «Estoy segura de que vas a llevarte bien con tu papá», «El afecto está por encima de cualquier malentendido», «Lo mejor es decirle las cosas claras», éstas eran algunas de las frases tontas que le había dicho en esos días.

¿Por qué quería consolarlo? Muchas veces me lo había preguntado.

A veces me parecía que nuestro matrimonio era el fin de un largo viaje, como si me hubiera aferrado a él para no caer rendida.

Su pena me había parecido un continente nuevo. El regocijo con el que había clavado la bandera de mi compasión en ese territorio me había durado hasta poco después de la boda. Me fascinaba adentrarme en su sufrimiento, abrir nuevos caminos y liberar sus cuevas y selvas. Lo había hecho primero con pasión, luego con cariño y al final por un áspero sentido del deber. Había comprendido por fin que su vida era un territorio pequeño por el que yo andaba en círculos.

Nuestra convivencia era una rutina tensa. Por la mañana Giovanni se asomaba a la puerta del baño para confesarme alguna nueva pelea con un pariente. Al mediodía culpaba a las empresas por la poca atención que le prestaban a su currículo. Por la noche decía que nada le importaba y me proponía irnos a vivir al extranjero. Al comienzo, yo lo escuchaba. Lo había hecho hasta el día en que me dijo con los ojos vidriosos que nunca iba a consolarse de la pérdida de su madre. Me lo dijo una mañana de sábado, en la cocina. Siempre voy a ser muy infeliz sin mi madre. Soy un niño vagando en el espacio sideral.

Las discusiones con él eran monótonas. Giovanni había puesto toda su inteligencia al servicio de urdirse problemas y de construirse enemigos. Si él se quejaba de un dolor de algo y yo le compraba un remedio, él examinaba la hoja con las contraindicaciones y me aseguraba que iba a hacerle daño al hígado. Luego buscaba en internet algún informe que le asegurara que un componente químico del remedio podía producir alguna forma de la hepatitis. Luego lo imprimía y me lo mostraba triunfante como una bandera de guerra. Si yo le sugería los nombres de empresas nuevas donde enviar su currículum, él me decía que no conocía a nadie en esas empresas y que por lo tanto no iban a querer contratarlo. Luego, a modo de prueba, me leía la lista de los directivos.

Las derrotas anticipadas, los nuevos riesgos y los peligros imaginarios eran los pantanos en los que florecía su ingenio. Giovanni era un insaciable inventor de mezquindades para consigo mismo. Gozaba con una perversión narcisa diseñando un mundo hostil a sus deseos. Cuando perdía en un partido de golf, sentía que era el fin de su carrera de golfista aficionado. En esos casos, se prometía no jugar nunca más y se quedaba largas horas en silencio y mirando la televisión. Hasta que un día se paraba y se iba otra vez al campo de golf, para seguir dándole a todas las pelotas de su ansiedad.

* * *

Yo se lo había dicho muchas veces. Nuestra letanía sonaba más o menos así.

Lo que ya casi no soporto, Giovanni, es tu tristeza, tienes una tristeza infinita, maleable, que siempre estás protegiendo. O sea, te lo digo de otro modo. Estás enamorado de tus problemas. A veces me parece que lanzas tu voz quejumbrosa como un anzuelo en busca de víctimas piadosas. ¿Entiendes lo que te digo? ¿Entiendes? Perdóname, pero creo que tenemos que hablar de eso. Y sin embargo, eres una persona tierna, y buena, y quiero que nos llevemos bien. ¿Ah, sí? No me digas. ¿Eso es lo que crees? ¿Qué soy un triste incurable? Muy bien. Entonces vete, no sé qué te retiene aquí, lo mejor será que nos separemos ya que soy una carga para ti. No tenemos nada que ver tú y yo, Verónica. Voy a buscarme una mujer que me comprenda.

* * *

Después de sentir que habían desaparecido mis energías de salvadora, yo había empezado a verlo cada vez desde más lejos, con la irritación de una misionera fracasada. Poco a poco, él había ido acumulando y empaquetando sus quejas y lamentos, sorprendiéndome a veces con una nueva ración de ellos en la mesa del desayuno o en el teléfono de la oficina. Eran tan repetidos que ya me los había memorizado.

En el escenario de nuestro matrimonio, a partir de algún momento yo había empezado a verlo desde una esquina. Él declamaba sus desgracias y yo era la única espectadora que le quedaba en la función, o al menos eso creía.

¿Cómo había ocurrido que me casara con él? Lo había conocido en una fiesta en casa de mi examiga Doris. Esa noche, él andaba por el pasillo abriéndose paso, buscando el baño de la casa. Me pareció un niño desvalido. Qué patético para una mujer como yo sentirse atraída por un chico solo por la cara de tristeza con que pregunta «¿Sabes dónde queda el baño?». Ay, qué vergüenza ese día. ¿Sabes dónde queda el baño? ¿Puedes decirme dónde queda el baño, por favor? Ay, Giovanni.

A veces pensaba que con él había sucumbido a la droga de la piedad. Las alucinaciones me habían hecho creer que iba a poder redimirlo. Pero mi compasión había sido un acto de vanidad. Protegerlo me había hecho sentirme protegida. Ay, Giovanni, Giovanni. Este asunto de la piedad es así, no sé cómo decirlo. Revestir un cuerpo desnudo, una se esmera en colgar sus tules sobre un cadáver.

Si no hubiera sido por Sebastián... Ay, Dios mío.

Pero aun así, aun así, me parecía un hombre bueno, capaz de una ternura tibia y desvalida, como la de un cachorro. Se lo había dicho muchas veces, y en ocasiones, cuando lo veía dormido, me acercaba y con todo el cariño del que era capaz le acariciaba la cabeza. A veces, cuando quería, era así también conmigo. Y podíamos comentar las noticias y hablar sobre cómo crecía Sebas. Y a veces reírnos juntos. Quizá, quizá...

¿Iba a poder abandonar a Giovanni algún día? ¿Iba a encontrar a alguien que pudiera abrazarme y hacerme sentir protegida y querida? ¿Podía estar con un hombre al que deseara durante el resto de mi vida?

Miré a mi alrededor. Una serie de ruidos en la casa. Una gotera distante, el murmullo del frigidaire, los cantos de algunos pájaros en el parque. La mezcla de todo eso me daba una especie de seguridad.

Entré al baño y cerré la puerta.

De pronto estaba pensando no en Giovanni sino en Rebeca. Me pareció que ella estaba dentro del baño, conmigo, aconsejándome lo que debía hacer con mi marido.

Rebeca, Rebeca.

Salí al dormitorio otra vez.

—¿Qué te pasa? —dijo Giovanni.

—Estoy un poco preocupada.

—¿Por qué?

—Una amiga de la infancia que me encontré en el avión. En realidad, no una amiga, una compañera de colegio.

—¿Ah, sí? ¿Quién?

—Una chica que estaba en mi clase. Todo el mundo la fastidiaba. Nos encontramos después de años. Y le dije que trabajaba en el periódico, y ayer me llamó. Después nos encontramos en la cafetería del Chef's.

—¿Cómo se llama?

—Rebeca. Rebeca del Pozo. No tiene importancia.

Me vestí y salí al comedor. El desayuno estaba en la mesa. El café de Villa Rica extrafino, muy fuerte y negro, era mi preferido. Me ayudaba a no pensar.

VII

Camino al trabajo, prendí la radio del auto y fui pasando de estación en estación.

Era un día inesperadamente soleado. Me detuve frente al semáforo. Un grupo de tres muchachos salió a manipular unas pelotas de tenis delante de los automóviles. Era el circo habitual: tiraban unas cuantas pelotas en el aire, hacían malabares y extendían la mano buscando una moneda.

De pronto algo ocurrió delante de nosotros. Una caravana de motociclistas de la policía detuvo el tráfico, se hizo un vacío en el asfalto y pasaron unos cuantos carros de vidrios polarizados. El presidente o el primer ministro estaban yendo a trabajar y los demás quedábamos atrapados allí hasta que la caravana terminara.

Entonces lo vi. Un muchacho de ojos grandes se acercó a la ventana. Era un poco mayor que los otros. Tenía el pecho casi descubierto.

Saqué una moneda y se la puse en la mano. Sentí la piel tibia y sucia.

—¿Cómo va el negocio? —le sonreí.

—Bien.

Me sonrió. Para mi sorpresa, se quedó allí en vez de seguir hacia los demás autos. Estiré las piernas. Pensé que quizá yo le había parecido atractiva.

Tuve una idea absurda. Invitarlo a subir al auto conmigo. Quería ayudarlo. Lo podía llevar a otra calle, donde le fuera mejor.

—¿Desde qué horas estás aquí?

—Desde temprano.

—¿Y te quedas aquí o te vas para otra esquina?

—No, me quedo un rato aquí.

—¿No quieres que te lleve a otra esquina donde haya menos competencia? Mira que hay muchos chicos aquí haciendo lo mismo.

El muchacho apretó los labios. Yo seguía asombrada de lo que acababa de decirle. Había confiado en que él se iba a negar pero no había evitado proponérselo.

—No, señora. Aquí nomás.

Saqué otra moneda de cinco soles. Se la di, y retuve el roce de sus dedos todo lo que pude. La caravana de lunas polarizadas acababa de terminar.

—Cuídate mucho —le sonreí.

Me miró.

—Muchas gracias, señora.

Aceleré. Lo vi por el espejo retrovisor. Se parecía tanto a Nico.

* * *

Esa tarde llamé a mi padre.

Ver a mi padre era una costumbre intermitente. Podía pasar una semana sin saber de él. Pero durante algunos periodos, apenas veía un teléfono, sentía el impulso de llamarlo. A veces, sin haberlo planeado, me encontraba a mí misma manejando hacia su casa.

Era así. Mi circuito estaba compuesto por mi casa, la de mi padre, la de María Eugenia, algunos cines, el club de tenis, algún restaurante, dos o tres librerías. Iba por instinto de uno a otro de esos sitios, como un animalito que circula.

Mi padre vivía con Yolanda, una empleada cuyo trabajo era prepararle las comidas, limpiar la casa y escucharlo. Por las noches veían telenovelas juntos. Yo alguna vez había creído que mi padre se acostaba con Yolanda pero luego había desechado la idea.

Mi papá, mi papi, mi gran juez, mi gran verdugo. Y mi dios.

Me asombraba su resistencia frente a las humillaciones de la vejez. Tenía varios problemas pero la incontinencia urinaria era el más frecuente. Felizmente no le daba demasiada importancia a su necesidad de usar pañales. Cuando yo le preguntaba por eso, él me decía: «No es nada. Muchos hombres tienen eso a mi edad. Además, hay casos peores».

Durante los últimos años, con mucha frecuencia, mi padre había salido a tomar café con sus amigos en el Haití. Era su grupo de siempre: Humberto, Pedrito y Dan. Hablaban de política, de fútbol y se contaban chistes. Alguna vez, con ocasión de los cumpleaños de cada uno, se invitaban a sus casas.

Mi papá se había entregado a los amigos como al trabajo y a la familia: con un aparente interés, monitoreando en la distancia sus apatías y temores. Mi madre siempre lo había protegido. Durante nuestra infancia, él había viajado dentro de su jaula de silencio como una pantera. Nos permitía que lo viéramos para que lo admiráramos tras las rejas. Pero no nos ofrecía nada, más que los libros y los discos que había llevado a la casa. Mi mamá le cuidaba su encierro. Nos había pedido que no le habláramos. Cuando él se encerraba en su mutismo, nosotras no debíamos preguntarle nada. Así tiene que ser, nos decía mi mamá. No le digan nada. No hay que molestarlo.

El cemento de la relación entre mis padres había sido su devoción. Empezaba desde que ella le servía el desayuno hasta que le colgaba el saco. Él la había aceptado como un hecho natural. La devoción de mi madre lo halagaba pero también lo sostenía, aunque creo que él nunca había entendido eso. Su solipsismo era un velo negro que ella le ayudaba a colocarse todas las mañanas.

Para huir de las tensiones de una educación disciplinada, mi papá nos había consentido mucho a mi hermana y a mí. Su generosidad era un descuido o una señal de pereza, más que una virtud. De niña, me había atemorizado el pánico detrás de su frialdad, sus ojos de terror cuando volteaba a mirarme de lejos. Había preferido vernos de lejos siempre. No quería querernos demasiado para no depender de nosotras. Nos daba permiso para salir hasta tarde, nos compraba ropa, nos contaba chistes, nunca nos prohibía nada. Pero no se sentaba a conversar con nosotras. Nunca, nunca. No se sentaba con nosotras. Era un mimador indiferente. El afecto de la disciplina era un esfuerzo excesivo para él. Prefería ignorarnos y consentirnos, para no preocuparse. No sé, no sé si esa era la razón. Su cariñosa distancia me había marcado desde niña. Pero luego, tras la muerte de mi madre, se había ablandado y a veces me daba un abrazo al recibirme. Y a veces nos sentábamos a hablar, ahora sí.

—¿Cómo has estado, papá? —le dije ese día.

—Aquí pues como siempre. ¿Y tú?

—Todo tranquilo.

Le hablé de la familia. Luego de las novedades de la vida política. Algunos candidatos al gobierno ya empezaban su campaña. Esperemos que no pase lo peor, me dijo.

De pronto nos quedamos viendo televisión. Cuando volteé a verlo, me di cuenta de que se había quedado dormido. Estaba recostado en el sofá, pasmado, con los brazos en cruz, navegando por sus sueños con la boca abierta.

Tuve una sensación extraña: que estaba a mi merced.

Salí de su casa con una sensación de alivio.

Estaba bien.

* * *

Al día siguiente fui temprano al periódico. Tenía que hacer la página, ir a la reunión y prepararme para salir.

A las doce del día, la embajada de los Estados Unidos daba un cóctel en su residencia para recibir al nuevo agregado cultural. Yo ya lo había conocido en una visita al periódico, un tipo de ojos azules y piel muy blanca, bastante encantador. Como otras periodistas, yo debía estar allí. Era casi parte de mi trabajo. Giovanni pasaría a recogerme.

En la casa, me había probado varios trajes.

Por fin, no muy convencida, había elegido un vestido azul, zapatos de taco alto y un collar de plata. A las once, entré al baño a maquillarme y a peinarme.

A las doce estaba esperando a Giovanni, sentada frente a mi escritorio. Recordé una frase de mi padre, «El cóctel es el evento al que invitan a personas que no merecen ser invitadas a cenar». No era así, papi querido. Hay cocteles que resultan más importantes que cualquier cena. Hay más gente, todos están parados, hay menos charla con cada uno, vas pasando de una a otra persona. No es una batalla sino una larga serie de escaramuzas.

Embajadores, ministros, empresarios, personajes de la televisión, algunos de los notables de la vida limeña iban a asistir a la embajada ese día. Pero también muchos amigos. En un alarde de buen gusto diplomático, en esas reuniones la embajada servía pisco sour, vino, whisky y también butifarras, cebiches y tamalitos. En ocasiones las bandejas aparecían adornadas con las banderitas cruzadas del Perú y de los Estados Unidos.

Giovanni me llamó del celular y salí a esperarlo.

Al entrar a la sala de la residencia, vimos varios grupos dispersos. Me la pasé un rato saludando a algunos conocidos. Vi de cerca uno de los hitos de la noche: la llegada de Marita Dasso.

Marita siempre hacía notar a los demás lo bien que se había programado. Un conjunto de color crema que armonizaba con un pañuelo celeste y un collar de perlas. Una punta afilada del pañuelo que le caía con gracia sobre el pecho. El tono durazno de su maquillaje, las sortijas plateadas, el cuello color marfil y los zapatos negros. Era la impresión que había que dar: gracia, dinero y clase. Bravo, bravo. Muy bien, Marita. La hiciste, la hiciste otra vez. Ya no eres ninguna jovencita pero algunos hombres voltean de vez en cuando a mirarte, y a veces te piropean. Tú siempre contestas gracias, qué amable, qué gentil, me he puesto un traje que encontré en el ropero, nada más. ¿Un traje que te encontraste en el ropero? Caramba, Marita, caramba. Tu ropero es una fábrica de milagros, hija.

Yo estaba segura de que la noche anterior a esas reuniones mi amiga Marita buscaba varios vestidos, los ponía sobre la cama y estudiaba las diferentes combinaciones que podía hacer. Apareaba trajes con zapatos, faldas con blusas, collares con aretes, y los iba intercambiando como si estuviera haciendo un solitario de naipes desesperado. Luego cerraba los ojos, se alucinaba en el escenario de la fiesta a la que iría al día siguiente y proyectaba una visión panorámica: ¿cómo le quedarían esos vestidos junto al color de las paredes del lugar? Imaginaba varios cuadros en los que ella aparecía en conjuntos distintos, soñaba con las posibilidades de su aspecto (a veces tendría pesadillas en las que se veía descompensada), y la mañana siguiente, a las diez u once, ya había escogido uno de los modelos. Lo que veíamos aparecer era el resultado de un proceso largo y enfermizo de composición. Yo la odiaba, por supuesto, porque siempre iba mejor vestida que yo. Pero su felicidad me permitía burlarme de ella. Se lo comentaba a Giovanni, que se reía conmigo. «A ver con qué vestido nos sorprende Marita hoy», le decía.

Esa tarde, ella se me acercó, me saludó con un beso, le alabé su traje y me fui lo más lejos posible.

Vagué por la sala, saludando a algunos conocidos.

Al fondo del salón vi a Hugo Granda, jefe de la página editorial de *Variedades*.

La conversación de Hugo Granda era un museo oral de sus falsedades. Era un mentiroso en serie. Repartía mentiras como un jugador reparte cartas en una mesa de juego. Había mentido desde muy joven pero los ojos aún le brillaban de emoción cuando sentía una mentira brotando fresca de sus labios. Las decía con naturalidad y elegancia, desde que elogiaba el aspecto de alguien hasta que se despedía deseándole lo mejor. El menú de sus mentiras era variado pero siempre incluía la serie de sus éxitos como abogado, sus compras en Nueva York y los éxitos de sus viajes por Europa. Había venido atrincherado en su terno oscuro, y estaba en ese momento junto a la ventana, moviendo la cabeza de un lado a otro como una tortuga vigilante. Por lo que pude oír, estaba elogiando la política antidrogas frente al embajador americano. De vez en cuando alzaba el dedo y lo llamaba «mi dilecto embajador».

Felizmente, Giovanni estaba confinado en una esquina de la sala con su amigo Javier. En el primer salón vi a

Eduardo y a María Elena Lores. Hablamos de un amigo común que acababa de regresar de Alemania. Al fondo escuchábamos una tranquila melodía de jazz.

Pasé la siguiente hora hablando con amigos en el gran salón de la residencia. La vaga música de fondo estaba cobijada por un rumor ascendente de voces. Periodistas, gente del gobierno, empresarios, uno o dos pintores conocidos... algunos de ellos me pedían las novedades sobre el huracán Katrina. ¿Tan lindo New Orleans y no va a quedar nada?, me dijo alguien.

Los mozos aparecían y reaparecían. Giovanni seguía hablando con Javier.

Cuando vi a Rebeca, yo estaba parada en un extremo del salón con Phil Yeats, del departamento comercial de la embajada.

Volteé hacia el lado opuesto. Ay, Rebeca, Rebeca, ¿qué hacía allí?

La miré rápidamente otra vez. Estaba con un traje azul y un collar de plata. Hablaba con un señor de terno oscuro. Volví a concentrarme en Phil, que me contaba de su viaje al Cuzco.

Me gustaba hablar con Phil. Era un gringo alto y pelirrojo, que corría cinco kilómetros todos los días por el malecón de Miraflores. Había trabajado en las embajadas de Kenia y México antes de venir a Lima. Era un tipo divertido, con un humor irlandés y una inteligencia refinada por sus cambios de domicilio. Se sentía americano pero también de todas partes y de ninguna. Cuando estaba en confianza, recitaba un chiste tras otro.

Mientras hablaba con Phil, seguí mirando a Rebeca de reojo. Ay, Dios mío, Dios mío.

Estaba de pie, muy erguida. Me di cuenta de que el tipo flaco y barrigón que la escuchaba era Hugo Granda. Ella le hablaba sin parar.

De pronto dejó a Hugo. Se estaba acercando a mí.

—Qué sorpresa, Verónica —sonrió—. Verte aquí.

Le di la mano.

—Hola, Rebeca. Te presento a Phil.

* * *

Phil se había abstenido de seguir la costumbre limeña de saludar a una mujer con un beso.

—Sí, nos conocemos —le dijo Rebeca—. Usted está en el área comercial, ¿no?

—Bueno, ayudo a la gente que compra y vende en el Perú —dijo Phil—. Y también a la gente que compra y vende en los Estados Unidos.

—O sea, los que nos compran por poco y los que nos venden por mucho. Los ladrones de su país que quieren que sigamos siendo siempre pobres —dijo Rebeca.

—Rebeca, no hables tonterías —reaccioné—. No seas malcriada.

—¿Malcriada?

—No se preocupe, Verónica —dijo Phil—. Yo sé que algunos piensan como ella. Pero la verdad es que nosotros intentamos las mejores oportunidades para todos. Aquí y allá. A Estados Unidos también le conviene que el Perú se desarrolle, igual que toda Latinoamérica —agregó, haciendo un arco con el brazo.

—Hay mucho miserable, mucho canalla, mucho sinvergüenza en los Estados Unidos, señor Yeats.

Phil sonrió brevemente.

—Por supuesto que en Estados Unidos hay gente inescrupulosa como en todas partes, pero eso no significa que todos sean así, señora.

—Usted sabe a lo que me refiero, señor Yeats. No se haga el tonto.

—Basta, Rebeca —intervine—. Estás diciendo tonterías.

—Bueno, voy a ver a unos amigos que han llegado —dijo Phil—. Y a servirme otro trago. Permiso.

Hizo una venia. Yo lo miré alejarse. Rebeca había logrado espantarlo pronto.

Un mozo pasó y recogí un vaso de whisky.

—Te ves muy bien. Muy guapa —me dijo Rebeca acercándose—. Muy guapa y además distinguida. Un montón de hombres maduros en la sala están suspirando por ti. Siempre lo has logrado, ¿no? Desde el colegio.

—No creas, no es para tanto.

—Te debes sentir muy importante, ¿no? Para que tantos hombres te miren.

—La verdad es que no me siento nada importante. Y estás insoportable.

—¿Insoportable? ¿Por lo que le dije al señor Yeats? Ay, lo siento mucho.

Miré al resto de la gente hasta que me quedé de pie frente a ella. Algunas imágenes regresaron. Terminé el vaso.

—¿Es tu esposo ese tipo que está allí? —dijo de pronto, señalando a Giovanni.

—Sí.

Lo miró. Parecía estarlo evaluando.

—Un hombre bonito, sin duda.

—¿Bonito?

—Sí, es bonito. Es como un muñeco guapo. No está mal. Pero no es para ti.

—Si tú lo dices, así será.

En ese momento, se acercó un mozo con una bandeja de yuquitas fritas. Ella tomó dos y las untó en la salsa huancaína. Luego cogió un vaso de vino.

—Me decepciona tu actitud —me dijo sorbiendo del vaso.

—¿Qué actitud?

—La de fingir que eres cortés conmigo cuando en realidad es obvio que te molesta mi presencia. Dime la verdad. Casi te repugna verme, ¿no?

Miré hacia la puerta.

—No, para nada. Más bien me da pena lo que me contaste. Todo lo del colegio. Es un asunto que te ha amargado y lo único que haces es dedicarte a tu amargura. ¿No te cansas de compadecerte de ti misma, oye?

Movió la cabeza de un lado a otro.

—Te equivocas —me dijo—. Yo sé que esa es la impresión que doy pero no es así.

—¿No es así? Pero si no hablas de otra cosa.

—Sí, pero el otro día que te fuiste no me dejaste terminar de decirte algo. Yo no me compadezco de mí misma, sabes, porque creo que eso me ayudó. Lo que me pasó en el colegio me hizo más fuerte. Soy una hechura de ustedes, en realidad.

—¿Hechura de nosotros?

—Porque soy más fuerte que todos ustedes y más fuerte que tú en especial.

Estaba volteando la cabeza y miraba hacia abajo. Me pareció que por un instante la gente se había inmovilizado a nuestro alrededor.

—Bueno, entonces, ¿qué te puedo decir? Felicitarte, nada más.

—Gracias.

Dio un sorbo a su vaso.

—¿Y cómo así viniste a la embajada? —le dije.

—Me invitaron —murmuró—. Tengo la nacionalidad americana. Y durante años he exportado a los Estados

Unidos. Textiles, sobre todo. Tu amigo Phil ya me conoce. Ya sabe quién soy. O cree que sabe.

—¿Y cómo así tienes pasaporte americano?

—Porque viví allí. En New Haven, en Boston, en un montón de sitios. Me fui a Estados Unidos cuando acabó el colegio. Y he regresado a vivir aquí, hace como un año. Mantengo las empresas de exportación aquí, las que hice con el dinero de mi tía. Un sobrino las maneja ahora. Él me está administrando la plata. Tengo varios millones, ya te dije.

—Muy bien —la felicité—. Pero si te sigues portando así, nunca más van a invitarte a otra reunión. Estás muy malcriada.

—¿Tú crees?

—Insoportable.

De pronto los ojos se le llenaron de lágrimas. Su cara se había iluminado.

—¿Crees que debo pedirle disculpas a Phil?

—Pero por supuesto.

—Ya... Bueno, tienes razón. No sé qué me pasa a veces. Y lo peor es que no tengo nada contra ese señor. Pero es que...

Me miró. Se puso una mano en la mejilla.

—¿Qué te pasa?

—No sé por qué, a veces tengo esos arranques de violencia, no sé. Es algo que no puedo controlar. Perdóname tú también.

—Bueno, pues trata de controlarte.

—Ya.

Hubo una pausa de rumores y música de piano. Aún estaba conteniendo las lágrimas.

—Mira, Rebeca, eso que te dije el otro día, eso que te merecías lo que te decían, que te merecías los insultos, bueno, no quise decir eso, lo que pasa es que estabas pesadísima.

Alzó la cabeza. Se pasó los dedos por el pelo.

—No te preocupes. Yo estaba muy insistente con el asunto.

Nos quedamos calladas.

—¿Sabes algo de los demás? —dijo—. ¿De Oswaldo, Tita, Doris, de los demás de la clase?

—Todos trabajando y muy infelices. Me han contado algo sobre ellos pero nunca los veo. A Tita me la encontré una vez. Se había divorciado. También me han dicho que Oswaldo toma mucho. Ha estado en rehabilitación varias veces.

—O sea que tú eres la única que está bien.

El mozo acercó una bandeja con sándwiches. Ella tomó uno y lo devoró.

—No, tampoco es que esté bien, pero bueno, tengo un trabajo y una familia, en ese sentido sí estoy bien. Por lo menos.

—Ya, ya veo. Ya veo. Es mucho decir. Tener un trabajo y una familia. Claro que sí. Tú lo has dicho. Salud.

Chocó su vaso con el mío. Parecía de pronto muy animada.

Dio un sorbo largo.

Hubo una explosión de risa colectiva cerca de nosotras. Alguien estaba contando anécdotas divertidas. Era Fernando Torres, el gran animador de esas reuniones. En cuanto pudiera, iba a dejar a Rebeca para mudarme a ese grupo.

—Pero no creas —me dijo—. Tampoco no creas. La familia no lo es todo.

Cogí otro whisky de una bandeja.

—Bueno, Rebeca, te dejo. Ya nos estaremos encontrando.

—Espérate, no te vayas, oye, no te vayas. Perdona si me distraigo cuando me hablas.

—¿Te distraes?

—Sí, es que me estaba fijando en tu marido.

—¿Qué pasa con él?

—Sí, un hombre guapo y distinguido, pero parece muy ansioso. La ansiedad es mala para un hombre. Bueno, es mala para una mujer también. Lo veo con un poquito de sobrepeso. Debe ser un tipo muy aburrido, ¿no?

Sonreí. Había logrado su propósito de irritarme. Un hilo me sostenía la voz.

—¿Cómo se te ocurre acusar a alguien de sobrepeso, oye?

—Tienes razón, pero igual está un poco gordo.

—¿Y por qué me dices eso, Rebeca? No creas que vas a fastidiarme con eso de mi marido.

—No —me dijo—. Es que ya te he visto en otras reuniones con él. Se ven muy bien los dos juntos pero sólo cuando están en público.

—¿Y por qué te metes con él?

A lo lejos vi entrar a nuevos invitados.

—Bueno, bueno, yo no quiero fastidiarte, yo solo digo que debe ser un poco aburrido y se le ve un poco gordo, no estoy diciendo nada terrible tampoco. Hay mucha gente aburrida y con sobrepeso en este mundo. Mírame a mí.

—Tú crees que sabes todo sobre la gente apenas la ves, ¿no?

Me miró. Sus ojos negros brillaron.

—Bueno, te voy a ser sincera, Verónica. Yo sé la verdad sobre ti. Yo sé la verdad.

—¿La verdad? ¿Qué verdad puedes saber?

Un mozo se acercó con una bandeja.

—No, nada, nada, creo que mejor no te digo.

Tomó un vaso. Dio un trago largo y se quedó con el rastro húmedo en la boca.

Me contó un chiste que había leído en el periódico ese día. Una niña llega a su casa y dice: Mamá, en el colegio todos me llaman gorda. Pero pégales a los que te dicen eso, le contesta la madre. Es que se escapan. Entonces síguelos. Pero se escapan por corredores muy estrechos.

Se rió. Era una risa cavernosa, un sonido hondo, lleno de resonancias.

Pensé en irme. Cogí una copa de vino. Habría podido tirársela en la cara. Me imaginé el líquido rojo cayendo por su frente.

—¿Qué te pareció el chiste?

—Dime qué es lo que sabes sobre mí.

—No, no. No te preocupes.

—Pero ¿por qué dices que sabes la verdad sobre mí? ¿Qué quieres decir con eso?

Empezó a toser. Las palabras fueron saliendo a ráfagas. Se tapaba la boca mientras hablaba.

—Bueno, es que yo camino mucho por San Isidro. No tengo nada que hacer. Camino mucho por allí. Yo te he visto entrar a un edificio. ¿No andas siempre por un edificio allí?

—No. ¿Por qué dices eso?

—Por Patrick —dijo—. ¿No se llama Patrick? Tú siempre vas a visitar a Patrick Calder. Yo te vi entrar un día, y me enteré de que ibas donde él. Estupendo muchacho. Tienes buen gusto, Vero. Es un chico guapo. Y con plata. Pero es medio sinvergüenza, de eso me he enterado también.

Sentí que el vaso me iba a estallar en la mano.

—¿Qué tonterías estás hablando, Rebeca?

—Yo tengo buen ojo para las adúlteras, Vero. A lo mejor estás enamorada. Pero ese chico no te conviene. Mejor quédate con tu marido, que parece tan bueno. Ya nos veremos. Yo te llamo.

La vi alejarse. El largo balanceo de las caderas. La falda extendida en oleadas lentas. Un buque que se perdía en el horizonte de la sala.

Se detuvo. Se acercó a uno de los mozos y sacó un whisky de la bandeja.

Cerca de mí, Fernando Torres hizo estallar al grupo en carcajadas otra vez.

Mi amiga Silvia se me acercó. Hola, flaca, cómo has estado, dijo. Yo muy bien, todo tranquilo. ¿Y tú?

Mientras Silvia me hablaba, yo mantenía un ojo en Rebeca. Estaba sola en una esquina con un vaso.

Me pareció que se veía más gorda que un rato antes. Las manchas marrones en los brazos le habían crecido.

Nancy Sikes, la esposa del embajador, se estaba acercando a Rebeca.

Nancy era una mujer redonda, de mejillas rosadas, que siempre buscaba que sus invitados se sintieran a gusto. Rebeca la recibió con una gran sonrisa.

—Oye, ¿qué te pasa? —dijo Silvia—. No me estás escuchando. ¿Qué miras?

—Perdona —dijo—. Ven, acompáñame un ratito.

Nos acercamos a Rebeca.

—Oh, Verónica —dijo Nancy—. Qué bueno verte.

—Hola, Nancy.

—Oh, aquí te presento a…

—Sí, ya nos conocemos —dijo Rebeca—. A Vero la conozco muy bien.

—Rebeca me estaba contando de cuando era estudiante en los Estados Unidos —dijo Nancy.

Yo no podía sacarle los ojos de encima. Había ido hasta allí para decirle que no quería volver a verla.

—Le estaba contando a Nancy de cuando era alumna en una universidad americana —dijo Rebeca—. ¿Sabes que estuve un año en New Haven, en una universidad de allí?

—¿Ah, sí?

—Sí, allí estuve. Y lo pasé muy bien. Muy bien.

Un mozo trajo una bandeja. Había una hielera y una botella de whisky rodeada de vasos. Nos fue sirviendo una a una. Todos parecíamos esperar que Rebeca continuara hablando.

Ella alzó el brazo. Bebía el whisky lentamente, con descargas pronunciadas de los labios.

—¿Qué estudiabas? —le dijo Silvia.

—Administración de empresas —contestó Rebeca—. Lo pasé tan bien que hasta una vez fui a una gran fiesta, pero una gran fiesta, a la que me invitó un chico de la Universidad de Yale, sabes.

Las venas de la garganta se le habían inflamado. Yo di un suspiro. Tendría que esperar otro momento para hablar con ella a solas.

—Caray, te codeabas con la crema y nata —le dijo Silvia.

—Sí, con la crema y nata. Pero no es para que te burles, oye. ¿Te estás burlando?

—Yo no me estaba burlando para nada —se defendió Silvia.

—Cuéntanos de tu fiesta —dijo Nancy.

—Bueno, yo no estaba estudiando en Yale pero un chico de Yale me invitó —murmuró Rebeca—. Un chico de la Universidad de Yale. Se llamaba John Hall III. Era así, como el nombre de un noble, sabes, John Hall III.

En ese momento, Nancy ya se había retirado para recibir al embajador de España, Julio Albi. Me quedé mirándolos un rato, como tratando de huir de la conversación en la que estaba. Habría querido acercarme donde ellos, escapar de la voz de Rebeca.

—¿John Hall? —dijo Silvia—. Parece el nombre de un actor. O de un noble.

—John Hall III. Así se llamaba —dijo Rebeca, mirándome—. Tenía mucha plata y encendía sus puchos quemando un billete de a dólar. Así los encendía John Hall III.

—O mejor dicho, parece el nombre de un tarado —dijo Silvia.

Rebeca estalló en una carcajada.

—Sí. Tienes razón, eso es. ¿Sabes dónde me llevó? A una fiesta que ellos llamaban Pig Party. Pig Party, ¿han escuchado hablar?

Nadie contestó.

Rebeca se había quedado en silencio. Miraba a la distancia como si solo ella pudiera ver algún lugar, lejos de la sala. La música de fondo había cambiado. Un nuevo pianista se había instalado en un extremo y tocaba una pieza que alternaba repentinas descargas con frases largas. Me parecía que servía de fondo musical a la voz de Rebeca.

—Pig Party. Nunca he escuchado —dijo Silvia.

—¿No? Bueno, es que no tienes mucha experiencia de mundo, hijita. No sabes mucho.

—¿Ah, sí? No me digas. ¿O sea que tú sabes todo?

—Bueno, sobre este tema sí. Así se llama. Pig Party. Pig Party, acuérdate. Es un grupo de chicos ricos de Yale que hacen un concurso. Un concurso que hacen una vez por semestre. Cada niño rico invita a la chica más fea, a la más desagradable a una fiesta. Alquilan un local un viernes o sábado. Un salón precioso en un hotel. Le ponen flores, y globos, y un buffet. Hay un balde con ponche y fuentes de carne y ensaladas. Pero lo importante es la pareja que lleva cada chico.

—¿Qué tiene la pareja?

Rebeca miró a Silvia. Hablaba en voz baja, como diciendo una oración. Al fondo, el pianista hacía vagar las manos sobre las teclas más graves.

—Antes del Pig Party, cada chico invita a la mujer más fea que pueda encontrar, sabes. Busca a la más desagradable, a la más ridícula. Ninguna de las chicas a las que invita sabe que está entrando en un concurso, por supuesto. Es un concurso de hombres. Un concurso hecho por hombres y para hombres. El premio se lo lleva el que invita a la chica más fea a esa fiesta. A la más horrible mujer que encuentre. Ese es el ganador. Las chicas creen que las están invitando porque quieren estar con ellas, se ilusionan con ser invitadas por un muchacho rico de Yale. Y es una fiesta para burlarse de ellas, imagínense, para burlarse sobre todo de la chica que gana, la más fea de todas. La universidad no tiene nada que ver con eso, por supuesto, son solo algunos alumnos que lo hacen por su cuenta. Pero no deja de ser divertido. La fiesta es un viernes por la noche, por lo general, porque los chicos salen con sus parejas de verdad los sábados. Algunas de ellas se dan cuenta de lo que se trata cuando llegan. Otras, un poco más tontas, no se enteran nunca.

Silvia estaba sonriendo.

—Pero qué cosas se te ocurren.

Rebeca la observó.

—¿No me crees acaso?

—No. No te creo. ¿Y cómo dices que se llama esa fiesta?

Rebeca tenía los ojos secos. Parecían dos piedras pequeñas. Su cara apenas se movía.

—Pig Party, ya te digo. La fiesta dura una o dos horas, nada más. Termina cuando alguna de las chicas se da cuenta de que la han llevado a un concurso de feas, y decide irse. Se dan cuenta por las risas y las burlas. Algunos muchachos de esos bailan una o dos piezas con su pareja.

Después los tipos dejan a las chicas en sus casas, y se juntan para tomar unas cervezas y después se van a un burdel. Y después discuten entre carcajadas quién llevó a la más fea. ¿No es gracioso? Van evaluando a cada una. Y al final hacen una votación. Y después le mandan una «comunicación oficial» a la chica más fea, le mandan un papel a su casa para informarle que ha ganado en el concurso. Y así se divierten. A mí me invitaron a una fiesta de esas. Pig Party. Acuérdate. La fiesta de los cerdos. O de las cerdas. ¿No les parece un nombre lindo?

—Me parece horrible —dijo Silvia.

—No. Es muy divertido. Cuando John me dejó en mi casa me la pasé matándome de risa toda la noche. Hasta ahora me río de eso. ¿Qué les parece?

Despidió una risa honda, de oleadas largas.

—Oye, tú estás bien mal, oye. Tú estás más loca que una cabra —dijo Silvia.

—En eso, querida amiga, tienes toda la razón. Que te lo diga Vero —dijo chocando su copa con la mía—. Ella ya me conoce.

Yo miré a un costado. Pero sentí la mirada de Rebeca y me atreví a enfrentarla.

—Lo que estás contando es pura mentira, ¿no, Rebeca? —le dije.

—Si no quieres creerme, no me creas.

Giovanni se acercó a nosotras.

—¿Nos vamos? —me dijo—. ¿Qué te parece si nos vamos ya?

Antes de que le contestara, Giovanni había saludado con un beso a Silvia y a Rebeca.

—Es Rebeca del Pozo. Una amiga del colegio —la presenté.

Rebeca se inclinó, le puso la otra mejilla cerca de la cara y Giovanni le dio otro beso.

—Es un gusto conocerte— le dijo Rebeca—. Cualquier esposo de Vero es amigo mío.

—Sí —dijo Giovanni—. El gusto es mío.

El pianista se detuvo y hubo algunos aplausos.

Giovanni se apartó. Miré a Rebeca. Nos habíamos quedado solas un momento.

—No quiero verte nunca más.

—Pero me ves aunque no quieras, Verónica. Siempre me topo contigo. ¿Ya ves cómo nos encontramos ahora?

Bajé la cabeza.

—¿Por qué tenías que aparecer, Rebeca?

—¿Cómo?

—¿Por qué de repente, después de tantos años?

Un nuevo grupo de invitados estaba entrando. Los mozos brotaban de la puerta con las bandejas.

Rebeca miraba su vaso. Movía la quijada como si estuviera mascando algo.

—No he aparecido ahora —dijo—. La verdad es que te sigo desde hace tiempo.

—¿Hace tiempo?

—Desde que te vi en un programa de televisión.

—¿Qué?

—Te vi en una entrevista. Allí fue cuando me decidí a buscarte. Y luego, bueno, luego nos encontramos.

Cogí un vaso de vino y me lo terminé. El cristal me bailaba en los dedos.

—Tú sabías de mi viaje, ¿no? Y me buscaste en el avión.

—No. Fue una casualidad.

—Bueno, pero ya basta, ¿me oyes? Basta de seguirme y basta de fastidiarme. Esto se acabó.

—¿Y por qué te fastidio tanto?

Su voz sonaba dulce y desfalleciente, como si fuera a quebrarse. Había ocurrido una gran transformación en ella. Parecía a punto de echarse a llorar.

Giovanni regresó a nuestro lado.

—¿Vamos? —me dijo—. Ya creo que se acaba la reunión.

—Sí. Vamos.

Me alejé de Rebeca. Más allá, cerca del corredor, me encontré otra vez con Silvia.

—Esta mujer está de lo más enferma, oye —dijo Silvia—. No sé cómo te las arreglas para hacerte amiga de cosas así.

—No es mi amiga. Es mi compañera de colegio. Me la acabo de encontrar después de años.

—Pero ella parece de lo más interesada en ti, oye. ¿Viste cómo te miraba?

—No, no vi nada.

—Ya vámonos —dijo Giovanni—. Tenemos que buscar a los embajadores para despedirnos.

Los encontramos cerca de la puerta de salida. La esposa del embajador me extendió una sonrisa larga. Volteó los ojos hacia el salón, apuntando hacia el lugar donde estaba Rebeca.

—Nos veremos en otro momento, Nancy —le dije—. La reunión estuvo estupenda. Muchas gracias.

—No sé si estuvo tan estupenda para ti, querida —dijo Nancy mientras me palmeaba la espalda—. Pero siempre es un gusto tenerte aquí.

Salimos a la calle.

—¿Quién era esa mujer?— me dijo Giovanni—. Tenía una pinta muy graciosa.

—Es Rebeca —contesté—. ¿No te acuerdas de que te hablé de ella?

—Ah, sí me dijiste algo. Te la encontraste en el avión, ¿no?

—Sí, de casualidad.

—Pero no me dijiste que era tan rara. Nunca había visto a nadie así.

VIII
—

El encuentro con Rebeca me dejó temblando. Sin embargo, para mi sorpresa trabajé sin problemas toda la tarde. Esa noche dormí bastante bien.

Al día siguiente me levanté temprano. Vi el bulto de Giovanni en la cama.

Puse a hervir agua, le escogí una manzana a Sebastián y le serví cereal con yogur y un sándwich de jamón. Hoy tengo examen, mami. ¿Examen de qué? De historia y ciencias sociales. ¿Has estudiado? Claro que sí.

Le di un abrazo de despedida. Mucha suerte. Y acuérdate. Concéntrate bien para el examen.

A las nueve fui al gimnasio. No sé por qué, pensé que iba a encontrarme con Rebeca también allí. Pero no, era imposible.

Había escrito algo sobre el gimnasio alguna vez.

Un refugio, un santuario, un templo. Las asistentes somos casi compañeras de una secta. Todas entramos allí con una expectante sensación de alivio, como feligreses que llegan a una iglesia.

La primera tanda llega entre las seis y las siete. Ese grupo de las seis está compuesto por quienes marcan tarjeta en sus oficinas a las ocho. Yo he estado a esa hora alguna vez. Sus habitantes ocupan cargos subordinados en empresas importantes: secreta-

rias, vendedores, algunos funcionarios medianos. Hay hombres y
mujeres de veinte a cuarenta años, con maletines azules y mallas
largas, gente que se sube a los aparatos mirando hacia abajo,
incapaces de retener los ojos en un punto fijo, midiendo siempre
los minutos que les quedan. Al salir, todos se observan el cuer-
po: los músculos tensos, los labios apretados, los pies rápidos y
vacilantes.

El siguiente grupo, el que llegaba entre las siete y las ocho, es
el de la gente que ocupa un puesto más alto en las oficinas, los
jefes de los que han estado allí en la tanda anterior. Estos son un
poco mayores que los parroquianos de las seis y corren a menor
velocidad sobre las cintas. Tienen ropa de colores más variados
y cuando se van, sacan un llavero y un teléfono de sus bolsillos y
miran hacia delante. Muchos de ellos tienen la cabeza ancha
y extendida de la gente que ha aprendido a dominar espacios
grandes.

Por lo general, yo soy parte del tercer grupo, el de las nueve.
Algunos de los que van a esa hora tienen negocios propios. Hay
más mujeres en ese grupo. Llegamos con menos prisa, conver-
samos antes y después de los ejercicios. Formamos un circo de
muñecas, todas con mallas de colores, esforzándonos en sudar
lo antes posible. Nuestra conversación incluye solo tres temas:
el tiempo que hemos hecho en la bicicleta estacionaria, la veloci-
dad que alcanzamos en la caminadora y un comentario general
sobre lo bien que nos hace el ejercicio. También hablamos del
clima.

Esa mañana, mientras los ecos de la voz de Rebeca
aún resonaban a mi alrededor, empecé con la bicicleta.
Me puse a pedalear con todas mis fuerzas. Aferrada al ma-
nubrio, veía cómo la aguja hacía esfuerzos por escalar en el
medidor. Había esperado llegar a setenta y lo conseguí a
los dos minutos. Me miraba al espejo del costado de vez en
cuando: las piernas largas, el polo color cereza, las manos

abrazando la estructura de hierro. Estaba moviéndome sobre el aparato como si buscara someterlo. Los pedales y la cadena resistían pero me parecía que yo iba a llegar al corazón del artefacto que montaba. Cuando alcancé la marca de cien, la bicicleta empezó a emitir un quejido grave, un sonido de cadenas arrastradas que venía de sus entrañas negras, era como en el inicio de su agonía.

Seguí pedaleando. Por fin me bajé, casi ciega de sudor, con la feliz sensación de haber apaleado a alguien.

Estiré las manos hacia arriba antes de empezar con la caminadora. Estuve allí veinte minutos. Cuando sentí las piernas, miré el reloj. Me faltaban diez minutos. Podría hacer pesas sobre la colchoneta.

Sostuve la barra. Desde abajo veía temblar el gran palo de fierro. Vi los números de cada uno de los discos.

Sentí los ojos de alguien a mi costado. Era un tipo delgado, con una barba rala. Parecía un monje perverso. Tenía el pelo suavizado por algún aceite. Estaba a punto de hablarme. ¿Iba a tener que interrumpir mi ejercicio para huir de él?

—Tienes buenos bíceps —se atrevió.

Solté las pesas. Me di la vuelta hacia el camerino.

Tienes buenos bíceps. Pobrecito. *Go fuck a duck*, mi amor.

Un hombre que me recordó a mi padre apareció en el corredor. Cargaba un maletín negro, tenía una boca colérica y los ojos marcados por ojeras.

De pronto vi a una mujer inmensa. Cabeza redonda, dedos anchos, piernas gigantescas. Se le parecía, claro que se le parecía.

Regresé a mi casa.

Mientras me duchaba, creí estar viéndola otra vez. Su aspecto era casi un disfraz. Las mejillas carnosas, los labios húmedos, el pelo grueso flotando.

Me vestí, maquillé y peiné. Me miré al espejo. Un traje negro, un chaleco a cuadros y los aretes de plata. El pelo lacio y tranquilo en los hombros.

Tenía la impresión de estar viendo a otra mujer, una mujer mejor que yo, un ángel hermoso y extraño que me conducía por el mundo.

* * *

Mientras entraba al periódico, hurgué en los bolsillos del saco. Era algo que hacía de vez en cuando. No me había puesto ese saco negro en mucho tiempo.

Encontré varios papeles en los bolsillos: entradas al cine, la cuenta de un restaurante, los apuntes que hice en una reunión. Había más papelitos. Los había dejado allí, las huellas de cada uno de esos días y de esas noches sobrevivían en el bolsillo. La noche que fui con Sebas al concierto de César Peredo, la tarde que tomé lonche con María Eugenia en el Club Suizo, el día que se anunció un proyecto de reformas en el periódico. Me había olvidado de esos días pero cada ocasión se la había arreglado para dejar sus huellas en mi saco. Entradas, cuentas, notas, tantas cosas, tantos sitios, tanta gente, Dios mío.

* * *

Después de la reunión de las once, llamé a Patrick. Lo oí dar una exclamación de alegría.

—Hola, nena. Oye, te propongo algo. ¿Por qué no te vienes a almorzar aquí?

—Sí. Buena idea. Voy para allá.

Colgué. Entré al baño a peinarme.

* * *

—Voy a salir —le dije a Milagros poco después—. Me avisas si hay algo urgente.

—OK.

Llamé a la casa. Giovanni había ido a jugar golf. Jugar le calmaba los nervios, me lo había dicho tantas veces.

Salí a la calle.

En la esquina paró un taxi, era una camioneta blanca con un letrero. Me subí. El chofer era un tipo de cara de piedra que avanzaba dando tumbos en todos los baches. Habría podido ser el chofer de un tanque que iba aplastando cadáveres a su paso.

Por lo general, antes de entrar al edificio de Patrick, me quedo en el taxi y me aseguro de que no haya nadie en la vereda. Luego corro a la puerta y Ramiro, el guardián del edificio, me abre.

—Buenas tardes, señora —dice siempre sin apenas mover la cara.

—Hola, buenas tardes, Ramiro.

Con el tiempo había pensado que el hecho de que yo lo saludara diciendo su nombre y él omitiera el mío era una señal.

Ramiro, el guardián del edificio, me llamaba «señora», con un respeto esquivo. Yo sospechaba que su voz grave y cortés escondía un odio ilimitado. Me saludaba siempre sin mirarme. Yo le devolvía el saludo, con la certeza de que él me estaba culpando.

Ese día, sin embargo, cuando Ramiro me abrió la puerta del edificio, me pareció ver algo nuevo en él, como un brillo de satisfacción.

Quizá su felicidad se debía a que me había visto caminando más aprisa que otras veces.

Entré al ascensor.

Como era natural, yo tenía mi horario de visitas para ese edificio: llegaba una o dos tardes a la semana a la hora de almuerzo, y salía de allí para llegar a la reunión del periódico antes de las cinco. No se me habría ocurrido ir a verlo sin avisar o sin ser invitada.

Yo era una interrupción diurna de su otra vida. La vida real de Patrick, que empezaba realmente por las noches y los fines de semana con sus chicas. Yo sabía que lo único que me separaba de ellas era la delgada piel de sus condones (Patrick me había dicho que solo conmigo no se los ponía).

Me asombraba no sentir celos por ellas. Mientras no las viera, en cierto modo para mí no existían.

Era más que eso. No sentía celos de esas chicas porque creía llevarles una ventaja clara.

Estaba segura de que haciendo el amor con Patrick, yo era más sabia y minuciosa que cualquiera de ellas. A veces lo hacía con odio. Cuando terminaba de acostarme con él, quería dejarlo convencido de que no iba estar con otra mujer como yo. Pero también pienso que en esos momentos, de algún modo, yo creía en él. Hacer el amor con Patrick era un modo de buscar una moneda enterrada en el fondo de su alma, un tesoro de algo cierto, un gesto de verdadera generosidad, o compromiso, como si fuera verdad que me decía que me amaba o que quería verme siempre; era algo que sabía que no iba a encontrar pero que seguía buscando. Para mí el sexo era apenas la puerta de entrada al alma de un hombre, el umbral que una mujer cruza haciendo uso de los rituales y los protocolos aprendidos. Un modo de atravesar el cuerpo de un hombre y de acercarse a su centro, de acariciar el trozo de hielo que tienen los hombres en el corazón. La lentitud es una estrategia que se ensaya muchas veces. La exploración de la lentitud. Cada vez es distinta. Hay que buscar al hombre, al que está debajo, al hombre acurrucado y triste debajo de sus gestos de conquistador. Imaginar nuevas poses y ensayar nuevos movimientos. Yo lo sabía y esas chicas jóvenes todavía no. Muchas de ellas no lo sabrían nunca.

Pero mi ventaja sobre ellas no se debía solo a eso. Yo estaba segura de que fuera de la cama también era mejor. Patrick y yo podíamos compartir de veras una conversación, podíamos comentar libros, hablar de las últimas noticias, hacer algún recuerdo de viajes. Patrick sabía que conmigo podía hacer una broma inteligente esperando que yo me riera en el momento indicado. Yo podía informarle de las noticias internacionales, ofrecerle ideas y opiniones en las que él no había pensado. Podíamos ver y hablar de una película. Esa convivencia privilegiada me daba una cierta autoridad. Él no podía esperar lo mismo de las chiquillas que veía los viernes y sábados. Algunas serían apenas bellas y tiernas becerritas que se entregaban gustosas a la pira del sacrificio de su amo. Con ellas eran solo risitas, mentiras y estupideces. Eran unas tontitas. De todas sus amantes yo era la única que podía haber sido su esposa.

Sentir que tiene una esposa eventual le gusta a un hombre. Una esposa puede ofrecer conversación y estabilidad, es decir, la sensación de seguridad que los hombres necesitan. Cuando él me llamaba, sabía que tarde o temprano yo estaría allí. ¿Y yo por qué iba? ¿Qué me ofrecía él? Un rato divertido. Una historia clandestina. Buenos chistes. Y alguien con quién burlarme del mundo y de mí misma. Me parecía patético pero no había otra explicación.

Era una vergüenza estar con él y yo lo sabía, y quizá por eso a veces salía corriendo de su edificio. Me sentía menos culpable cada vez que llegaba al periódico. Después de estar con él, llamaba a mi marido y a mi hijo, y eso me tranquilizaba, casi me consolaba. Era así.

* * *

Patrick me abrió con la sonrisa de siempre. Su felicidad me irritó un poco.

—Hola, nena.

Le di un beso mientras me sacaba el abrigo.

—Ya te he dicho que no quiero que me llames «nena».

—Pero ¿por qué? ¿Qué te pasa, corazón?

—Ay, pero qué huachafo que eres, Patrick.

—Lo siento entonces. ¿Estás de mal humor?

Me senté en la sala.

Había una terraza de plantas junto a la ventana. De pronto un viento dobló las hojas.

—Sí, estoy de pésimo humor. ¿Por qué te interesa?

—Para decirte que hasta cuando estás de mal humor te ves guapa, oye. Te empiezan a brillar los ojos.

Se había sentado en el banco alto, junto a la barra.

Estaba vestido con un traje negro. El pelo rubio le sobresalía formando una especie de corona. Parecía un príncipe maduro y satisfecho, sobre su trono.

Me recosté en la pared. El sofá blanco, las reproducciones de Joan Miró y una escultura de piedra en una esquina. Tenía un estante en tres niveles con botellas de ron, vino y whisky. A lo largo y ancho de su ventana se extendía el gran campo de golf de San Isidro. Quizá Giovanni andaba por allí, jugando.

—¿Puedes servirme un trago? —le dije.

—Con gusto. ¿Un vodka tonic? ¿Con limón?

—Sí. Gracias.

—No te preocupes. Yo te sirvo lo que tú me digas. Ya sabes que soy tu esclavo, nena.

Me senté. Lo vi llenar el vaso mientras me hablaba del traje que acababa de comprarse.

Nunca había visto un esclavo tan presuntuoso.

IX

Cinco minutos más tarde estábamos en la cama.

Yo iba a recordar especialmente esa ocasión. Era un día oscuro. Una llovizna bañaba los vidrios. Parecíamos estar muy lejos de todo lo que aparecía en la ventana.

Creo que nunca, ni antes ni después de ese día, he gozado tanto haciendo el amor con él. No había ninguna razón, no era una fecha especial, era un día en su departamento como cualquier otro. Pero fue memorable.

Incluso ahora, tal como estoy, a veces cierro los ojos y me parece sentir su cuerpo como lo sentí esa tarde. Cada movimiento suyo progresaba sobre mí como una revelación. Sus caricias eran la mano de un guía marcando el camino hacia algún nuevo paraíso. La delicada firmeza de su sexo entrando en mí, prodigándose dentro de mí, aún hoy me estimula. Algunas veces, cuando estoy caminando por la calle o sentada en la oficina, me parece que lo siento. Amaba a Patrick solo en ese momento, cuando no era él.

Todo transcurrió con lentitud, dentro de una oscuridad blanda.

De pronto me encontré otra vez echada junto a su cuerpo, bajo la ventana.

Quizá me dormí durante algunos segundos, no sé. Recuerdo que estaba allí otra vez, como si acabara de volver de algún lugar. Sentí un escalofrío.

Eran las tres de la tarde y entre todos los lugares de Lima en los que podía estar, me encontraba en la cama de Patrick. Y en una paz total. Sus piernas seguían entrelazadas con las mías. Tuve ganas de apartarme pero me demoré. Nos quedamos en silencio. Recordé una frase que había oído alguna vez en una película italiana: «Las mujeres son capaces de amar con locura incluso a hombres a los que no estiman». Pero no. No era cierto. Una frase como cualquier otra. Por cierto, yo estaba lejos de amarlo.

—Te noto distraída —dijo.

—Pienso en ti. Eres el mejor amante del mundo. Sobre todo hoy. ¿Has tomado una pastilla o algo?

—Qué tonterías dices.

Me puse de pie.

—¿Por qué no comemos en la cama? —dije.

—Ya. Sírveme, pues.

Iba a servirle su almuerzo, claro que sí.

¿Quién había hecho esa distribución de las tareas? De cualquier modo, yo cumplía con mi papel. Era casi ridículo decirlo así, pero cumplía mi papel con mi amante (qué palabra «mi amante», cuando fuera de la cama no era más que un simpático inútil).

Me puse una bata suya, miré el reloj (no tenía que regresar al periódico hasta las cinco). En el frigidaire descubrí unas uvas y queso. También encontré un pastel de alcachofa. Lo calenté, descorché una botella de vino y junté todo en una bandeja. Casi me daba risa verlo desnudo sobre el colchón, parecía de pronto tan indefenso.

Antes de sentarme en la cama, vi un par de gorriones revoloteando en la terraza.

Los dos pajaritos se habían detenido en el borde de una maceta. Me quedé de pie, mirándolos. Parecían estarse limpiando el uno al otro, quizá se estaban acariciando. Era una escena cursi de la naturaleza. Iba a señalarle los pajaritos a Patrick pero algo me detuvo. Abajo, frente al edificio, un carro se había estacionado y una puerta se abrió.

Retrocedí. La puerta se balanceaba ligeramente junto al sardinel. Una pierna gruesa se estiraba hacia abajo.

El cuerpo ancho de Rebeca —su cara mirando el edificio— estaba pisando la vereda.

La bandeja cayó a mis pies con un estruendo.

Una uva rodó por el piso y se estrelló en una esquina.

Con todo su peso a cuestas, haciendo avanzar lentamente los zapatos, Rebeca ya había cruzado la acera. Se estaba sosteniendo en la baranda de aluminio y subía las escaleras del edificio.

Se detuvo poco antes de llegar a la puerta. Estaba mirando hacia la ventana de Patrick.

Se quedó allí, de pie, sin mover la cabeza. Pensé que me había visto.

—¿Qué haces? ¿Qué te pasa? —dijo Patrick.

Hundí la cabeza. Me arrodillé junto a la cama. Sentía la picazón de la alfombra en las piernas.

Desde el piso miré hacia la ventana.

—¿Por qué está esa mujer aquí, Patrick?

Patrick se arropó en la sábana y se acercó a mirar. Rebeca seguía allí. Había volteado hacia la pista, como si estuviera esperando la llegada de alguien.

—¿Por qué te preocupa esa gorda?

—Ahora te cuento. Pero primero dime por qué está aquí. ¿La has visto alguna vez?

—Me parece que la conozco pero no sé de dónde. No sé dónde la he visto.

Retrocedí.

Me senté en la alfombra. Según me fue contando Patrick, Rebeca había sacado unas llaves de la cartera y había entrado al edificio.

Creí sentir sus pasos. Un crujido de cables en el ascensor, y una puerta.

—Ah, claro, ya me acuerdo dónde la he visto —dijo Patrick—. La semana pasada encontré a esa mujer en la entrada. Creo que me saludó incluso. Después Ramiro me dijo que había comprado el departamento de acá arriba.

—¿El departamento de arriba?

Me puse de pie. En la calle, todo parecía estar en calma otra vez. Los carros pasaban, un hombre cargaba un maletín.

De modo que vivía en el departamento de arriba.

Pensé que Rebeca ya había entrado a su sala. Estaría ahora sentada frente a la TV para comer algo, probablemente un capuchino, un keke y un helado.

—Sí, ese departamento estaba a la venta. Claro, ya me acuerdo. El dueño me contó que le pagó lo que le pedía sin chistar.

—Así que vive arriba.

—Sí, pues. Con Ramiro decíamos que van a tener que construir un ascensor más grande. Es inmensa la mujer, ¿no?

Me senté en el suelo. Estaba jadeando.

—Eres un idiota, Patrick. Un pobre infeliz. Eso es lo que eres. ¿Sabes?

* * *

Abrí la puerta y sentí un golpe de viento. Bajé las escaleras a toda velocidad. El aire de la avenida me secó la piel. Estaba corriendo por la Avenida del Golf. Volteaba a mirar hacia atrás y seguía corriendo.

Llegué a la Avenida del Rosario. Alcé la mano. Un taxi, un asiento mullido, la cara amable de un chofer. Me lleva al centro de Lima, señor, por favor.

No podía quitarme la idea de la cabeza. Rebeca me había seguido un día hasta allí y luego había comprado uno de los departamentos de ese edificio. Sí, sí, así había sido, estaba segura.

Las fachadas y las calles pasaron a toda velocidad.

—Te noto completamente alterada —me dijo Milagros en la oficina—. ¿Te pasa algo?

—Nada, nada, Milagros. Todo bien.

Estaba temblando.

Oí sonar el teléfono.

Pensé que debía ser Rebeca y me preparé a hablar con ella. Solo tenía una pregunta que hacerle.

Milagros había contestado. Me pasó el auricular.

—¿Quién es?

—Contesta nomás.

—Hola, mamá —dijo la voz de Sebastián.

Sentí lágrimas en los ojos.

—Hola, hijito.

—¿Qué significa «soslayar», mamá? Acá tengo mi tarea que tengo que poner lo que significan unas palabras.

—Soslayar —le dije—. Ignorar o pasar por alto, algo así. Qué lindo es hablar contigo, Sebas.

—¿Estás bien, mami?

—Sí, hijito, estoy bien, gracias.

—Ya, mami.

—¿Está todo bien en la casa?

—Sí, todo bien.

—¿Y tu papá?

—Aquí, te lo paso.

Giovanni me estaba saludando a su estilo. Acortaba las vocales y apenas pronunciaba las palabras. Me dijo que sentía una opresión de angustia en el estómago.

Para mi sorpresa, en ese momento sentía ternura por él. Quería ayudarlo con todas mis fuerzas. Pero podía anticipar lo que ocurriría. Yo le iba a recomendar un jarabe, él iba a decirme «ya, gracias» y más tarde en la casa iba a decir que ese remedio no servía.

—Con el jarabe que está en el baño te vas a sentir mejor, Giovanni.

—Pero creo que eso no me ayuda. Además tengo miedo de que me haga daño al hígado.

—¿Entonces qué vas a hacer?

—Bueno, si me siento mejor, voy a jugar golf otra vez.

Me sentí aliviada.

—Chau, Giovanni. Que te diviertas.

Miré el teléfono.

—Voy a la máquina del café, ¿quieres que te traiga? —dijo Milagros.

—Sí, un café.

Me quedé sola en el escritorio. El resto de la gente estaba a bastante distancia. Todos con la cabeza enterrada en sus computadoras.

El teléfono volvió a sonar. Era Patrick.

—Tienes que mantener la calma —dijo—. Una gorda cualquiera no te puede alterar así.

—Claro que mantengo la calma. Ahorita ya estoy de lo más calmada.

Lo sentí respirar.

—¿Quién es?

—Estudió conmigo en el colegio. Creo que me está siguiendo.

—Si quieres, puedo preguntarle qué es lo que quiere esa mujer. Puedo hablar con ella. O llamo a la policía.

—¿Por qué vas a hacer una estupidez así, Patrick?

—Bueno, lo siento. Sólo quería ayudar.

—Si quieres ayudar, no hagas nada. ¿Me oyes?

Hubo un silencio.

—¿Nos vemos el jueves, nena?

—Yo te llamo, Patrick.

—Bueno, como quieras. Pero despreocúpate.

—Sí, ya sé. No me andes dando consejos.

Colgué.

Era una tontería que me sintiera mal.

Era una tontería, claro que sí. Una antigua compañera de clase, a la que el tiempo había reencarnado en una especie de mujer ballena, había aparecido de pronto. Una mujer que podía ser recordada solo por su tamaño. Una hormiga empujando a un elefante. Era una farsa de la anatomía. Pero no tenía por qué ser una amenaza.

¿Cómo me vería? ¿Cómo me habría visto durante la época de nuestra amistad? En la zona de la que ella venía, el tiempo era más lento y los recuerdos más reales que los objetos que tocaba. Su soledad era una prisión en la que purgaba la condena por sus muchos defectos involuntarios. En ese silencio poblado de sus recuerdos, ella había pensado en mí. Se había acordado de nuestras conversaciones, de nuestros libros, de la música que escuchábamos. De nuestro afecto mutuo. De todo lo que no me había dicho. Me había encontrado luego de haberme vuelto a ver en su imaginación. Me había seguido, sabía algunas cosas sobre mí. Los recuerdos me incriminaban, me condenaban a aceptarla.

Me la imaginaba sola, escuchando música, caminando junto a las paredes, mirando la televisión.

¿Miraba a su alrededor? Sí, sí. La lucidez de los objetos que la observaban... quizá ella sentía que los objetos la acusaban de algo, todos eran más armónicos y proporcionados. Era como si la realidad se burlara de ella.

Rebeca, un ángel grasiento, un espectro cóncavo, un cuerpo pervertido por su apetito. Y una de las amigas que yo más había querido. Tantas conversaciones, tantos libros, tantos paseos.

Me sentía vigilada por ella pero no debía darle importancia. Debía ignorar su mirada. Concentrarme en mi trabajo y mi familia. En mi familia sobre todo. Sobre todo en mi familia.

Pero había un problema. Ella sabía de mi relación con Patrick.

¿Qué haría Giovanni si se enteraba de lo de Patrick? ¿Alguien iba a contarle de eso a Sebas? En caso necesario, yo podría contestarle a mi marido que Rebeca no era sino una antigua amiga desquiciada, y tendría razón. Patrick es un exnovio con el que me he topado alguna vez, Giova. Si quieres lo llamamos a preguntarle si es verdad que es mi amante; ¿quieres?, aquí tengo su teléfono, creo. El mismo Patrick podía confirmar que no hay nada entre nosotros.

Por otro lado, ¿tenía que darle explicaciones a Giovanni? Me sentía tan lejos de él que no me imaginaba lo que podría decirle. Ay, Giovanni. Una mujer empieza una relación con un novio bajo el calor de la lástima y del afecto, y unos años después el laboratorio del tiempo se lo devuelve convertido en el témpano de un marido. Un fantasma reseco del antiguo novio que vaga por los corredores de la casa. Solo un cálido desdén, y luego… Ay, si pudiera amar a Giovanni, si pudiera haber formado un hogar con él…, quizá podía hacerlo todavía…

Debía cerrar la página antes de las seis. En Londres todavía están interrogando a los sospechosos de terrorismo, hay una ola de calor en los Estados Unidos. Miré el reloj. Muy tarde para poner otra noticia.

—Me voy —le dije a Milagros.

—Ya.

—Me llamas si hay algo.

Cuando entré a la playa de estacionamiento, tuve la sensación de que alguien me estaba siguiendo.

Las calles, una procesión hirviendo de autos.

Mientras avanzaba a tramos cortos, fui cambiando las estaciones de radio de una en una. Pensé que una de ellas iba a decir: «Y ahora con ustedes la voz del amor, la cantante Rebeca del Pozo en la hora del recuerdo».

* * *

En la casa encontré a Sebastián haciendo las tareas. Me senté a su lado. El teorema de Pitágoras.

—A ver si me acuerdo, hijo.

Claro. El teorema de Pitágoras. Nos lo había enseñado la señorita Tina en el colegio. Rebeca estaba sentada delante de mí, en el centro de la clase. Y Tita Traverso atrás. Y Oswaldo y Dante al costado.

—¿Qué te parece si acabas pronto y salimos a comer algo? —le dije a Sebastián.

—¿A la calle?

—Claro.

—¿Una pizza podría ser?

Al poco rato vi llegar a Giovanni. Tenía puesta su gorra blanca de golf. Se veía bien. Estaba casi guapo.

Lo abracé.

—Oye, ¿qué pasa? ¿Por qué tanto cariño de repente?

—Por nada. Por estar contigo. ¿Qué te parece si salimos a comer? Yo invito.

—¿A comer? Ya, pues. Me parece bacán. ¿A dónde vamos?

Saqué mi cartera.

—Al Antica de Barranco. ¿Te parece?

—Muy bien. Voy a ponerme otra camisa.

Un rato después estábamos sentados en el Antica.

El local se había llenado de familias y de parejas mayores. Un olor a queso caliente flotaba sobre las mesas. Parecía que estábamos en un templo donde en vez del aroma del incienso y la melodía de los salmos había un olor a queso y rumores de conversaciones. Todos allí celebrando la persistencia de la unión familiar.

La cena transcurrió con tranquilidad. Nos servimos vino y chicha, una pizza Margarita familiar y un postre de lúcuma. Nos reímos con algunos chistes que contó Sebastián. Todo parecía en orden. Era lo que había buscado.

Después del postre, escuché las descripciones de la tarde de golf de Giovanni.

Era sorprendente. Había jugado muy bien.

X

Al día siguiente llamé a María Eugenia.

María Eugenia era una antigua amiga, la primera a la que llamaba cuando pensaba en llamar a alguien. Nos conocíamos desde que estábamos en el colegio (ella un par de grados menos que yo). Yo me había acostumbrado desde siempre a su voz clara y dulce, y a su ánimo inquebrantable. Su pelo crespo de mechones largos le brotaba hacia los costados, como si estuviera siempre festejando algo. Tenía tres trabajos, no por necesidad económica sino emocional. Era siempre la más animada en las fiestas. Por momentos mostraba la felicidad desesperada de las mujeres solitarias.

Su vida amorosa había sido una tragedia pero también una broma. Cuando su esposo la abandonó, María Eugenia le respondió casándose con un hombre mayor y adinerado que se murió poco después de la boda. No había habido ningún cálculo en ese matrimonio pero la verdad es que había sido una operación comercial muy exitosa. Cuando aún lloraba y suspiraba por su segundo marido, el primero había querido regresar con ella. Felizmente María Eugenia había resistido como un roble a la tentación. Un día me dijo que, después de dos matrimonios, había comprendido que nunca iba a enamorarse de nadie. Todas las frases de amor le parecían trampas. Tenía la certeza de que el mayor placer de los hombres era intentar cambiar a las mujeres a su antojo. Ningún otro pretendiente se le había vuelto a acercar y me dijo que lo prefería así. Le había ido mejor siempre sin ellos, me confesó una vez. No los necesitaba. En cambio tú, me dijo, pero luego cambió de tema.

Cambió de tema porque éramos amigas. Yo necesitaba su optimismo como ella necesitaba mis inseguridades. Ella me daba una interpretación rápida y práctica del futuro y yo le daba empleo a su generosidad. Estábamos unidas, para siempre.

—Flaca, no me avisaste que volviste de viaje —me dijo ese día—. ¿Cómo te fue?

—Bien. Bueno, en el periódico les gustó lo que escribí desde allá. ¿Lo leíste?

—Claro que sí. Me lo leí completito, oye.

—Ya. Qué bien.

—¿Vamos a jugar?

Era sábado, día en el que María Eugenia y yo íbamos al club a jugar tenis.

—No tengo ganas pero vamos.

—¿No tienes ganas?

—No, pero voy de todos modos. Me va a hacer bien.

—Te encuentro allí en una hora.

Colgué.

Encontré la raqueta y la sostuve. La golpeé varias veces contra la mano. Luego estuve blandiéndola en el aire, como si estuviera jugando. Sentí el ruido de viento que hacían las cuerdas.

Entramos al jardín de palmeras del club. Al fondo, el rectángulo color ladrillo marcado con las líneas de tiza.

Desde que empezó el partido, corrí detrás de todas las pelotas. Apenas llegaba a una de ellas, yo sentía que entraba en un estado de gracia homicida. Les daba con una furia cruzada, como si quisiera aniquilar a alguien que se escapaba al otro lado.

El partido se prolongó más de lo habitual. A María Eugenia le costó ganarme.

A las once nos sentamos en una mesa de plástico junto a la piscina. Las dos estábamos empapadas, tomando de una botella de agua.

Hablamos de una amiga, la Mona Marazzo. Sus vestidos, sus frases, su maquillaje, todo era motivo.

—Hemos hablado mal de la Marazzo media hora —me dijo María Eugenia—, y siento que no hemos perdido el tiempo.

—Para nada.

Terminé mi vaso de agua y lo llené otra vez. Los dedos me temblaban.

—Te noto muy nerviosa —me dijo.

—Sí, estoy medio mal.

—¿Por qué?

Le conté brevemente acerca de Rebeca.

Un bañista redondo pasó a nuestro lado. Tenía una cara roja, llena de pecas. Nos examinaba con una sonrisa.

—Mira qué tipo tan raro —dije—. Me parece que me está vigilando.

—No seas tan paranoica, oye —me resondró.

—Ay, pero no te molestes tampoco.

Nos quedamos en silencio, sorbiendo de las botellas de agua.

—¿Y por qué te afecta tanto lo de Rebeca? ¿Te ha amenazado o algo?

Dejé la botella en la mesa.

—No sé, ¿quieres que te cuente lo que pasó? —dije.

—¿Qué?

—Que Rebeca se apareció en el edificio de Patrick. Ahora resulta que tiene un departamento allí. El otro día me dijo que sabe todo lo mío con él. O sea que me ha seguido hasta allí.

—Pero eso no puede ser —dijo María Eugenia, sorbiendo de la botella—. No creo que te esté siguiendo, debe ser casualidad.

—No sé. Me dijo que me había seguido.

—No creo. Estás muy paranoica, oye. Pero no te preocupes. Si quieres yo te ayudo.

—Pero ¿qué vas a hacer?

Terminó la botella y pidió otra.

—Puedo buscarla y hablar con ella.

—Pero ¿qué le vas a decir?

—Nada. Que te deje tranquila.

—No, María Eugenia. ¿Cómo le vas a hablar?

—Pero hay que encarar a la gente, pues, oye. Tú eres muy… no sé… tienes mucho miedo a veces.

Un gorrión se paró sobre la rama de un árbol. Me recordó a los que había visto por la ventana de Patrick.

—Me da casi vergüenza contarte esto pero a veces me parece que Rebeca me está siguiendo todo el tiempo. Anoche salimos a comer con Giovanni y Sebastián y me parecía que iba a verla entrar. Y ahora que jugábamos, yo iba corriendo y miraba hacia la reja y ay, me parecía que en cualquier momento ella iba a aparecer. Ay, no sé por qué estoy así.

—Oye, no han hablado de lo que pasó esa vez, ¿no? No te ha dicho nada.

—No, ni hablar. No hemos hablado de eso.

—Fue terrible, yo la comprendo.

—Yo me muero si me habla de eso. Mejor es no decirle nada. ¿No crees?

—Bueno, vamos a calmarnos —dijo María Eugenia mientras sorbía de su botella.

Vi unas figuras que avanzaban junto a la piscina. Era una familia de cinco, con tres hijos adolescentes, todos altos y delgados. Uno de ellos —un tipo de orejas largas— me miraba. Bajé la cabeza cuando pasó cerca.

Seguimos hablando de un negocio que pensaba empezar. Iba a vender ropas de baño, la lycra había bajado de precio, me dijo.

Terminé la botella de agua. Me habría gustado pedir un vodka.

—Ay, pero te veo muy preocupada, amiga. Yo hablo con ella, no te preocupes. ¿Dónde la encuentro a Rebeca? ¿En el edificio de Patrick? —dijo María Eugenia.

—No hables con ella, María Eugenia. No hagas nada.

—Pero cálmate, oye, le voy a decir que no te joda nomás.

—No hagas ni digas nada, ¿me oyes? No quiero que hables con ella.

—Ya, está bien. Tampoco te pongas así.

* * *

Al poco rato yo me había duchado y vestido.

Estaba sentada en el asiento del auto, lista para regresar a mi casa. Golpeaba el timón con los dedos. Prendí el celular. Pensaba llamar a Patrick. No, no, a Patrick no. Estaría con alguna chica. Él no debía sentir que yo lo necesitaba. Además no tenía ganas de verlo. Era solo la manía de escuchar alguna voz como la suya. Patrick iba a llamarme la semana entrante. No lo amaba, estaba protegida de él.

La rutina de los sábados transcurrió con normalidad.

A las doce, Sebastián estaba escuchando música en su cuarto. Giovanni estaba echado en la cama. Yo leía los periódicos en el sofá.

Vi a Giovanni salir.

De repente un silencio largo y denso se formó en la sala, como un trozo de algodón invisible.

Voy a salir. Voy a dar una vuelta, me dije.

Abrí la puerta y me fui.

Estaba caminando por el barrio.

Algunas ramas se descolgaban de los árboles y casi tocaban la tierra. Podrían haber sido serpientes muertas. Seguí avanzando. Llegué a un parque en el barrio donde vivía, era un parque pequeño, de árboles tiernos, al que se llegaba por entre unos arbustos, un lugar junto al cual yo había pasado muchas veces. El celular sonó. Era Giovanni. ¿Dónde te has ido?

Hablé rápidamente.

* * *

Lo veo todo otra vez. Me veo a mí misma.

Tengo veinticinco años.

Estoy de regreso en mi casa, con mi papá y mi mamá. Estoy aquí. Soy joven, me siento nerviosa, estoy esperando.

Giovanni va a llegar en media hora. Va a hablar con mis padres, va a pedir mi mano. Estoy bien vestida. Parezco una chica buena y decente y muy feliz. Y sin embargo, me ronda la idea de escaparme, de salir a caminar por el barrio y de no volver a la casa.

Pero Giovanni llega, sonríe, ha traído un ramo de rosas para mi madre. Habla con mi padre. Ha venido listo: bien vestido, bien parecido, bien hablado. Todo ocurre como debía ocurrir.

Lo veo, lo escucho y me pregunto qué haría él si supiera la verdad. Me estoy casando con él porque acabo de perder a Nico. Lo perdí hace tres años pero lo acabo de perder. Es un decir. Yo misma lo he rechazado.

Algunas semanas después, me pongo el traje de novia y entro a una iglesia del brazo de mi padre y allí, al fondo, junto al altar me espera Giovanni.

Una cuantas palabras, unos besos y saludos y ya está. Me he casado.

Mi compasión por Giovanni y mi nostalgia por Nico se han confabulado. De ese nudo de emociones, como una serpiente que sale de un montículo de piedras, ha surgido el impulso de aferrarme a Giovanni.

Con el tiempo, la verdad ha ido tomando forma entre nosotros. Una verdad como una roca. No hemos cumplido con la única regla del éxito de un matrimonio. Tolerar los ruidos que salen del cuerpo del cónyuge. Los ruidos de Giovanni —su tos, sus estornudos, su carraspera, sus pedos, el pito de su nariz— me persiguen, casi me obsesionan. Voy a intentar no oírlos. Y los ruidos que yo despido, también...

A veces, cuando manejo el carro por el Circuito de Playas, pienso en Nico y acelero. Un antídoto contra los golpes de la nostalgia. Acelera el carro. Huye de esas imágenes y de esas voces. Corre. Deja atrás a Nico y también a Giovanni. No. Mejor no. Tienes que ser valiente. Habla con Giovanni. Mira, ya no creo que podamos estar juntos, apenas nos comunicamos, lo mejor sería separarnos un tiempo. A continuación, algunos gritos y lamentos. Era cuestión de sortear el proceso con los ojos cerrados.

Pero ¿yo podía o quería realmente dejarlo? ¿Iba algún día a obligar a Sebastián a vivir sin su padre? No me imaginaba despertándome sola en mi cuarto. Despertarme con Giovanni era una mala costumbre. Era bastante más seguro que despertarme y acostarme en una cama vacía. No lo amaba a él sino al bulto de su cuerpo en las mañanas.

XI

El sueño, un descanso entre dos caminatas.

Llegué a mi casa el sábado por la noche después de caminar y me levanté temprano el domingo para caminar otra vez.

Caminar, caminar. Por las veredas, bajo los árboles, entre las ramas caídas, en medio de la pista, caminar delante de los autos, ay, seguir, seguir, yo siempre he pensado que si camino mucho voy a encontrar un lugar donde quedarme... en una época soñaba con llegar a un parque y encontrar una casita de madera abandonada. Soñaba que iba a quedarme a vivir allí. Pero también pensaba en caminar sin rumbo, preguntándome en cada esquina hacia dónde voltearía, así veo cada árbol o cada casa como algo nuevo, me impresiono con un árbol y me detengo, y lo miro. Así lo hacía con Rebeca cuando salíamos. Igual. Recuerdo lo que me dijo. Si una mira cualquier cosa, durante un largo rato, le va a parecer que es un milagro. Flores, pájaros, las curvas de las ramas. Avanzo por el vecindario como en una tierra extraña, prodigiosa, llena de revelaciones, una tierra encantada.

Ese día pasé por una serie de parques y calles desiertas. El encanto de las pistas los domingos en la mañana. No hay nadie.

En el camino de regreso a la casa compré cuatro periódicos, como lo hacía todos los domingos, entre ellos el mío. Revisé toda la edición de *El Universal*.

De pronto, al abrir la revista «Lecturas de Domingo», me quedé paralizada.

En la página central de la revista había un artículo sobre Hemingway en Cuba. Me quedé leyendo varias veces el nombre de la autora. ¿Era posible? Escribe Rebeca del Pozo.

Miré otra vez.

Rebeca del Pozo. ¿Cómo había aparecido un artículo de ella en mi propio periódico? ¿Había ido a dejar ella misma ese artículo al editor de la revista dominical? ¿Me había estado mirando algún día desde los corredores?

Me detuve en una esquina. Me quedé sosteniendo la hoja del periódico, examinándola como si tuviera escrita una adivinanza. Algunas personas pasaban a mi lado.

El artículo estaba lleno de frases comunes del tipo «Ernest Hemingway es uno de los más grandes escritores norteamericanos y su obra trasciende las fronteras» y más adelante, «también se sabe que vino al Perú, a Cabo Blanco, atraído por la fama del pez espada». Había una foto de él en un bote. Era un artículo cualquiera, como los que se ven en cualquier periódico del mundo. Solo que esta vez era en mi periódico y estaba escrito por ella.

Tiré la puerta. Sentí el eco en toda la casa.

—¿Qué te pasa? —me dijo Giovanni.

Estaba en la escalera.

—Nada.

—Estás sudando. ¿Estuviste corriendo tan temprano?

—No. Lo que pasa es que los periódicos publican mucha mierda —le dije.

Dejé el diario encima de la mesa, abierto en la página donde aparecía el artículo de Rebeca.

Giovanni alzó la cabeza.

—Pero eso no es ninguna novedad, oye, no sé por qué te alteras.

—Cállate.

Alzó las cejas.

—Bueno, muy bien, me molesta mucho que te pongas así, voy a irme hasta que te calmes.

Me acerqué al teléfono. Estaba temblando de rabia.

Tenía que llamar al editor, tenía que buscar el número del editor cultural de la revista «Lecturas de Domingo».

Era un chico llamado Fito Cárpena. Lo veía siempre en las reuniones.

Fito Cárpena era uno de los poetas desesperados que por lo general habitan alguna de las oficinas de los diarios y revistas.

Delgado, de anteojos gruesos, con la cabeza inclinada, gustaba lucir siempre un aspecto de artista castigado. Era como si se enorgulleciera de eso. Tenía ojos turbios, camisas de franela y pantalones negros de pana. Sus zapatos siempre me habían llamado la atención: desgastados, ásperos, dos gnomos de cuero martirizados por el resto de su cuerpo.

Un día Fito me había invitado a almorzar a un restaurante de mariscos. Ese día, apenas nos sentamos, antes de ver la carta, sacó un cuaderno con sus poemas. Mientras me los recitaba, me di cuenta de que también se las ingeniaba para espiarme las piernas. Desde ese día, yo había encontrado pretextos para rechazar sus invitaciones.

Pero ahora estaba buscando su número en la guía, aun sabiendo que no debía llamarlo. ¿Cómo había llegado el artículo de Rebeca a la revista? Tenía que preguntárselo. Pensé que quizá Raúl Pomalca, el jefe de personal, tenía el teléfono de Fito en su casa. ¿Iba a llamarlo un domingo a pedírselo? No había encontrado el nombre de ningún Fernando Cárpena en la guía.

Giovanni estaba mirando la televisión. Fui a verlo. Discúlpame, le dije, y lo abracé. No sé qué me pasó. Me sentía muy mal. El me sorprendió con su respuesta. No te preocupes.

Luego me quedé sumergida en el sofá, leyendo. Como a las doce, empecé a ayudar a Sebastián con sus tareas. Vi el periódico tirado en el piso.

Hemingway, gran escritor, gran aventurero. Escribe Rebeca del Pozo.

* * *

Me imaginaba que ella había ido a visitar a Fito Cárpena con su texto. Rebeca entrando al periódico, esperando a Fito, tengo este artículo, soy amiga de Verónica, sí, la editora de internacionales, soy amiga de ella, tengo este artículo sobre Hemingway, a ver si les interesa.

Mejor olvidarme, olvidarme por hoy.

* * *

Después de almorzar, la familia se repartió.

Giovanni y Sebastián fueron al cine y después a visitar a mi suegro. Yo salí a dar vueltas en el auto. Llegué a San Isidro. Cerca del Olivar.

Allí estaba la casa de mi papá, mi casa. Dudé en detenerme. La pared blanca, el portal alto, la pulcra enredadera hasta la ventana. Todo, como siempre.

Cuando entré a la sala, sentí lo de otras veces. Que lo estaba interrumpiendo. Lo vi echado en su gran sofá. Estaba parpadeando, acababa de despertarse. Parecía un emperador casero: el cuerpo extendido, el pelo revuelto y los periódicos dispersos como súbditos a su alrededor.

Yo acababa de cometer un pequeño crimen. Lo había despertado.

En ese momento aparecía tal como yo lo había visto de niña. Sentado en el sofá de la sala, rodeado de periódicos y libros, la camisa impecablemente arrugada, el pelo como una telaraña.

La principal trinchera de su soledad eran esos ojos. Largos, inclinados, me parecía que estaban hechos con la expresa intención de ignorar al mundo. Con el tiempo, mi papá había acumulado razones para reforzar su desdén hacia la gente. El que sentía por nosotras, por ejemplo. No sé cómo decirlo. Creo que él pensaba que lo habíamos traicionado. Mi mamá se había muerto. Mi hermana Lola, su preferida, se había ido a vivir a Miami. La peor era yo, que había cedido al peso de mi resignación y me había casado con un tipo como Giovanni. Mi papá solo me lo reprochaba de la peor manera: en silencio, con su sonrisa estirada, aludiendo alguna vez a lo infinitamente mejores que habían sido mi madre y mi hermana Lola («Siempre, desde chicas, Lola estaba por delante de todas», «Era siempre la mejor de la familia», «Mi hija Lola, la inteligente»). Yo iba a verlo abrumada por la culpa de no quererlo, la sospecha de que en algún momento de mi infancia él había destruido la brújula de mi autoestima para siempre. Y sin embargo…

Y sin embargo yo seguía yendo a su casa. No todas las semanas, pero siempre, siempre iba a verlo. Y sí lo quería. Casi lo admiraba, es la verdad.

Reconocía el estoicismo de su soledad, su coraje frente a la monotonía de sus pequeñas miserias. Su silencio por ejemplo, su silencio me conmovía. La incontinencia urinaria era apenas uno de sus problemas. Tenía también dolores en la columna y ataques de picazón por toda la piel, especialmente en las piernas. Pero no se quejaba. Nunca me llamaba a pedirme favores o a contarme sus penas. Había tenido la cortesía y la entereza de guardárselas. Yo le había buscado nuevos médicos pero él siempre había preferido seguir con su viejo amigo, el doctor Pastorino. El doctor Amadeo Pastorino le recetaba siempre los mismos medicamentos inútiles y le contaba los mismos chistes. Mi papá iba a su consultorio sólo para hablar con él. En sus consultas los dos se la pasaban recordando amigos comunes. Eso los mantenía unidos. Era curioso. A mi papá no parecía haberle afectado mucho la muerte de algunos amigos. Apenas hablaba de ellos. Era como un soldado que avanza por un campo de batalla pensando que solo puede sobrevivir si no mira a los que van cayendo cerca. Quizá en cierto modo los culpaba por haberse muerto.

Yo seguía creyendo que mi papá esperaba mis visitas. Sí, sí. Él esperaba que fuera a verlo. Al menos, algunos domingos creo que me esperaba. Lo sabía porque a veces yo lo llamaba y él me saludaba («Hola, hija mía, cómo has estado»). Hija mía, hija mía. Y aun así… el miedo que le tenía… que le tengo, estaba allí, como un desfiladero.

Durante la semana mi papá cumplía con una rutina: lectura de periódicos, películas en la tele y llamadas a los amigos en la mañana, internet y libros por la tarde, culebrones por la noche. Yo había pensado que él iba a morirse un día sentado frente a la televisión, durante alguna escena de una telenovela. Una muerte llena de las emociones de los otros, un señor mayor en el sofá mirando una declaración de amor, tan solitario como siempre.

A veces, cuando pensaba en su trayectoria, me congraciaba con él. Era un fracasado con dignidad. Había estudiado filosofía y literatura aunque no había acabado ninguna de las dos carreras. Al final se había ganado la vida treinta años como profesor de colegio. Había llegado a ser director de estudios. Soportar las ansiedades de los padres de familia había reforzado la coraza de su cinismo. «Más que director del colegio, soy psiquiatra de las vainas de los padres», me dijo. «Me cuentan de cuando fueron ellos al colegio, y yo escucho todo».

Al final, se había resignado a la idea de ser un moderador de las inseguridades paternas. Pero por lo menos había tenido la entereza de llegar hasta el final de su periodo en el puesto. Estaba siempre a su hora en su oficina, reunía a los profesores, revisaba las actas y era el último en abandonar el local el día de la clausura en diciembre (además, cosa rara, había considerado que era mejor que sus hijas no estudiáramos allí). Al jubilarse, se había dedicado, con cuarenta años de retraso, a sus pasiones olvidadas: los libros, el cine y, por supuesto, la televisión. Había escrito una novela de un modo intermitente pero, como decía, nunca la había acabado de terminar. A veces le echaba la culpa de su fracaso como escritor a los padres de familia. Otras veces a los dueños del colegio. Nunca a sí mismo.

Ese día papá me propuso tomar un café en la terraza. La conversación fue rápida y de tramos cortos: cómo estaba Sebastián, quién ganaría las elecciones, la salud de los tíos.

Después me dijo:

—Hoy vi un artículo sobre Hemingway en «Lecturas de Domingo». Era de una chica Rebeca, Rebeca del Pozo. ¿No estudiaba contigo en el colegio?

—Sí.

—Publican cualquier cosa en los periódicos, ¿no?

—No digas tonterías, papá.

—¿No estás de acuerdo?

—Yo trabajo en ese periódico.

—Bueno, hijita —dijo—, ya sabes que tú no eres la excepción. Tus artículos andan por allí nomás. ¿Los escribes entre la ducha y el maquillaje como siempre?

Sonreí rápidamente. No era raro que se burlara. No podía evitarlo.

—Bueno, ¿necesitas algo? Ya me voy.

—No, nada. Ponme algo de música antes de irte nomás.

Me paré. Lo vi debajo de mí.

—¿Te pongo a Susana Baca?

—Bueno.

Sentí la introducción de la guitarra, y la voz de Susana Baca.

—Chau, papá.

—Pero no te molestes por lo que te dije. Era una broma nomás.

—Ay, papá, por favor. Si me molestara con todo lo que me has dicho, imagínate, no habría vuelto a esta casa hace tiempo, oye. Pero ahora tengo que irme. Ya Giovanni debe estar en la casa.

Le di un beso. Me cogió de la mano.

—Hasta luego —me sonrió—. Gracias por tu visita.

—Yolanda viene más tarde, ¿no?

—Sí, ahora viene. Vamos a ver los programas políticos de la noche, a ver qué pasa con este país.

Me alejé. Antes de cerrar la puerta lo vi otra vez: la cabeza sobre el espaldar, una mano alzada junto a la cara, el ruido de la televisión. Algún día, pensé.

* * *

El celular sonó.

—No te olvides de venir temprano que tenemos lo de la Mona Marazzo —me dijo Giovanni.

* * *

Esa noche teníamos una comida en casa de la Mona Marazzo, a quien Giovanni y yo conocíamos hacía mucho tiempo. La Mona y Piero Marazzo organizaban fiestas panorámicas en su casa de dos mil metros y a veces llevaban algunos periodistas de las páginas sociales a cubrir la reunión. Nos habían dicho que estuviéramos allí a las ocho.

Desde las seis yo rondaba el ropero. Ya había decidido qué ropa ponerme: el conjunto celeste con cuello largo, un collar negro y aretes largos. Lo que me faltaba ahora era enfrentarme a la sesión de maquillaje.

Lo primero, la crema humectante para la piel. Desde que era chica mi piel seca me había obsesionado. Cada vez que salgo de la ducha, hasta ahora, lo primero que hago es ponerme la crema. Cerros de crema humectante. Todos los días, crema humectante.

Después, la base, una capa gruesa de base, a veces crema, a veces polvo, a veces gel, a veces spray, he probado todos los tipos de base, tengo varias marcas en el baño, no sé por qué tengo tantas, la verdad. Cuando empecé a ponerme base me leía todas las etiquetas, todas las marcas. Antes entraba a internet para ver los distintos tipos. Neutrogena, Anti-Age, Revlon Age Defying. Ahora tengo varios envases de distintas marcas guardados, y los uso todos.

Luego de la base me pongo rubor pero es un rubor ligero, no me gustan las que se ponen tremendas manchas rojas, que las hacen parecer muñecas. Para la forma de mi cara, vienen mejor las chapas que se concentran en las mejillas. Luego, la sombra violeta en los párpados. La sombra que apenas se nota, mejor así. Mi delineador negro para los ojos en cambio es fuerte, lo mismo que el rímel azul, tengo un rímel fuerte y espeso, no me importa que digan que soy exagerada. Y por fin el lápiz de labios. Siempre me ponía rojo claro, casi rosado, pero he descubierto que el color de labios melón (mi marca pone «melón de verano»), me queda mejor.

El pelo, en cambio, el pelo siempre lo he tenido sedoso y negro, con hebras gruesas. Mi peluquera Mary sabe peinarme: suelto y largo, no mucho, pero que caiga un poco sobre los hombros, así me veo natural, me dice.

Como tengo la piel clara, cuando salgo en el verano, necesito un protector solar. Felizmente ahora todas las bases y todas las cremas tienen incorporado un protector solar 15.

Ay, tantas cremas, tantas cremas. Y tantas manchas. Me da pena ver cómo la piel se va deshaciendo. Con la base me veo bien pero siento que mi piel no respira. Desde hace varios años me miro las arrugas y también algunas manchas nuevas de vez en cuando, manchas pequeñas pero allí están. Ay, no puede ser.

Alguna vez he pensado en hacerme la cirugía pero siento que puedo resistir tal como estoy, por ahora. Me parece mejor que se note que no me han operado. La verdadera coquetería es no operarse. Y los días que puedo, no me pongo base. Cuando tengo que salir a una reunión los sábados y tengo que ponerme base, me siento muy frustrada. Mi piel, mi pobre piel. Me saco el maquillaje apenas regreso a la casa. Me siento en el baño, pongo música y uso una toalla mojada. Luego, me echo crema para hemorroides que me sirve para las bolsas de los ojos.

Antes de acostarme, otra vez mi crema humectante para dormir, y también una crema antiarrugas.

Cómo hará Rebeca, pienso. Rebeca tiene la piel tan dura, tan llena de manchas y granos y pequeñas formaciones. Es una piel áspera, de una persona que nunca dio la batalla contra el tiempo. La vez que la vi maquillada parecía un gran payaso. Para ella, es una broma ponerse cremas y polvos.

Termino de maquillarme.

Miro otra vez lo que voy a ponerme. Ay, el conjunto azul, no. Mejor el conjunto rosado. No. Mejor el traje verde claro. Zapatos negros. Un chaleco. Luego un collar con una piedra turquesa en el medio.

Pensé en Rebeca mientras entraba a la fiesta de la Mona.

* * *

Regresamos a la casa como a las dos. Yo me tomé un último vodka y me senté frente a la TV. Una película romántica. Meg Ryan subía a un edificio para encontrarse con Tom Hanks. Apagué. Me acomodé en el silencio de la casa.

La mañana siguiente Giovanni y yo hicimos brevemente el amor.

* * *

Salí del gimnasio antes de lo usual.

Llegué al periódico como a las nueve y media, hora en la que las oficinas estaban casi vacías. Fui a la de Fito.

Solo estaba Marieta, la secretaria.

Pensé que tal vez podía decirme cómo había llegado allí el artículo de Rebeca. Desistí. No tenía demasiada confianza con ella.

—No sé a qué hora llegará Fito —dijo—. Debe estar aquí como a las once.

Subí a mi escritorio. Me senté frente a la computadora y empecé a recolectar las noticias del día. Lo principal era el avión de Air France que se había salido de la pista en el aeropuerto de Toronto.

A las once volví a bajar.

Fito Cárpena estaba allí, hablando por teléfono. Me hizo una señal con la mano. Debía esperarlo.

Me senté a hojear los periódicos que ya había leído. Se hacía tarde. Debía subir a la reunión.

Lo esperé de pie, mirándolo. Me sentía horriblemente humillada y avergonzada. Al ver a Fito hablando por teléfono, otra mujer más entera que yo se habría ido de allí. No se habría quedado para esperarlo como una idiota.

Por fin lo vi colgar.

—Hola —dijo.

—Hola. ¿Qué tal?

—¿Y qué milagro por acá?

—Una consulta, Fito. ¿Cómo así recibiste el artículo que salió ayer, el de Hemingway?

Se quedó en silencio, como si le hubiera hecho una pregunta muy difícil. Parecía estar meditando.

—Ese artículo me llegó por correo electrónico —dijo por fin—. O sea, siempre me mandan varias cosas por correo electrónico pero casi nunca las publico. Pero esta vez me gustó.

—¿Y hablaste con Rebeca?

—Hablé con ella. Me dijo que te conocía.

—Ya.

Se encogió de hombros, me sonrió.

—Ya casi no te veo, Verónica. ¿Cuándo almorzamos? Te cuento que hay un nuevo restaurante de mariscos que han abierto aquí nomás.

—A ver si un día de estos. Otra cosa. Dime, esa mujer, Rebeca del Pozo…

—¿Qué hay con ella?

—¿No vino aquí a verte?

—No. Me habló por teléfono nomás.

—Ya.

Di un paso hacia atrás y me apoyé en la pared. Debía irme.

—¿Así que no la conocías de nada? ¿No te vino a ver antes?

—No.

Me despedí. Subí las escaleras a toda velocidad y saludé a algunas amigas en el camino. Al llegar a mi oficina el teléfono estaba sonando.

—Aló, ¿Verónica?

—Sí.

Me mordí el labio. La voz era un ruido largo. Cada palabra parecía dejar un ligero eco.

—¿Qué te pareció mi artículo? ¿Lo leíste?

—Sí. Sí lo leí.

—¿Y qué te pareció?

—Bien.

Hubo una pausa. Pensé que estaba mascando saliva.

—Qué bueno que te gustara. Es que he seguido leyendo mucho en estos años, sabes. Pero ya no solo a Hesse sino también a Fitzgerald, y a Hemingway. La lectura ha sido como un refugio. Cuando una está muy sola, siempre le quedan los libros. Es como si alguien estuviera allí contigo, o sea alguien que te cuenta una historia, ¿no? Y yo he leído mucho a Hemingway. Lo mejor son los cuentos pero *Fiesta* también es linda. Y *El viejo y el mar*, por supuesto. Sus personajes nunca pierden la esperanza, ¿no? No saben otra cosa más que tener esperanza.

—Sí. Bueno, Rebeca, estoy muy ocupada ahora. No puedo hablar.

—¿Estás ocupada? ¿Para acordarte de lo que pasó también estás ocupada?

Apreté los labios. Me parecía que oía su respiración.

—Quiero preguntarte algo, Rebeca.

—Tú dirás, Vero.

—¿Por qué compraste el departamento encima del de Patrick?

Sentí un silencio largo.

—Es que me gusta mucho ese edificio —murmuró—. Siempre me gustó. Tiene una vista linda al campo de golf.

—Bueno, si tú lo dices.

—No me crees, ¿no? Pero no es lo que tú imaginas. Es una pura casualidad.

Di un suspiro.

—Claro que no te creo.

—Bueno, lo siento.

Me mordí el labio.

—¿Por qué estás haciendo esto, Rebeca? ¿Por qué me llamas? ¿Por qué te metes a escribir en el periódico?

Hubo una larga pausa. Por un momento pensé que había colgado.

—Por lo que pasó hace mucho tiempo, en el colegio —me dijo.

El gerente del periódico, André Pollack, apareció en el corredor y se detuvo frente a mí... Quería hablarme. Estaba como siempre impecable, su terno oscuro y su corbata floreciente.

Con el gerente allí, debía colgar el teléfono para atenderlo. Pero no podía. Pollack me indicó que volvería luego y se fue.

Hubo una pausa.

—Pero fue algo que pasó y que hay que olvidar —le dije.

Sentí un estruendo a mi alrededor. Era la gente de deportes que celebraba un gol en la TV. La selección estaba jugando. El ruido normal de las teclas en las computadoras fue regresando poco a poco. Ella me había dicho algo.

—Bueno, es que olvidar no es tan fácil, ya sabes.

—¿Y por qué recién ahora me estás acosando?

Sentí que sus palabras temblaban.

—Yo no te estoy acosando, Vero. Te estoy diciendo que te tengo afecto. Y que te admiro. Como antes, ¿no te acuerdas?

—Pero ¿por qué ahora?

—Porque nos encontramos en el avión. Y porque hace poco te vi en la televisión en el programa del Chema Salcedo. Y porque tenías puesto un chaleco celeste y una falda blanca y zapatos de taco y porque tus ojos eran tan, no sé cómo decirlo, tan tiernos, Vero. Y porque hablaste tan bien, eras tan interesante cuando hablabas. Porque quisiera haber sido como tú. Y porque en las noches, cuando no puedo dormir, pongo el casete de ese programa, y te veo. Te vi anoche. Y entonces…

Dejó de hablar. Milagros llegó. Se sentó a mi lado. Yo apenas podía sostener el auricular.

—Pero dime, Rebeca. Si dices que me quieres y todo lo demás, ¿por qué me sigues así? ¿No te das cuenta de que lo único que haces es joderme?

Milagros pareció no hacer caso de lo que oía. Yo estaba aferrada al teléfono.

—Lo siento. No lo puedo evitar, Verónica. Estoy muy sola, ¿me entiendes?

A mi lado, Milagros encendió la computadora y se puso a escribir.

—Pero ya basta de este asunto, Rebeca.

—¿Basta? ¿Por qué?

Dudé antes de seguir.

—Porque ya no quiero saber más de ti.

Oí un ruido de saliva. Colgué.

El teléfono sonó.

—Vero, te llama el gerente por la otra línea —dijo Milagros.

Me quedé sentada, sin moverme.

—¿No vas a contestar? —dijo Milagros—. Si quieres, yo contesto.

—No. No contestes. Ahorita deja de sonar.

—Pero es el gerente el que te llama, ¿no te digo? Ha colgado en el otro teléfono y ahora te está llamando por aquí. Tienes que contestar, Vero.

Me pasó el teléfono. La voz pastosa del gerente.

Hola, Verónica. Mira, estamos haciendo una cena para poca gente en mi casa en un par de semanas. Somos unos cuantos nada más, como te digo. Nos daría mucho gusto que vinieras. Con tu esposo, por supuesto. Claro que sí. Muchas gracias, André. Con mucho gusto.

Milagros me miró.

—¿Está todo bien?

—Sí, bien.

Miró en su libreta.

—Te ha estado llamando otra vez el señor Horacio Armando, ya te dije el otro día.

—¿Qué quiere? No me acuerdo.

—Ha publicado un libro sobre la evolución de la exportación a Estados Unidos y Europa y quiere que tú lo presentes. Dile que ahora estamos exportando tanto que hasta los gringos han probado el pisco peruano, oye. Cualquier día publicamos una foto de Brad Pitt brindando con pisco sour.

Sentí un rumor de voces a mi alrededor. Eran las voces de Doris, de Oswaldo, de Tita Traverso, de otras compañeras de clase. Todas cantaban y palmeaban al mismo tiempo.

Me serví un vaso de agua.

—¿Horacio ha escrito el libro?

—Él siempre nos ha ayudado aquí. Tienes que presentarlo, Verónica.

—No sé, no tengo ganas.

—Pero Horacio siempre nos ayuda cuando le pedimos algo para los informes.

—Sí, tienes razón.

—¿Así que aceptas?

—Bueno, pues. ¿Qué voy a hacer?

—Sí, mejor. Así nos va a ayudar siempre. Una por otra, oye.

—Ya.

—Oye, ¿estás bien?

Me quedé callada un momento.

—Sí, estoy bien. ¿Qué tenemos para hoy?

—De todo. Te paso los cables.

Trabajamos resumiendo algunas noticias. Yo escribía a toda velocidad.

* * *

Al mediodía fui a la reunión de editores. Cada uno de los asistentes informó a Lucho el contenido de sección del día siguiente. Se dieron algunas directivas para la cobertura de una maratón el fin de semana.

Al regresar, encontré a Milagros tarareando algo.

—¿Qué tal?

—Todo bien.

—Qué bueno —silbó.

—Oye, Milagros, dime, ¿por qué me parece que siempre eres tan optimista?

—¿Por qué dices eso?

—No sé, me parece que te faltan actividades para apoyar y para hacer. Todo te entusiasma. ¿Siempre fuiste así?

Se quedó pensando.

—No. No siempre. Lloro mucho también.

—¿Lloras? No me imagino. ¿Y por qué?

—Bueno, por mil vainas, por todas las cosas por las que lloran las mujeres.

La miré. No sabía qué decirle. Ella seguía escribiendo.

Hilda, la secretaria del director, se acercó.

—Chicas. Es mi santo mañana y vamos a almorzar. Hay un sitio con unos calamares riquísimos. ¿Se apuntan?

—¿Vamos? —dijo Milagros mirándome.

—Yo no puedo.

—Pero anímate.

—Bueno, ya veremos. Feliz día, de todos modos.

Hilda se fue.

—¿Quieres ver el libro de Horacio? —dijo.

—Sí, dámelo, más tarde lo veo. ¿Tienes el resumen de la Comunidad Europea? A ver si cerramos temprano.

—Ya te lo paso.

Mi pantalla se iluminó con el texto.

El teléfono sonó. Milagros levantó el auricular.

—No está. Ha salido. Muy bien —dijo—, yo le diré que ha llamado. Sí. Que la llamó Rebeca del Pozo. Muy bien. Acá lo voy a apuntar. No se preocupe.

Colgó.

—No te quiere dejar esa mujer, Vero. Seguro que te llama a tu casa también.

* * *

Esa noche le propuse a Giovanni ir al cine, pero se negó.

Se había sentado frente a unos monstruos verdes a los que asesinaba con un retumbar de las teclas. Sebastián estaba en su cuarto escuchando música.

Decidí ir sola. Llegué al Ovalo Gutiérrez, y pasé por los requerimientos de los mendigos que merodeaban por la puerta. En la cola de la taquilla un rostro familiar se apartó del grupo en el que estaba y me encaró. Era Tita, mi compañera de colegio. Llena de arrugas, muy maquillada, sola y abandonada por un marido sinvergüenza, Tita no había perdido su sonrisa.

Me dio un abrazo y me hizo una serie de preguntas. Su voz tenía un nuevo tono cascado, que parecía el rezongo de una grifería vieja. Me dijo que a nuestro examigo Oswaldo lo habían internado en una clínica de rehabilitación otra vez. Había estado desayunando una botella de whisky todos los días, me aclaró. Oswaldo, que parecía un tipo que estaba encima del mundo, imagínate. En el colegio todas pensábamos que sería millonario con la herencia de su papá. Sí, pues.

Estuve a punto de contarle que me había reencontrado con Rebeca.

Tita y yo habíamos sido muy amigas en el colegio y ahora solo podíamos compartir un cruce de palabras, a modo de santo y seña, en recuerdo de la relación que habíamos tenido. Nos mirábamos como desde muy lejos. Me había pasado antes. A lo largo de los años, me había encontrado en algún lugar público con Doris, con Dante, incluso con Miss Tina. Habían sido encuentros breves, casi ceremoniosos, los de personas que no se han visto en mucho tiempo y que se saludan como dos desterrados en una tierra extraña, que sienten nostalgia por el país de la juventud donde fueron amigos.

Entré a la sala de cine. Estaban pasando avances y comerciales.

Dejé que la película transcurriera. Me quedé dormida poco antes del final.

* * *

En cierto modo, Milagros tuvo razón al decir que Rebeca iba a llamarme a mi casa. Esa noche tuve el sueño otra vez.

Yo estoy sola, escucho la música, veo a mucha gente haciendo una ronda, algunos se me acercan, la veo a ella y siento los labios de él dentro de mí, y de pronto la tierra se abre debajo y me caigo. Doy un grito.

Estoy sentada en la cama. Giovanni me dice qué te pasa, estabas gritando, ¿te pasa algo? Nada, nada, no me acuerdo. Un Somese y todo se acaba.

* * *

Al día siguiente, saliendo del gimnasio, prendí la radio. Alguien anunciaba *New York, New York*, de Frank Sinatra. La misma música que yo había escuchado durante los años del colegio, la que había bailado con él esa noche.

La canción apenas se escuchaba ya en las radios. Pero alguien, en alguna estación, había decidido ponerla. Unas cuantas personas la estábamos escuchando en todo Lima.

La última vez que yo había oído a Frank Sinatra, las cosas aún eran distintas. No había conocido a Nico. Y mi familia estaba entera. Íbamos a misa los domingos, almorzábamos en nuestra casa. Mi mamá nos servía un pastel de manzana y yo era amiga de Rebeca.

* * *

En el pasillo del periódico, el señor Drago se me acercó. Esta vez apenas lo saludé. ¿Por qué tan fría conmigo?, me dijo. Me habían dicho lo contrario, que siempre eras puro fuego, que eras de lo más ardiente. No digas estupideces, Tato, y además ya basta de bromas, a ver si alguien te enseña unos cuantos modales. Tengo harta chamba, así que nos vemos otro día.

—Pero Vero...

—Ay, Tato, no seas pesado. Anda búscate una puta si tanto quieres acostarte con alguien, oye. No eres más que un viejo verde, ¿sabías eso?

—Qué barbaridad. Bueno, voy a pasar por alto lo que me has dicho.

—Bueno, ya nos vemos.

Me miró con sus ojos claros. Se estaba haciendo el resentido.

—Bueno. Adiós, pues. Ya nos veremos. Creo que me iré al sauna.

—Chau, Tato. Vete al sauna.

Al llegar a mi escritorio me encontré con Milagros.

Me puse a escribir.

* * *

No dejaba de ser curioso. Cada cara, un inventario o un informe del pasado.

¿Cómo decirlo? La diferencia entre la cara de Milagros y la de Tato Drago. En la cara de Milagros todo confluye. Es un rostro de líneas que guardan relación entre sí. Son líneas organizadas para resistir y para enfrentarse al mundo. El de Tato Drago en cambio es un rostro sin un centro, un montón de rayas que parecen haber huido espantadas hacia las esquinas, una masa blanda que persiste entre las ruinas.

Volví a escuchar la voz de Sinatra. Algo me sacó del silencio. Era Milagros.

—Patrick te llamó.

Abrí mi correo. Había un mensaje suyo.

Querida Verónica:

Me sentí muy mal por la forma como te fuiste de aquí el otro día. He tratado de averiguar quién es esa mujer y cómo llegó aquí. Dicen que vino un día, vio el aviso, habló con el dueño del departamento y lo compró. Así me han contado, no sé más. El portero no me sabe decir mucho sobre ella tampoco. De vez en cuando los vecinos dicen que oyen ruidos en su cuarto. Vasos, platos, cosas así que se rompen,

me dicen que oyen. Debe estar loca. Mejor no pensar en ella. Hay
que olvidarse de ella. De verdad no quiero que dejemos de vernos,
Verónica. Me he acostumbrado a ti, nena. Tú ya sabes cómo soy...
Soy perezoso porque tengo plata y porque mi padre y mi madre eran
perezosos y tenían plata. No tengo la culpa de mi herencia. Traba-
jar no tiene sentido si tienes dinero, como yo. Soy un tipo engreído,
frívolo y un poco egoísta, pero al menos sé lo que soy. Y sé que me
gusta estar contigo, nena. Me gusta mucho. Lo único bueno que
tengo para ofrecerte es mi buen humor. He estado muy solo estos
días sin verte. ¿Puedes escribirme? Un beso grande, donde tú ya
sabes. Patrick.

Fui a la máquina del café. Terminé el vasito de un sorbo. Pulsé el botón para pedir otro. Era la primera vez que
me parecía que Patrick era sincero.

Al regresar a mi escritorio lo llamé. Me contestó la gra-
badora. Soy yo, dije, y colgué.

Listo. Podía pasarme un tiempo sin saber de él, yo ya
había cumplido con mi lado del trato. Lo había llamado.

Por la tarde me quedé en la oficina más tarde de lo
usual. El Discovery tardaba en aterrizar y cuando por fin
lo hizo, llegó la noticia de la muerte de Peter Jennings.

Un poco después el teléfono sonó otra vez. Era Patrick.

—Hola, nena. ¿Recibiste mi mensaje?

—Sí. Te llamé hace un rato. ¿No escuchaste?

Mi voz sonaba cálida y dulce.

—A veces se me da por ser sincero, nena. Tú lo mereces
todo.

—Ya. No te preocupes que nunca me he hecho ilusiones contigo. Y no soy tu nena, ya te dije.

Oí su risa.

—Oye, por qué no vienes. Te estoy esperando.

—Ya. Voy en un ratito. Pero de paso nomás.

Escribí los textos y los pasé. Fui al baño a maquillarme.

Me miré.

Bien, bien, todavía bien.

Iba a verlo, tenía ganas de verlo. Pero no de meterme a la cama con él.

* * *

Entré en el edificio a toda velocidad. Pasé junto a Ramiro que me hizo una reverencia.

Patrick abrió la puerta. Me sonreía. Tenía puesta su camisa blanca sin botones. Había corrido las cortinas y prendido velas en la mesa y en los estantes. El lugar parecía una iglesia colmada de puntos luminosos. Un lugar hechizado. Vi un ramo de flores sobre la cama.

—Pensé que debía hacer un ambiente especial para recibirte —dijo Patrick.

—Gracias, Patrick. Está muy bonito, muy bonito de verdad.

Me senté. Lo miraba con las manos sobre las rodillas, como una maestra complacida por el trabajo de su alumno.

Él estaba parado junto a la cama. Tenía una sonrisa larga, como eternizada por sus deseos de agradarme. En ese instante yo sentía cariño y a la vez ganas de reírme. Todo me parecía tan extraño. Ahora sólo faltaba que se arrodillara y me declarara su amor.

—Creo que si nos quitamos la ropa ahora vamos a vernos muy bien.

Me puse de pie.

—Primero un trago —dije—. No hacemos nada sin un trago.

XII

Esa tarde, al llegar a mi casa, le di un abrazo a Sebastián y entré al baño. Me vi en el espejo. El pelo caído, la frente dura y dos líneas verticales en las mejillas. Me extrañó ver mis ojos. Parecían brillar culpándome de algo.

Prendí el grifo del agua caliente. Me senté en la tina. Tenía mucho espacio para mover las piernas.

El agua era un ruido monótono sobre mi cuerpo. El chorro estallaba lentamente en la superficie, las cortinas de humo borraban la pared de losetas. El cosquilleo líquido iba progresando sobre mi piel, escalaba los muslos, me rodeaba la cintura. El vello flotó durante algunos segundos hasta hundirse como un tesoro lánguido.

Una neblina me iba dejando sola, un vértigo lento hacia arriba. Extendí una pierna y el ruido fresco me estremeció un instante. Me acosté en la masa de agua tibia, con el líquido en las mejillas.

Me incorporé. Atiné a mirar otra vez a una esquina del espejo. Apenas me reconocía. Borrada por el vapor, mi cara parecía más grande. Mi cuerpo se veía cálido y brumoso, como venido desde lejos.

Solo un par de horas antes, Patrick me había abrazado, me había besado, había estado dentro de mí. Pero en ese momento, hundida en el aire blanco, me sentía a mucha distancia de él.

Me eché en el agua otra vez. Miraba mi vientre con un vago alivio. Las huellas de Patrick se iban disolviendo. Él no había dejado ni iba a dejar nunca un rastro en el fondo de esa piel. Las pompas de espuma parecían islas flotantes. Las nubes de vapor evolucionaban en círculos. Una niebla gruesa, sólida como una coraza, me alejaba de mis pies. Yo estaba resguardada en el silencio goteante de ese aire, protegida por el brillo de las losetas.

Era como un paraíso propio. Sólo allí podía dejar de ser la niñera del ego lastimado de Giovanni y el trofeo culto de la vanidad de Patrick. Allí me sentía a salvo también de los otros hombres, de los hombres que me habían mirado y a veces aún me miraban, desde la primera vez que uno de ellos se me acercó (lo recordaba bien, fue en la playa, qué rica que eres, oye, qué guapita, anda, pobre idiota, anda vete de aquí, y aprende a hablar, imbécil, pero qué sobrada que eres, oye). Una voz de hierro entre las olas.

Pero si había entrado en ese cuarto de losetas, si me sentía felizmente perdida allí, no era solo para olvidarme de Patrick o de Giovanni sino para recordar a Nico.

Nico. Mi amado y para siempre perdido Nico. El día que lo vi por primera vez, cuando nos sentamos juntos en la clase de ciencias sociales y él escribía en el cuaderno con sus dedos largos y finos, cuando salimos a comer a un chifa en el Ovalo de Miraflores y vimos a una multitud en la pista de baile, cuando viajamos a Paita y nadamos juntos hasta llegar a un bote abandonado, cuando nos sentamos a las cinco de la mañana junto a la Cruz del Pescador en Chorrillos mirando el silencio helado de la costa. Aún sentía su aliento de humo junto a mí esa madrugada blanca, con el parpadeo de las lámparas de los botes bajo el acantilado.

Hice un molde con las manos, junté un poco de agua y sentí que desde allí la cabeza de Nico me miraba.

Solo yo sabía lo de Nico.

Lo de Nico es un modo de decirlo. Todo lo de Nico. Todo lo que Nico todavía era. La imagen de Nico, su pelo negro, su quijada larga, sus ojos pardos, el modo con el que apenas sonreía, sonreía así siempre de costado, como esquivando la verdadera sonrisa, una sonrisa resguardada, que se resistía. Creo que ese modo oculto de sonreír era lo que más recordaba.

Estaba allí frente al espejo. Desnudo, su piel color olivo, su sexo estirado junto a la tina. Alzaba un pie, luego el otro, entraba al agua conmigo. Era algo que hacíamos siempre cuando íbamos a un hotel. Entrar a la tina y bañarnos y sentir los dos cuerpos calientes mezclados en uno solo. Hacer el amor en el agua era una adicción compartida, una fantasía en la que éramos más que el cuerpo del otro.

Una vez, durante un viaje a Piura, nos habíamos acomodado en una tina diminuta y luego nos había costado salir de allí. Creo que pudimos por fin entre carcajadas, sólo gracias al jabón. Él era tan gentil conmigo y tan bueno, y yo… era tan feliz, alguna vez le había dicho a María Eugenia que el problema con Nico era que lo quería demasiado. Por eso lo había dejado. Creo que no soportaba estar con él. Creía que algún día iba a dejarme, y por eso yo lo dejé antes. Quizá fue eso.

Y después… un día él había desaparecido tras las puertas de un avión, se había ido a Francia. Unos meses después yo había tratado de ubicarlo en Europa pero nadie sabía de su paradero. Su hermana nunca había querido decirme dónde vivía. El mundo era demasiado grande, estaba lleno de gente que no lo conocía. Y ahora lo tenía allí junto a la tina. Su cuerpo fino, sus ojos risueños, sus brazos duros y largos. La sonrisa esquinada que parecía dirigida solo a mí. Era mi sonrisa.

Me hundí en el agua. Sentí que algunas lágrimas me resbalaban por las mejillas. Me perdí por un momento en el llanto.

Solo allí, en la soledad del baño, estaba con él, llorando por él. Me parecía que traicionaba a Nico, no a Giovanni, cuando estaba con Patrick. Ay, el día que lo dejé atrás, que le dije que no podíamos seguir. Solo ahora, entrando en ese recuerdo, veo que mi miedo se yergue como un clavo afilado en medio del humo. Mi miedo. Es un modo de decirlo, ¿no? Mi miedo a convertirme de verdad en la protagonista de una vida distinguida con Nico, una vida de dos personas que podían convivir en el mismo plano, el de las conversaciones, los proyectos, los rencores resueltos y los largos silencios de la intimidad, la vida de los hijos y los viajes y las palabras comunes y la cabeza en alto, una vida a la que una podía entregarse. Pero yo me sentía aterrada de asumir una vida así, que podía llevar escrita sobre una bandera. Había preferido bajar la cabeza, recoger de las inmediaciones los despojos que me ofrecía otro hombre, acoplarme a la oscuridad que respiraba Giovanni, justificar mi amor por Giovanni a través de la lástima, y habilitar mi cuerpo a la monotonía de mi presente con él.

Soy una sobreviviente de mis esperanzas. Algún día tal vez te voy a ver, Nico, y te lo voy a decir. O no. O no me voy a atrever a decírtelo. O voy a estar demasiado orgullosa y atemorizada, como siempre. El miedo, bajar la nuca, abrazar a un pobre hombre, apartarme: recuperar fugazmente mi olvido con un amante simpático, y después volver a mi casa para abrazar a Sebastián. Quiero contarte que ahora ha venido Rebeca, creo que nunca te hablé de ella, ha regresado Rebeca y me llama y me la encuentro y nos vemos en algún lugar, y nunca te conté de todo eso porque me daba vergüenza, a ti te daría vergüenza saber lo mío, saber lo de ella y lo mío, por eso nunca te lo dije, pero ahora podría decírtelo, solo a ti.

Una nube cálida se va formando. Una gran burbuja. La soledad sin materia, mi hogar.

¿Acaso no puede decirse que la soledad del baño es el último derecho de una mujer, el lugar donde no está obligada a ser complaciente con el ego de los hombres? Solo aquí no tiene que servirlos, no tiene que parecerles bonita, no tiene que atender a sus monólogos.

El duro privilegio del silencio. En ese silencio del baño yo estaba a salvo. Contra mis recuerdos de Nico, contra mi dificultad con Giovanni, contra mi vergüenza por Patrick. Allí podía negociar mejor con mis recuerdos.

Mi cuerpo me protegía. Lo veía extenderse, todavía delgado, echado bajo el agua. Los brazos delicados y largos, y las piernas torneadas y las facciones finas preservadas por un instante a los anticipos de la vejez. Pero en ese instante me parecía un cuerpo bastante indefenso. Como mi tristeza, un palo negro dentro del pecho, un palo desnudo, que se extendía en la garganta.

Algunos hombres habían entrado en ese cuerpo pero nadie había entrado en mi alma, nadie había conocido de veras mi rencor y mi miedo. Mi miedo sobre todo. Nadie. Ni Giovanni, ni Patrick, ni siquiera Nico.

Una fortaleza a veces iluminada por donde vaga mi fantasma. Los hombres sabían cómo rondar esa fortaleza pero ninguno se había quedado allí. Yo me había replegado dentro de ese cuerpo para observarlos mejor, en realidad para burlarme de ellos.

A veces pienso que no estoy hecha para entregarme a nadie. Ni a los hombres, ni a mis amigas, ni a mi padre. Tal vez sí a mi madre cuando vivía. Sólo a ella. Y a Sebas. Quizá yo busco en las personas a sirvientes de mi soledad. No me atrevo a cruzarme con gente que me descubra.

Tengo miedo de quedar a la intemperie, expuesta a cualquier abuso. Si me entrego, si me doy a conocer a alguien, si confieso la verdad, estoy expuesta a un grave peligro.

El tesoro enterrado de mis penas, la muerte de mi mamá, mi inseguridad en el trabajo, mi desesperación por envejecer, mi temor por el futuro de Sebas, el dulce rencor hacia mi padre. ¿Acaso no debo buscar a alguien a quién mostrarle ese pequeño infierno? ¿No podía llegar alguien a quien yo le pudiera decir: «Estoy sola, estoy triste, solo pienso en Nico y en mi mamá y en mi pena que no puedo explicar, y en que pronto voy a ser una vieja y no sé qué va a ser de Sebastián»? ¿No quería entregarme también a alguien, ofrecerme a alguien por entero, perderme en alguien, explorar el alma de un hombre como si entrara a una gran selva, olvidarme de quien era en los brazos oscuros y cálidos de un extraño a quien hubiera conocido siempre? Pero el miedo. Nadie, nadie.

Afuera suena el teléfono. Suena el timbre.

Tengo que regresar allí. Afuera. Los ruidos continúan, me reclaman al otro lado. La acumulación de breves miserias del día. En el periódico a esa hora la gente está redactando la primera plana. Las teclas de la computadora suenan como martillos de plástico. Demasiados detalles acumulados. La vida es un montón de detalles que se mezclan, se entreveran, una masa informe que cargamos entre todos. Nuestro deber biológico es cargar esa masa con optimismo, casi con alegría. No por nosotros sino por los que nos rodean. Y por nosotros también. Nuestro organismo nos ordena persistir. Lo que yo pienso aquí, echada en el agua, no va a tener ninguna importancia dentro de un rato.

Voy a salir de aquí. Detrás de la puerta del baño algunas personas esperan que yo encuentre mi lugar en el rápido caos. Los automóviles avanzan y alguien llama por teléfono y un ejército de peatones camina con maletines por una avenida, y algunos lectores compran periódicos, y los mendigos jóvenes hacen malabares y se acercan a los autos, el lugar donde me siento y prendo la pantalla de las noticias internacionales, los lentos corredores de la sala de redacción, las reuniones de editores, la visita a Patrick, el regreso a mi casa, el polvo áspero de las horas. Y ahora la bruma en la que yo estoy levitando. La tibieza blanca donde mi cuerpo apenas se adivina.

Oigo otra vez ruido del teléfono, Sebastián le dice a alguien «está en el baño».

El agua sigue cayendo. Apago el grifo. Me sumerjo. Desaparezco en el silencio.

* * *

Comí con Sebastián y con Giovanni. Pescado frito con arroz, y chicha morada. Luego helados de lúcuma. En la radio sonaba la música de Daddy Yankee. Sebastián nos dio un extenso informe sobre él.

A las ocho vi con Giovanni una película en la televisión, una versión moderna de *Orgullo y prejuicio*. El actor que hacía de Darcy me encantó.

A las diez mandé a Sebastián a la cama.

Esa noche tuve un sueño largo.

Me desperté temblando a las seis.

Volví a dormirme.

Un poco después entró Giovanni.

—¿Qué tanto duermes? —dijo.

—No dormía así en años —sonreí—. Debe ser el baño que me di anoche. ¿Y tú qué tal?

—Bien. Me siento muy bien. Me voy al golf.

Lo vi partir y me senté a la mesa del desayuno con Sebastián. Prendimos Radio Filarmonía.

—¿Qué clase tienes ahora, Sebas?

Hizo un mohín.

—Biología.

—¿Y qué tal tu profesora de biología?

—Una tarada. Un alumno le hizo una pregunta rara el otro día.

—¿Qué?

—Le preguntó si cuando una persona entra en estado vegetal, cambia de reino. O sea, sale del reino animal.

—¿Qué? ¿Y ella qué dijo?

—Consultó su cuaderno y dijo que no sabía la respuesta. Qué taradita, ¿no te parece?

Era casi el momento preferido del día. Giovanni jugando golf, el concierto de Mozart, Sebastián sentado tomando desayuno conmigo. Seguía en la edad en la que comía a toda prisa. Tenía delante un plato de cereal, con yogur y miel. Yo le insistía que comiera trozos de melón.

—Nada con el melón —decía.

—Bueno, entonces come tu manzana.

La mayor parte de las frutas por lo general queda para mí sola en esa casa.

Cuando Sebastián se fue al colegio me senté a la mesa. Lo primero fue un melón. Luego tomé dos granadillas. Un mango. Y por fin limas, mandarinas y fresas. Estaba lista para el gimnasio.

* * *

En el corredor del periódico me esperaba otra vez el señor Drago.

—Caramba, Verónica. Qué guapa has venido. Te estuve llamando, sabes.

—Hola, Tato.

—¿Qué te parece si nos vamos a almorzar más tarde?

Alzó una mano, como anunciando la partida de una carrera.

—Tengo mucho trabajo. Hay un huracán que va a New Orleans y tengo que estar pendiente.

—Para huracanes, el mejor soy yo —dijo mientras se tocaba el pecho.

Me di cuenta de que se había puesto una rosa blanca en el ojal. Parecía un enorme maniquí. Qué patético que eres, mi querido Tato.

—Vete a la mierda —le sonreí.

Para mi alivio, me devolvió la sonrisa.

—Bueno, bueno, si quieres ahora me voy a la mierda pero no te preocupes porque después regreso y voy a seguir insistiendo. Además la mierda queda cerca, no es más que un paso.

Me quedé callada un momento.

—Discúlpame.

—No. No te preocupes. Oye, ¿sabes quién me estuvo hablando de ti el otro día? Tu amiga Rebeca. ¿Sabes que conocí a su padre?

—¿Su padre?

—Sí, bueno. Un hombre muy especial. No era malo. Era un gran caballero. Un tipo incomprendido. Se lo dije a ella.

—¿Cómo lo conociste?

—Bueno, lo conocí hace muchos años. Íbamos juntos al Club Regatas, a bogar. ¿Por qué?

Me miraba muy serio. Hablar de su pasado lo ponía muy orgulloso.

—Por nada. ¿Dónde viste a Rebeca?

—En un cóctel, en la Cámara de Comercio. Se me acercó y se presentó. Me habló de ti. Me dijo que ustedes viajaron juntas a Colombia, ¿no?

—No viajamos juntas. Nos encontramos en el avión.

—Bueno, así me dijo, que viajaron juntas.

—Pero es mentira.

—Bueno, está bien, como digas, Vero. ¿Entonces cuándo almorzamos? Te puedo buscar aquí mañana.

Parecía extraordinariamente satisfecho.

Lo miré.

—¿Quieres que te diga algo?

—Lo que quieras.

—Eres un idiota, pero un idiota simpático. Eso es lo que eres.

—Ya. Bueno, voy a tomarlo a bien. Es un elogio, ¿no?

—Claro. Un gran elogio.

Me di media vuelta.

* * *

Camino a mi oficina tenía que cruzar un corredor largo que comunicaba una parte del local con la otra. El periódico había comprado dos casas contiguas y el corredor había sido construido para unirlas. Era una extensión con pocas ventanas, el piso hecho de losetas de plástico y las paredes lisas y blancas. Era el lugar donde una saludaba al paso a la gente del diario.

Ese día el corredor estaba vacío. Pero de pronto, al otro extremo, apareció una mujer.

Era joven, delgada, con el pelo suelto. Tenía una blusa y una falda blancas. Caminaba con decisión. Nos acercábamos la una a la otra. Yo no podía dejar de mirarla y, cuando estaba ya muy cerca, ella alzó la cabeza y me observó rápidamente. Por un instante tuve el presentimiento de que iba a darme un golpe. Me di la vuelta y la vi doblar hacia la escalera.

Entré al baño, me miré al espejo y me peiné. Un peinado con raya como antes. Entonces vi el parque, al salir del colegio donde a veces coincidía con Rebeca. Ella me lo había recordado pero solo ahora, por alguna razón, el Parque Mora apareció por entero frente a mí.

* * *

Soy joven, soy bonita, estoy en el colegio. Es una tarde de invierno, en quinto de media. Camino por el parque con mi mochila y siento que alguien dice mi nombre. Es Rebeca.

Ahora pienso que ella era como mi amante secreta. Yo estaba casada con mis amigas del colegio que no debían enterarse de mis relaciones con ella. Rebeca lo sabía y lo aceptaba a cambio de vernos. Y ese día nos habíamos encontrado en el Parque Mora.

—Oye, ¿quieres ir a la casa este sábado?

—Sí, el sábado voy. ¿Qué haces acá?

—Nada, no tengo ganas de ir a mi casa todavía.

—Ya.

—Me gusta estar aquí, en este parque. A veces vengo y me quedo un rato, pues.

—Ay, pero hace frío. Andate a tu casa mejor.

Ella asiente. Mira hacia arriba. Los árboles se mueven. Hay un sonido grave de hojas.

—Mira lo que tengo acá —me dice con una sonrisa.

Abre su mochila. Es el VHS de un recital de María Callas. Para mí es un tesoro María Callas, y ella lo sabe.

—¿Dónde has conseguido eso?

—Es un regalito —me dice—. Te lo doy. Me lo consiguió una tía en Estados Unidos.

Me lo entrega. Yo siento que es un pedazo de oro refulgiendo en las manos.

—Gracias, Rebeca.

Sonríe ligeramente.

—Me voy a mi casa. Me cago de frío —le digo—, ¿No vienes?

—No. Me quedo un rato más aquí. Nos vemos mañana.

Me despido. Llego a mi cuarto, pongo el VHS.

Escucho la voz. El recuerdo se disuelve en el espejo.

* * *

Al llegar a mi computadora, encontré una serie de correos electrónicos.

Había tres de avisos del diario para reuniones, cinco de propaganda y dos de lectores. Mientras los iba leyendo, un nuevo mensaje entró a la pantalla. El remitente decía «Rebeca del Pozo» y el título era «Para Verónica».

Terminé de leer todos los otros y contesté algunos. Por fin llegó el momento de abrir el de Rebeca. Me puse de pie, miré a la ventana. Una señora en la esquina estaba ofreciendo una canasta de galletas. La gente caminaba como hormigas en el agua.

Me senté. Apreté el botón. Un acto de magia. La voz de Rebeca otra vez. Podía sencillamente eliminar el mensaje, por supuesto, podía no verlo, yo apretaba un botón y su «Para Verónica» iba desaparecer. Podía hacer eso y seguir trabajando.

La pantalla se iluminó con la carta. Estaba escrita de un extremo a otro de la pantalla.

Querida Verónica:
No sé cómo empezar a escribirte, tampoco sé qué decir. Lamento mucho lo que ha ocurrido estas semanas. De pronto hoy me he levantado y me he dado cuenta de lo que he hecho últimamente, y siento que no me reconozco, no sé quién soy. En realidad, no tenía ningún derecho a entrometerme en tu vida, a llamarte y a portarme así, tan mal. La verdad es que te he seguido durante todos estos años pero solo hace poco todas mis emociones se me acumularon cuando te vi en ese programa de televisión. Me da mucha vergüenza decirlo pero es así. Los recuerdos son como cosas que van creciendo, ¿no crees?, pero nunca terminan de crecer, nunca. Son cosas vivas, y van cambiando de aspecto. No sé,

no sé cómo explicarlo. Y desde entonces, desde que te vi, no sé, te estoy llamando o nos estamos encontrando siempre. Mi conducta el otro día de la embajada americana fue terrible, la verdad es que no tengo ninguna excusa para lo mal que me porté. En realidad, si no quieres volver a verme no me extrañaría. Tendrías razón. Tendrías razón si me tiras el teléfono, si te alejas cuando me ves. Maldita sea. Puta madre. No tenía ni por qué decir esas cosas sobre tu esposo ni sobre el otro tema, ni tampoco tenía por qué portarme tan mal con la gente, como ese día. La soledad, la tristeza y la rabia no son excusas para que una persona se porte así. Son asuntos de cada una y deben quedarse allí nomás, con cada persona, nada más. No me dan ningún derecho. Haberla pasado mal no me hace una privilegiada. No tienes que contestarme, por supuesto, no estoy esperando eso, solamente que me oigas cuando leas esta carta.

Quisiera pensar que con esta carta todo quede borrado y también quisiera poder tener la entereza o la valentía de decirte que no voy a buscarte más. Cuando nos encontramos en el avión, cuando estuve a tu lado durante esas horas, sentí que una ola se elevaba dentro de mi cuerpo y me tomaba por entero y desde ese día, esa ola se sigue alzando dentro de mí. Es mi deseo por escuchar algo de ti y por verte como antes. No sé qué hacer con este deseo que me rompe la piel todos los días. No sé qué hacer. Es una emoción que a veces me parece que no tiene nada que ver contigo, pero que por alguna razón me hace querer buscarte, hablarte, oír tu voz, aunque sea la voz con la que me dices «ya no me sigas fastidiando», es algo que quiero oír. Eres tan linda y yo soy tan horrible y tan desagradable. Yo soy la mujer que come, a lo mejor no soy otra cosa. Como y como y como. ¿Por qué? A lo mejor porque la comida me conforta, me hace sentirme menos sola, me como algo para que me acompañe. No sé.

Quisiera estar cerca de ti. Prefiero mil veces tu voz diciéndome que me odias, al silencio de este cuarto sin ti. Este cuarto, este cuarto. Tan grande y tan lejos. Yo no sé si estoy aquí y no sé qué hora es. Son las doce del día, pero podrían ser las siete de la mañana o las dos de la madrugada. Para mí todas las horas son iguales.

Lo que sé es que tú eres la persona a la que más quiero y admiro y a la que más le debo en esta vida. No puedo olvidar nuestras conversaciones en mi casa algunos sábados, tampoco las veces que íbamos al cine, tengo guardados los libros que me diste. Son como un tesoro. Un tesoro del pasado, ¿no? En cierto modo, en una vida que para mí ha sido más bien de soledad y pena, recordar esas tardes me ha servido muchas veces. No te exagero. Es así. Cuando estoy contigo a veces quiero hacerte daño, pero cuando estoy sin ti, cuando estoy sola... no sé... en mi recuerdo siempre me has sonreído, siempre has tenido una palabra cariñosa para mí. En mis fantasías, siempre hemos estado juntas. Y me has ayudado mucho con eso. No importa lo que pasó la última vez.

No tengo ningún derecho sobre ti. ¿Los que admiramos o queremos a alguien tenemos algún derecho sobre esa persona? Creo que no. Creo que no. Pero de todos modos, quiero pedirte algo.

No creo que yo merezca vivir, y de hecho a lo mejor no voy a vivir mucho más tiempo (las personas de mi tamaño no llegamos a viejos, ya sabes eso). Y por eso quisiera pedirte un favor, solamente por una vez.

Si me concedes ese favor, si haces ese acto de caridad, te aseguro que no voy a molestarte más. El favor es éste. Quisiera pedirte que nos veamos una vez más. Que nos veamos a solas. Es algo que no te va a molestar demasiado, y para mí va a ser muy importante. Quisiera encontrarme contigo mañana a las cuatro, la hora en la que salíamos del colegio, en el Parque Mora. El mismo lugar por donde pasabas para ir a tu casa, donde nos encontrábamos a veces. Verte allí me serviría de mucho. Solamente hablar contigo un momento, sentir tu cuerpo cerca, y a lo mejor darte un abrazo, un abrazo corto. Hace mucho que no abrazo a nadie. Ni siquiera tenemos que hablarnos. Sería así. Nos encontramos, nos damos un abrazo, un abrazo normal, un abrazo que yo recuerde siempre, algo que me sirva. Y luego nos vamos, sin des-

pedirnos, sin decirnos nada. Con eso sería suficiente. Luego de eso no volverás a saber nunca más de mí. Si no me contestas, entenderé que irás. Discúlpame otra vez. Estoy llorando. No puedo seguir. Un beso. Rebeca.

* * *

Apagué la pantalla. Me levanté a dar dos vueltas por el corredor. Me habría gustado tener un vaso de vodka cerca.

El Parque Mora. Las cuatro de la tarde.

Miré el reloj. Eran las tres y pico. Dentro de un día, ella iba a ir a buscarme en el parque. Golpeé la mesa varias veces con los dedos.

Iba a tener que olvidarme de ese correo. No. Quizá lo mejor sería contestarlo. Prendí la pantalla otra vez.

Puse el mensaje. Lo leí de nuevo.

Apreté la casilla de «Responder». Una pantalla nueva se abrió, un espacio en blanco que me esperaba.

Puse «Querida Rebeca», luego lo borré. Puse «Rebeca». Lo borré también. Escribí otra vez «Apreciada Rebeca». Luego escribí: «Tu carta me ha conmovido mucho. Tú sabes que nunca te deseé ningún mal. Me parecía totalmente injusto lo que hacían contigo. Sobre todo lo que hicieron esa vez».

Me detuve. Totalmente injusto. Era una manera de decirlo. Injusto. O más bien horrible. O más bien atroz. Pero «injusto» estaba bien.

No, no estaba bien. Borré lo que acababa de escribir. La pantalla otra vez en blanco.

Supuse que sería mejor que la carta se redujera a una sola frase. Por ejemplo: «No puedo ir pero te quiero mucho». No, eso no convendría tampoco. Mejor marcar distancias desde el encabezamiento. Poner por ejemplo «Estimada Rebeca». Y luego: «Siento mucho que te sientas tan mal.

Lo comprendo. Eres una persona con muchas virtudes. Yo también recuerdo mucho nuestras conversaciones. No sé si te lo he dicho, pero ese libro que me regalaste, *La historia del siglo XX*, creo que inició mi interés por el periodismo. Te agradezco mucho por todo, y espero que todo vaya bien contigo. Puedes entrar a régimen, adelgazar, dedicarte a tu empresa. Sé que saldrás adelante. Un beso. Verónica».

Era absurdo, era absurdo. Lo mejor sería algo más corto. Escribí: «Agradezco mucho tu mensaje y me siento conmovida por todo lo que me dices. Sin embargo, creo que no puedo ir a verte. Estoy muy ocupada. Te quiero. Cuídate mucho. Adiós».

No, no. Lo borré. Mejor no contestarle nada. Era lo mejor. Además, ¿qué iba a hacer ella cuando leyera eso?

Pensé en llamar a María Eugenia para preguntarle qué debía hacer. No la encontré.

¿Entonces? Yo debía olvidarme del mensaje. Al menos por ahora. Si se me ocurría algo que contestarle, siempre podía hacerlo al día siguiente.

* * *

Esa noche llegué a la casa, abrí una botella de vino y tomé una copa. Le ofrecí una a Giovanni.

Me eché a la cama. El dolor de cabeza es una ventaja. Voy a dormirme. Tomo una pastilla, me suprimo, y listo.

En el sueño, oigo la música de Rubén Blades. Y veo a la mujer que me miró en el pasillo del periódico, un ángel de falda blanca.

Me levanto. Camino por el dormitorio.

Llego al cuarto de la televisión. Busco en el estante. Un montón de cintas antiguas de VHS. Allí está. Silenciosa, polvorienta, acusatoria, la cara de María Callas. El Parque Mora, las cuatro de la tarde.

XIII

Me desperté a las siete y acompañé a Sebastián a tomar desayuno. Cuando se fue, miré el reloj. Las siete y media. Faltaban un poco más de ocho horas.

El día en el periódico transcurrió a toda prisa.

Fui a la reunión, organizamos los textos, planeamos el diseño de la página con el diagramador. Almorcé con Milagros en la marisquería de Carabaya. Fito Cárpena y sus amigos estaban en una de las mesas.

Milagros me contaba acerca de sus planes de viajar a Europa a fin de año. El sueldo no me alcanza pero puedo pedir plata a mi tía, y seguro que me la da. Para irme a Londres y a París. Tengo una prima que vive allí. El problema es que me den la visa.

Pedí la cuenta y miré el reloj.

Las dos de la tarde.

¿Rebeca también estaba mirando el reloj en ese momento? Miré el correo otra vez. Si yo no le había contestado, ¿era porque había entendido que yo aceptaba ir? Quizá ya había decidido qué vestido ponerse. Quizá iba a tomar un baño antes de salir.

Yo había decidido no ir, por supuesto, pero luego había pensado que sería mejor decidir más tarde.

Regresé a la oficina.

Milagros me trajo un café. Leí algunos cables nuevos. Debía entregarlo todo antes de las cuatro. Si me apuraba, podía mandar la página a las dos y media, revisar la página diagramada a las tres y liberarme de todas mis obligaciones a las tres y media. Estaría a tiempo de llegar al Parque Mora a las cuatro.

Era posible.

* * *

Me senté a trabajar en la computadora. Miré el reloj. Las dos y media.

Resumí varios cables. A las tres había enviado todo el material. A las tres y media bajé a la oficina de diagramación. La página, cosa rara, estaba lista antes de tiempo. La revisé. Ningún problema. Podía mandarla a impresión. Era como si los hechos me autorizaran a ir.

Regresé a mi sitio. Eran veinticinco para las cuatro. No lo iba a hacer pero si tomaba un taxi en ese momento, podía llegar al parque Mora a las cuatro, quizá a las cuatro y cinco. Rebeca aún estaría allí.

Me senté en la silla. Miré la puerta del baño. Podía entrar a maquillarme, sería cuestión de cinco minutos más. También podía salir sin maquillaje. Tal vez sería mejor no ir muy arreglada. Pero aún no sabía si ir o no. Iba a dejar que mis piernas decidieran.

Prendí la pantalla. Miré los titulares de diarios españoles. Pasé a los diarios franceses. Luego a *The Guardian Unlimited*. Mientras en Barcelona había una ola de calor y en Londres los propios laboristas atacaban a Tony Blair, Rebeca había empezado a caminar por el Parque Mora. Ay, Rebeca, Rebeca, ¿qué voy a hacer contigo? ¿Qué voy a hacer?

Ella iría al parque. Lo más probable es que creyera que yo no iba a ir, que me mantendría en el lugar de la gente que se considera normal, la gente que no cede ante las demandas de las personas gordas y deformes, que nos envían sus mensajes desde el otro lado. Yo solo debía mantenerme donde estaba.

Miré el reloj otra vez. Veinte para las cuatro. Si quería llegar a tiempo, era la última ocasión para entrar al baño, maquillarme y salir hacia la calle para tomar un taxi. Con suerte, llegaría un poquito tarde pero a tiempo para verla.

Me paré. Fui al baño. Saqué el rímel y el lápiz de labio. En ese instante sonó el teléfono.

Era Sebastián. Hola, mami. Te aviso que tienes reunión en el colegio. Dicen que el miércoles próximo, a las tres y media. Ya, Sebas. Allí voy a estar. ¿Qué estás haciendo? Nada, comiendo un pan.

Colgué.

* * *

Entré al baño otra vez. Me miré al espejo. Me veía tan fea de pronto, estaba tan desarreglada.

El teléfono volvió a sonar. Era Hilda, la secretaria de Lucho.

—Dice el señor Lucho que vaya a su oficina.

Salí corriendo al pasillo. Pasé por la sala de redacción. Entré a la oficina de Lucho. Acababan de remodelarla. Alfombras, sillones y cuadros nuevos.

—¿Qué tal?

—Bueno, con los resultados que hemos tenido de lectoría en tu sección, estamos pensando en ampliarla. La gente del directorio está muy contenta. Así que vamos a hacer media página más de internacionales, y una página más de resumen comentado de noticias en la revista de los domingos. ¿Qué te parece?

—Muy bien —le dije.

Le estaba sonriendo.

—Reúnete con Mila ahorita para hacer una propuesta de contenidos. Ya he encargado un diseño nuevo. Este es un esbozo.

Sacó una cartulina. Había un titular con letras altas y muchos colores, junto a una foto grande de Saddam Hussein.

—¿Qué te parece?

—Muy bien.

Yo tenía las manos apretadas.

—Ya. Lo que necesito, como te digo, es que me hagas una propuesta de nuevos contenidos para que podamos discutirla aquí.

—Estupendo.

—¿Qué te parece?

—Me parece muy bien. Gracias.

Salí al corredor. En la oficina, Mila estaba leyendo una revista.

—Buenas noticias, Milagros. Tenemos más chamba.

—Ay, no puede ser, Vero.

Miré el reloj. Diez para las cuatro.

—Aunque no lo creas, oye. Van a ampliar la sección.

—¿Nos van a pagar más?

—No sé.

Me senté frente a la pantalla. Me paré.

—Nos vemos luego —le dije.

—¿Te vas?

—Sí. Ya vengo.

El viaje al Parque Mora tardó más de lo debido.

Una multitud se había colocado frente al Hotel Sheraton. Eran fanáticos que se habían aglomerado esperando a algún cantante. Cuando el taxi superó la pequeña muchedumbre, ya eran las cuatro y quince.

Llegué al parque a un cuarto para las cinco. No había nadie. Quizá Rebeca había caminado por allí poco antes. Vi a un jardinero que estaba regando las plantas.

—Disculpe —le dije.

—¿Sí?

—¿Vio antes a una mujer por aquí? ¿Una mujer grande? ¿La vio?

—Creo que sí. Hace un rato —me dijo, y siguió trabajando.

Caminé por las calles aledañas. Los árboles, unos gigantes muertos, de brazos afilados.

Me detuve frente a una casa. Tenía las ventanas selladas y un jardín de tierra.

Pensé en llamarla. Pero no tenía su teléfono. Mandarle un mensaje. No. Podría ir a su casa. Me faltaban las fuerzas. ¿Ir al departamento? ¿Arriesgarme a ir? No. Ay, y además, ¿qué iba a decirle? ¿Discúlpame por llegar tarde?

Volví al periódico. Trabajé resumiendo cables hasta las nueve. Dejé casi lista la página del día subsiguiente.

Esa noche, camino a mi casa, pasé otra vez por el parque.

* * *

Al día siguiente llegué temprano a la oficina. Prendí la pantalla y me encontré con un mensaje de Patrick.

Lo llamé.

—Necesito verte, nena.

—Qué mal mientes —le dije—, pero prefiero creerte.

A las dos fui a su departamento.

Me detuve en la entrada de la calle. Pensé que los dedos de Rebeca también habían apretado esa manija de aluminio. Había estado de pie allí mismo, frente a esa puerta.

¿No debía subir a verla?

Pregunté a Ramiro dónde vivía la señora Rebeca del Pozo. Subí. Sentía el latido de mis pies en las gradas. Una puerta blanca. Toqué. Ninguna señal de vida al otro lado. Toqué otra vez.

Estuve allí como diez minutos. No tenía ni un papel o un lapicero para dejarle una nota.

* * *

Caminé por la Avenida del Golf. Estaba yendo a toda prisa. No iba a ver a Patrick ese día, no tenía ganas.

Los carros pasaban a toda velocidad. Me parecía que iba a ver a Rebeca caminando detrás de mí. Casi sentía sus pasos. Me habría gustado encontrarla en ese momento. Era como si de pronto mi necesidad de verla fuera la única que yo jamás había tenido.

Pensé volver a su casa y quedarme allí, de pie junto a la puerta. Me parecía tan extraño que sintiera ganas de hablar con ella.

Ay, Rebeca, Rebeca… ¿Cómo sería su departamento? ¿Cómo sería? ¿Lo habría conocido esa tarde si hubiera ido a nuestra cita?

No sé por qué, en ese momento me imaginaba que al otro lado de esa puerta había un cuarto grande con muebles y cojines de muchos colores: rojos, azules, verdes, amarillos. Como la casita agrandada de una niña. Quizá algunos cuadros en la pared, cuadros pacíficos con atardeceres en el campo y barquitos estancados en las orillas. Me imaginaba a Rebeca echándose en la sala de su casa, asentando sus carnes en los cojines, rodeada de muñequitas. Sí. Estaría rodeada de muñequitas de yeso pintado, figuras circulares, bocas grandes, con manchas rojas en las dos mejillas. Sería algo así. Un departamento lindo. Una gran lámpara cayendo del techo y ningún espejo acusador, pero sí una computadora grande donde ella podía navegar por todos los periódicos y revistas en el mundo. Muchos libros, como siempre. Hesse, Fitzgerald, Hemingway. Y sus discos. Rafael Matallana, Mozart, Elton John. Y María Callas. Eran los nuestros. Los oiría sobre una alfombra gruesa, entre cortinas negras que abriría de vez en cuando. Me la imaginaba jadeando después de ponerse de pie, caminando por la casa, mirando por la ventana.

Así debía ser su sala. Un lugar lleno de cosas grandes y redondas. Un lugar solo para ella.

Patrick me había escrito que los vecinos oían ruidos en su cuarto. Yo la entendía. Algunas cosas eran enemigas suyas. Las cosas eran seres vivos que la tenían bajo observación.

Sí, sí. La soledad afila los contornos. La rutina es un museo de la normalidad. Ella, no. ¿Había querido escapar alguna vez?

Pensé que quizá había intentado hacer alguna forma de dieta. Hasta que había desistido. Hasta que se había entregado a ese espejo, se había ofrecido en sacrificio a ese cuerpo, había dicho en voz baja que ese cuerpo era ella. En ese mar de carne en el que se había resignado a navegar, la voz de las frases del pasado, hola, marmota, para que no sigas engordando, gorda.

Pero la tenacidad del recuerdo... la tenacidad, la obsesión, la paciencia del recuerdo... Recordar. Trabajar, trabajar, trabajar, caer rendida. Resistir, recordar: un trabajo sin descanso.

¿Hay un modo de decirlo? La memoria es un campo de concentración. Sus prisioneros hacen una rutina de trabajos forzados. Están condenados a seguir allí. Se van formando cicatrices en los rostros. La cara de una persona que envejece, una obra de ingeniería de sus recuerdos. El presente siempre.

Yo le tenía compasión a Rebeca. Y la odiaba. Y la quería. Y le tenía miedo. Y la extrañaba. Siempre le había tenido un cariño secreto. Hablar con ella de libros y de música, ir al cine o a tomar lonche en su casa. Sí, sí, quizá sí. Hablarle y escucharla. Era una mole de carne viva, una materia horriblemente humana que había regresado para instalarse frente a mí. Los días eran superficies tan planas que yo apenas podía encontrar un lugar donde no verla.

¿Estaría en su departamento? ¿Echada frente a la televisión, tirada en el piso? Sola, sola, con su mente trabajando. Ay, Dios mío, se diría en voz baja, ay, Dios mío, carajo, carajo, Dios mío. La ronda de voces, las bocas sonrientes. En la soledad bulliciosa, las palabras duras en su garganta. Dios mío.

* * *

Cuando llegué a la casa, Giovanni estaba sentado, jugando en la computadora.

Sebastián también estaba en su cuarto, con los audífonos puestos. Me enseñó algunos chistes que le habían mandado por internet.

Anciano con Parkinson busca tocar maracas en orquesta cubana. Hombre invisible busca a mujer transparente para hacer cosas nunca vistas.

—Qué tonterías te mandan —le dije—. Ponte a estudiar.

—Ay, mamá, pero no seas así. Ríete, pues.

—Ya, perdóname.

Salí del cuarto.

—¿Dónde estuviste? —dijo Giovanni.

—Dando vueltas. Entré a un cine y me salí. Me siento muy mal.

—Te estuve llamando pero nadie contestaba.

—Es que estoy muy triste, Giovanni. Más triste que nunca, la verdad.

Se puso de pie. Me pegué a su hombro. Estaba sollozando. De pronto empecé a llorar.

—¿Qué te pasa?

—Nada, déjame, no me hagas caso.

—Pero ¿qué te pasa?

Fui a la cocina. Sentía que las piernas se me doblaban. Me apoyé. Tomé un vaso de agua.

Giovanni me había seguido hasta la puerta.

—Yo lloro de cualquier cosa —le dije—. No te preocupes.

—¿Estás bien?

—Sí. Me voy a mi cuarto un ratito.

Lo abracé.

Fui a la biblioteca y encontré una guía telefónica. Busqué su nombre. Rebeca del Pozo. No figuraba. De pronto, recordé los chistes de Sebastián.

* * *

Dormí muy bien pero me desperté con un dolor en la garganta. No era nada importante.

(Me asaltó un pensamiento consolador. Cada una tiene un problema en el cuerpo que se repite, un mal íntimo que nos va a acompañar hasta el último día. Es un mal que nos pertenece y nos define pero al menos ya lo conocemos y sabemos que no es nada grave, es nuestro).

El dolor de garganta me había llevado a visitar a muchos médicos a lo largo de mi vida. El diagnóstico más común —una faringitis alérgica— me consolaba siempre de que no se tratara de algo peor.

Al mediodía, después de la reunión del periódico, el dolor empeoró. Por la tarde fui a ver a mi médico. Lo más probable era que me volviera a recetar Allegra D o algún antialérgico parecido.

El doctor Barco tenía su consultorio en la Clínica Ricardo Palma. Iba a verlo cada vez que podía. En realidad, la única ventaja de los dolores de garganta era el pretexto que me daban para sentarme frente a él. Su voz tranquila parecía hecha para ordenar el mundo.

Al salir, después de la consulta, la sala de espera estaba llena. Había nueve o diez pacientes. Un niño lloraba horriblemente y su madre lo abrazaba.

De pronto, entre las personas sentadas, vi a Andrés Olarte. Estaba sentado allí: el pecho erguido, las rodillas frágiles y las manos sosteniendo un libro.

Andrés Olarte era un antiguo novio de mi madre. Su cuerpo delgado y su saco impecable y sus ojos bondadosos y su pelo blanco casi no habían cambiado desde que yo tenía memoria de él.

Habían sido novios, me contó mi madre una vez, cuando estudiaban juntos en la universidad. Luego ella se había cansado de él.

Mi madre me dijo que no podía entender del todo por qué se habían separado. La explicación más aproximada era la más sencilla: Andrés la aburría.

Había roto con él un día de invierno, luego de una conversación rápida y cariñosa. Cincuenta años después de eso, mi madre está muerta y Andrés aquí en la sala de una clínica, sentado, leyendo. Un hombre frágil y sereno, concentrado en su libro, inmune a los alaridos de un niño.

Ella me lo había presentado cuando nos encontramos en la Avenida Larco. Esa tarde fuimos los tres a una cafetería cercana. Recordaba su voz cariñosa, sus ojos atentos examinándola, sus rápidas comprobaciones del parecido entre ambas.

En ese momento, en la sala de espera, él no se había dado cuenta de que yo estaba allí.

Pensé en todo lo que ese hombre había querido a mi madre.

Ella me había enseñado sus cartas envueltas en cintas rosadas. Cuando Andrés Olarte supo que mi madre se había casado, siguió mandándole algunos mensajes (tarjetas por su santo, buenos deseos por Navidad, incluso una felicitación por su aniversario de matrimonio). Los mensajes siempre decían «Espero que todo esté bien», «Que la familia se conserve», «Muchos cariños en estas fiestas». Nunca una palabra que la pudiera incomodar. A veces también le había mandado algunos libros de regalo.

El fuego debajo de esa cortesía estaba avivado por la longevidad. Le había enviado mensajes periódicamente, durante los veinte años de su matrimonio. Lo único que se había propuesto era recordarle a mi madre que existía. Cuando mi papá había visto alguna de las tarjetas, se encogía de hombros y alababa vagamente la persistencia del señor Olarte.

El día del velorio, Andrés llegó temprano. La miró en el ataúd, se quedó en silencio, y se fue. Nunca más supimos de él.

Ahora estaba frente a mí, y yo no me atrevía a acercarme. Seguía leyendo. Me parecía notar que él se las había arreglado para que el rostro de mi madre reapareciera en el suyo. El perfil de su nariz y la cruz de sus cejas y el arco de su boca.

—Hola, Andrés —dije por fin.

Alzó la cabeza, me sonrió… Adiviné que a lo mejor ya se había dado cuenta de que yo había estado allí un rato. Quizá había fingido no verme por timidez.

Se puso de pie. Me dio un beso.

Hablamos brevemente. Tenía dos hijos. El primero, me dijo, está trabajando en Estados Unidos. El otro está aquí. Tengo cuatro nietos, imagínate. Vengo a ver al doctor. Nada grave, solo un chequeo, nada más.

Mientras él hablaba, yo pensé en que quizá sería la última vez que iba a verlo. No sería un mal recuerdo. Un hombre tranquilo, leyendo en silencio, agraciado por los beneficios de la resignación. Había hecho lo que había querido, en cierto modo había seguido siendo fiel a mi madre en sus recuerdos. Ahora, se había refugiado en una vejez arropada por sus nietos.

Me despedí mostrando todo el cariño que podía. Tuve ganas de abrazarlo. Es una gran alegría verte, me dijo. Para mí también.

Bajé rápidamente las escaleras. Él me siguió con la mirada.

* * *

De regreso de la clínica, tomé un desvío por Camino Real y pasé frente a la casa de Rebeca. Vi lo que suponía era su ventana.

Al día siguiente, pasé por allí otra vez. Después de pasar bajo el edificio, aceleré.

* * *

Por esos días ocurrió el incidente con Mariano Quiroz, un asunto del que hasta hoy se habla en el periódico. Los hombres aún hacen bromas sobre Mariano y las mujeres lo recordamos con pena, aunque algunas no dejan de sonreírse.

Mariano Quiroz tenía el oficio más anónimo de todos: repartir el correo de oficina en oficina. Llegaba a mi escritorio con sus sobres, y seguía su camino. Pocos alzaban la cabeza para notar su presencia. Él caminaba lentamente, con los brazos apretados en la cintura, como disculpándose por parecer una persona incompleta. Lo veía siempre cuando ya lo tenía cerca, y entregándome un sobre. Gracias, le decía en voz baja. Él me contestaba con un gruñido amable.

Tenía ojos pequeños, cejas duras y la boca cortada por un labio leporino. Era una marca de nacimiento. El labio leporino cercenaba y reducía sus palabras. Por lo general, hablaba con pocas personas y apenas lo necesario.

Una de las pocas que le prestaban atención era Milagros. Cuando veía llegar a Mariano, Milagros le preguntaba qué tal le iba. Ambos se trenzaban en una conversación breve sobre cualquier tema —desde un partido de fútbol hasta la boda de una actriz—, y a veces Mariano se reía. Tenía una sonrisa que lo afeaba aún más. Pero a Milagros le gustaba. Se llevaban bien hasta el extremo de hacerse bromas. A veces, cuando él llegaba a darle sus cartas, le decía «Cartas je tus ajmirajores». Milagros le contestaba. Con todos los admiradores que tengo, seguro que alguno habrá que me mande cartas.

Algunos de los otros periodistas se burlaban de la voz de Mariano, lo que a él parecía tenerlo sin cuidado. Cuando salíamos a almorzar en grupo, Milagros se preocupaba de llamarlo para que fuera con nosotros. Él siempre aceptaba. Si al final del almuerzo alguien le pedía que recitara el Himno Nacional o el Padre Nuestro con su labio leporino, a él no parecía molestarle. Consentía la broma, y luego se reía con todos los demás. Padre nuejtro que ejtaj en loj jieloj, repetía entre sonrisas. Jomoj librej jeamojlo jiempre…

Sin embargo, a veces aparecía una rigidez en las mejillas, una contracción que no borraba la sonrisa con la que comparecía a la violencia risueña de los otros. Para Milagros, ese era un precio razonable que había que pagar.

Mejor que esté aquí almorzando a que se quede solo en el periódico, me explicaba.

Creo que alguna vez Milagros incluso había salido a almorzar a solas con él. «Mariano es un caballerito», me comentó un día, «la verdad es que es como un niño. Es lindo cuando se ríe».

Creo que solo con ella, él no se sentía avergonzado.

Para los demás era una costumbre que pasaba inadvertida. Verlo traer las cartas era uno de los hitos de cada día de trabajo.

Hasta que un día lo vimos pasar a nuestro lado, acompañado de un guardia de seguridad. Fue la última vez que lo vimos.

¿Qué había ocurrido? Poco antes, había habido algunas denuncias ante la dirección por frases ofensivas de «alto contenido sexual» (así las calificaba una circular), escritas en las paredes del baño de hombres. El periódico había contratado a unos guardias de uniformes marrones, encargados de «vigilar la buena conducta de los visitantes» pero también del «personal administrativo y periodístico», según explicaba el jefe de seguridad a todos los empleados.

Uno de esos guardias pasó a nuestro lado una tarde. Estaba sosteniendo a Mariano, camino a la oficina del director. Ambos entraron, la puerta se cerró y de inmediato supimos lo que había ocurrido. Lo contó otro de los guardias, con una sonrisa.

Mariano había entrado al baño con un plumón y había escrito una frase en la pared. Según lo que supimos allí mismo, la frase era algo así como «Quisiera subirme a un cohete, llegar a las estrellas y estallar en el maravilloso culo de Milagros». El guardia había sorprendido a Mariano escribiéndola. Lo había hecho a un lado y mientras el otro guardia se lo llevaba, su celular le había tomado una foto a la pared.

Lo que ocurrió después en la oficina de Lucho era de esperarse. Me lo imaginaba así. Doctor, encontré a este señor escribiendo groserías en el espejo del baño. ¿Qué groserías? Aquí tiene, doctor, véalo por usted mismo. A ver, déjeme ver.

Lucho observa a Mariano, que tiene la cabeza gacha. ¿Es verdad? No me queda más remedio que decirte que te largues, ¿cómo te llamas? Mariano Quiroz, señor. Bueno, Mariano, coge tus cosas y vete ahora mismo de la empresa. ¿Me entiendes? Sí, doctor. Voy a hablar con el jefe de personal mañana. Y a usted, gracias. Para servirlo, señor. Aquí estamos para vigilar que se cumpla el orden. Para eso nos ha contratado, señor.

Desde mi escritorio, vi lo que ocurrió después. Cuando el guardia y Mariano salieron de la oficina del director, toda la sala de redacción se detuvo para verlos pasar. Milagros había querido evitar el encuentro con una salida a mesa de partes pero calculó mal el tiempo y regresó a nuestro sitio en el mismo instante en el que ellos abrían la puerta.

Cuando Mariano se cruzó con ella, todas las caras lo estaban vigilando. No sabíamos si Mariano se atrevería a levantar los ojos al pasar a su lado. Pensé que no lo haría. Al llegar al sitio de Milagros, estaba con la cabeza inclinada. Pero de pronto, en el instante en el que empezaba a alejarse de ella, Mariano volteó.

No era una mirada triste ni arrepentida, no había nada de lástima en su cara. Era más bien una mirada de rabia, una rabia que le dirigía solo a ella. Estaba depositando en Milagros su rabia porque pensaba que solo ella merecía conocerla. Como un prisionero conducido al cadalso de la calle, donde lo más probable era que no tuviera oportunidad de sobrevivir con dignidad, su figura comprimida se dibujó un instante contra el marco de la puerta, dejó su sombra en la escalera, y desapareció para siempre de nuestras vidas.

Cuando lo vimos partir, miré a Milagros, que fingía revisar unos papeles. Charito, la periodista de espectáculos que estaba a nuestro lado, nos había iluminado con los detalles de la inscripción en la pared. Estallar en el maravilloso culo de Milagros, qué te parece esa frase, oye. Sí, está bien. Vamos a olvidarnos de eso, dije. Vamos a cerrar la página. Boté unos papeles a la basura. Claro que sí, vamos a cerrar la página, contestó Milagros. Y tú cállate, Charito. Ya no fastidies. Qué cojuda que te pones, oye.

El problema se resolvió. Nunca más nadie hizo pintas en el baño con nombres de empleadas del periódico. Y nunca más supimos de Mariano.

Pero los rumores sobre su antigua costumbre de escribir en el espejo continuaron. Alguna vez otros periodistas confesaron haberlo sorprendido. Supimos que durante un tiempo había escrito palabras en el baño, quizá frases sobre Milagros, o sobre otra chica, y luego se había mirado al espejo. Quizá se había reído al ver sus frases y luego se había marchado, pensando que nadie nunca iba a sorprenderlo. Tenía sentido al fin y al cabo. Un dios fugaz que convertía el baño en su palacio y el lenguaje mudo en sus declaraciones de amor.

Ay, Dios mío. Mariano, Mariano.

Me parecía totalmente injusto lo que había ocurrido. El único lugar en el que había podido comunicarse había sido en ese espejo, mirándose y quizá hablando mientras escribía.

Durante los días siguientes, recordé esa escena muchas veces. Había algo de prisionero liberado en la manera como Mariano había caminado junto al guardia, un prisionero que ha aceptado su culpa pero que no está arrepentido.

El afecto de Milagros la había hecho merecedora de su lujuria postergada, la gratitud de su obscenidad. Solo a ella había dedicado su rabia, la única pasión que había guardado. Mariano no había sido descortés ni grosero con ella, le dije a Patrick una tarde. Era la ofrenda de un monstruo que le hablaba a solas a su novia de ficción. Me habría gustado decirle algo a Mariano, me habría gustado decirle que lo entendía, casi lo admiraba, que le deseaba lo mejor. Quizás él había imaginado a Milagros muchas noches, en la soledad de su cuarto, un departamento mustio donde vivía solo, en La Colmena. Se había masturbado pensando en ella, había idealizado las escenas de una vida compartida con ella, la había querido hasta la obscenidad. Un tipo en el pozo de su aislamiento, alguien que abría la boca para que otros se rieran, pero que se atrevía a escribir lo que sentía.

Milagros empezó a hablar de él unos días después del incidente. Pobre Mariano, dijo. Me gustaría saber dónde está para decirle que no estoy molesta con él. Pero si voy abajo para averiguar su dirección, seguro que piensan mal. Anda a buscarlo, Milagros, le dije. ¿Qué trabajo va a conseguir un tipo feo y con el labio leporino que ha escrito groserías en el baño de un periódico? Sí, pero no sé cómo ayudarlo, voy a ver.

Milagros siguió hablando de él durante varias semanas. Me dijo que a veces lo veía en sueños. «Si quieres que te diga la verdad, en el estado en el que estoy, hasta me gustaría encontrarme con él y que algo suyo me estallara en el culo, oye».

XIV

Al día siguiente me desperté temprano. Había una luz sólida en la pista frente a mi casa. Las buganvilias se balanceaban. Me quedé mirándolas: racimos de flores dobladas;
flores rojas, violetas, anaranjadas, brotando furiosas y lentas, de una pared de hojas. Me quedé frente a la ventana
y les tomé una foto.

Llegué temprano al periódico. No había mucho que poner. Algunas nuevas medidas para contrarrestar las amenazas de terrorismo en Londres.

Fui pasando los titulares de periódicos franceses en
internet. Recordé el día que Rebeca me regaló «Nuestra
Señora de París». La había leído a toda velocidad y había
llorado por la muerte de Esmeralda.

Sentí de pronto lo mismo que otras veces. Que un
hombre iba a aparecer en la puerta. Estaba segura de que
vendría. Era un hombre delgado, gentil, no sonreía, no
hablaba demasiado, no era así. Lo veía de pie, en el fondo
de un corredor de cristales.

Abrazarlo, abrazarlo, hundirme en él. A fuerza de haberlo imaginado tantas veces, me parecía que lo conocía.
Delgado y alto, no muy guapo, iluminado por una luz dura
y bondadosa. Podía ser ingeniero o abogado o periodista,
no importaba. Un tipo apasionado por su trabajo, capaz de
hacer cualquier cosa con tal de seguir siendo él mismo.

Revisé mi teléfono celular. Había varios mensajes guardados, algunos de días antes. De María Eugenia, de Giovanni, de Milagros. Empecé a borrarlos todos, uno a uno. Sólo mantuve los de Sebastián. Borrar, eliminar, borrar.

Almorcé con Milagros y regresé a trabajar.

Sentí el ruido del teléfono.

Era la voz de Carmela.

—Señora, Sebastián no ha llegado del colegio.

—¿Qué?

—No ha llegado.

Colgué. ¿Dónde estaba? Llamé al teléfono de la señora Guerra que lo recogía todos los días del colegio.

—Hola, Verónica. Sebastián me dijo que iba a regresar con una amiga tuya. Me dijo que la había ido a recoger, que él la conocía.

—¿Quién era esa amiga mía, me puedes decir?

—Rebeca se llamaba. Tu hijo me dijo que estaba bien, que se iba con ella. Así que lo dejé irse. Él mismo me dijo, Verónica.

Colgué. Empecé a caminar por el corredor.

Así que Rebeca se lo había llevado. Rebeca estaba con él. Seguramente le había dicho que era íntima amiga mía. Y ahora estaba con él.

No había de qué preocuparse. No iba a pasarle nada. Pero estaba con él, estaban los dos solos, en algún lado.

Miré por la ventana del corredor. Quizá debía llamar a la policía. ¿Debía decírselo a Giovanni? Primero llamar a Patrick. Él me podía decir si Rebeca había llevado a Sebastián al edificio.

De pronto el teléfono.

—Hola, mamá.

El corazón empezó a latirme otra vez.

—Hola, Sebas. ¿Cómo estás? ¿Qué pasó?

Lo oí comiendo algo.

—Nada.

—¿Qué comes?

—Una galleta. Me la dejó tu amiga. Además me invitó un helado.

—¿Mi amiga?

—La señora Rebeca. Fue a recogerme al colegio.

—Pero ¿por qué te fuiste con ella?

—Me llevó al 4D. Pedimos dos porciones de helado cada uno. Fue bien chévere.

—Pero no me has dicho por qué te fuiste con ella

—Porque me dijo que era tu amiga. Bien simpática era, un poquito gorda, eso sí.

—¿Eres un tarado, Sebas?

—¿Por qué?

—Porque solo un tarado se va con cualquiera, así como te has ido tú.

—Pero si tú nos has hablado de ella, mamá.

—¿Cuándo te he hablado de ella?

—En la pizzería, ¿te acuerdas? Tú nos dijiste que fuiste al colegio con Rebeca.

—¿Yo te dije?

—Claro. Y tenías razón. Me cayó muy bien.

Hice una pausa. No recordaba haber hablado de ella. Sentí curiosidad.

—¿Y qué te dijo?

—Fue bien bacán. ¿Por qué no la invitamos un día a la casa? Es bien simpática.

—Pero ¿de qué hablaron? ¿Qué te dijo?

—De todo. Me dijo que eran bien amigas en el colegio.

—¿Y nada más?

—Nada. Que iban al cine y se prestaban libros, todo eso nomás. Muy simpática ella.

Di un suspiro.

—Bueno, estoy muy molesta contigo. Haz tus tareas y después hablamos.

Colgué.

Le dije a Milagros que se fuera y me senté frente a la computadora.

Giovanni me llamó a decir que había llegado a la casa después de su partido de golf.

—Voy a ver televisión —anunció.

Me imaginé a Sebastián y a Rebeca comiendo helados. Bien simpática era. ¿Por qué no la invitamos un día a la casa?

* * *

Después de la reunión de las once, salí a dar una vuelta por el centro. Era un mediodía de llovizna. Por un instante, me pareció que los peatones avanzaban con dificultad, como si parte del cuerpo se les hubiera borrado. Pensé en una frase. La neblina como la sangre que emana de una superficie invisible. ¿La había oído alguna vez o se me acababa de ocurrir?

Iba caminando sin rumbo. Seguí por el Jirón Ica.

Fachadas de rejas, puertas anchas, paredes amarillentas atravesadas de grietas. Había estado muchas veces por esas calles, camino a alguno de los restaurantes de Escribanos. Pero en ese momento me parecía que veía el barrio colonial por primera vez.

Una ciudad extraña, solo para mí.

La vereda se había llenado de gente. Parecían un contingente rendido después de una batalla. Había una señora de ropa negra. Otra con un niño en los brazos. Mujeres caminando con la cabeza gacha. Hombres que apenas se movían. Tiendas de ropa. Tiendas de zapatos. Tiendas de objetos religiosos. La magnífica fachada de la iglesia de La Merced.

Me sentía a gusto allí.

En esas calles resquebrajadas, veladas por la humedad y el ruido, nadie me conocía, nadie esperaba nada bueno de mí. Era como si hubiera ingresado a un hueco negro de la realidad.

Pensé en Rebeca. ¿Dónde estaría?

Saqué el celular. Quería llamarla. Llamarla en ese instante. Pero no sabía su número. Quizá debía regresar al periódico y escribirle un correo. Pero sería muy raro.

Caminé junto a una pared.

El aire húmedo y gris, una lámina de metal que cubría todas las superficies. La neblina es como la sangre que emana de una superficie invisible. Pensé que en Lima todas las cosas tienen el gris como un color agregado. Las paredes amarillas también son grises, los postes verdes también son grises. Incluso el sol es gris. Es el color que subyace a todos los otros. El invierno en Lima es la expresión de su identidad.

Pero Rebeca era distinta. No era igual a nosotras. En cierto modo, yo sentía envidia de su rencor. La rabia le había desorganizado el mundo y la obligaba a traspasar las paredes. Yo me había replegado guardando todas mis apariencias, haciendo de mi vida un armario con cajones: mi marido a un lado, Sebastián al otro, Patrick al otro, mi trabajo en el otro. Ella en cambio…

Seguí avanzando. Me detuve frente al Teatro Municipal.

Frente a mí, había una casa colonial que se negaba a capitular. De lo que debía haber sido esa fachada, sólo quedaban los pilares que sostenían algunos palos y tablas. Más allá, en lo que habían sido los cuartos, había un caos de piedras y de paredes rotas que parecían estar absorbidas por un viento inmóvil. Una delicada nube de polvo, como una destilación de un aire de siglos, flotaba entre las ruinas. La estructura parecía estar agonizando y sin embargo daba la sensación de que esa agonía podía durar aún mucho tiempo. Allí, al medio, había una columna áspera, circular, erguida en medio de las ruinas, que declaraba su deseo de persistir. Más arriba, lo que quedaba del balcón era un conjunto de palos sueltos, con un solo habitante. Una paloma se había parado sobre una de las vigas y movía las alas, como aterrada de ver lo que había ocurrido a su alrededor.

Al lado de la casa había un pequeño restaurante con sillas y mesas de plástico. Un calendario con una mujer en bikini, unas vitrinas de vidrio sostenidas por barrotes y muchas gelatinas y frutas en exhibición.

Entré.

Me sentía extrañamente cómoda en ese pequeño restaurante. No sabía por qué. Las grietas en la pared amarilla formaban un diseño, como un árbol desgarrado que extendía sus ramas hacia el techo. Todo en el local me parecía tan precario y amable. Me sentía bien. Como si hubiera acabado de llegar a un refugio después de mucho tiempo. Nunca había estado allí, y era un sitio tan familiar.

El mozo se acercó. ¿Qué le sirvo?, me dijo. Estiré las piernas sobre el piso de losetas.

Lo que más deseaba en ese instante era que Rebeca entrara al local y que se sentara junto a mí. Habríamos pedido una cerveza para cada una. ¿Qué le diría? Sebas me dijo que le caíste muy bien. Han pasado tantas cosas desde que nos vimos. No lo puedo creer. Algunos días hago estos paseos yo sola, para estar conmigo. ¿Por qué? Porque soy una pobre idiota que a veces no tiene con quién conversar. Cuando estaba en la universidad, los muchachos me invitaban a salir. Yo me negaba con casi todos. Una vez le dije a un muchacho que no quería ser feliz. Era una tontería pero en ese momento me parecía que era una buena frase. Cuando una es joven, es así. Las frases… Pero ahora… tengo a Sebas y a mi padre y a Giovanni, y a María Eugenia. Y estoy bien. Y quiero ser feliz, bueno, ser feliz, o sea esa es una expresón idiota, lo que quiero decir es que quiero sentirme lo mejor posible, o sea lo más tranquila posible. Y no puedo estar tranquila porque… siempre hay algo que me falta, de lo que estoy pendiente, algo que no sé lo que es pero que tiene que ver con todo lo que ha pasado, supongo, o es algo…, a veces soy capaz de entusiasmarme, voy al trabajo, voy al gimnasio, mi fe está en condiciones operativas. Un hijo, una casa, una chamba. Son las cosas básicas a las que una persona aspira. Estoy bien, claro que estoy bien. He logrado disciplinar mis miedos, organizar mis temores y empaquetarlos y guardarlos allí, por lo menos. ¿Y tú, Rebeca?

Y ella me diría soy como tú también en cierto modo. Siempre fuimos iguales. ¿Eres como yo? Bueno, por lo menos ahora podemos conversar sin secretos. Aquí nadie puede vernos. Salud, Rebeca.

Habríamos brindado. A lo mejor.

Pero son fantasías. Este mediodía gris, en el café turbio del Jirón Ica, estoy sola para siempre. Ni mi papá ni mis amigas ni Giovanni. Menos aún, Rebeca. Estoy sola. Es una condena pero también un privilegio: estar con una misma, sentir que estás contigo misma, un momento, en un lugar extraño, un momento por lo menos, como ahora. La conciencia de lo que esperas, de lo que recuerdas y esperas.

Miro a la pared. Un calendario con una chica rubia en bikini, las piernas largas y abiertas. Nadie, nadie.

* * *

Al día siguiente llegué temprano al periódico.
El huracán Katrina se acercaba al Golfo de México.

Llamé a María Eugenia otra vez.

—Aló —me dijo.

—Hola, amiga.

—Hablé con ella —me informó.

Hubo un ruido. Alguien había prendido la televisión en la oficina de al lado. Los mejores préstamos en el Banco del Trabajo. Asegure su futuro y celebre tranquilo. Una musiquita y una voz.

Había también unos pasos de niños en el corredor. Un montón de niños alineados, como ganado manso. El periódico recibía visitas de colegios a esa hora.

—¿Hablaste con ella?

—Sí. No te molesta, ¿no?

Hubo un silencio. ¿Me molestaba? Sí y no. Pero debía saber lo que le había dicho.

—Bueno, dime qué te dijo la loca de Rebeca.

—Hablamos mucho —se animó—. Recordamos a nuestras profesoras, a la Miss Maggie y a la Miss Tina. Nos matamos de la risa. Es un encanto, ya te dije. Pero me da pena. Se nota que ha sufrido bastante.

—Bueno, eso sí. Sin duda.

—Me dijo que nunca quiso molestarte, Vero. Creo que no sabe nada de lo de Patrick.

—Claro que sabe.

—Pero a mí no me habló de eso.

—¿Y cómo era su departamento?

—Todo blanco. Casi sin adornos. Con una alfombra linda.

—¿Y te habló de lo de la prom?

—No.

—Ya.

—¿No te molesta que la vi?

—No, no. Quiero hablar con ella también pero no me atrevo a llamarla. No sé. Tengo miedo, creo.

—Bueno, no te pongas paranoica tampoco. ¿Por qué no la llamas? Habla con ella.

—Ya, amiga. A lo mejor la llamo. No sé si me atrevo... Bueno, te dejo. Tengo que presentar un libro pasado mañana y no sé lo que voy a decir.

—¿Qué libro?

—Ay, una cosa de política exterior. De Horacio Armando. Es interesante pero me aburre un poco.

—¿Y por qué lo presentas si no quieres?

—Es casi una obligación porque Horacio siempre escribe en el periódico y me hace buenos análisis en la página.

—Bueno, pues, no te preocupes. Ya nos vemos el sábado en el club.

Empecé a golpear la mesa con los dedos.

Mila me trajo el segundo café. Trabajé muy bien con los cables y escribí una columna. ¿Había dicho algo interesante? Ojalá.

* * *

Ese día cerramos temprano en el periódico. Gracias a la diferencia de horarios, las noticias europeas acababan pronto. Por lo demás, no había un anuncio de nada urgente. Las negociaciones por el Tratado de Libre Comercio con Estados Unidos habían empezado pero tardarían aún varios meses, quizá años. Podía cumplir con el horario de cierre que me pedían.

Me quedé en el escritorio viendo algunos diarios europeos y escribiendo algo. Por entonces ya había pensado en escribir este libro. Tomaba notas de lo que iba pasando en mi diario. Por el momento, lo escribía solo para mí. Iba acumulando palabras.

Mientras trabajaba, de vez en cuando, llamaba a mi casa. Todo bien: Giovanni viendo tele, Sebastián haciendo sus tareas. Hablé un rato con Sebas. Me contó nuevos chistes.

Cuando colgué, me puse a planear los temas del día siguiente.

A las ocho, me subí al carro y avancé por la procesión de autos.

* * *

Salí por Javier Prado. Pensé en lo que estaría haciendo mi padre.

Decidí ir a verlo.

Lo encontré en la sala, viendo *Borrascas de pasión*.

Le di un beso y me senté cerca.

—Debes ser el único de tus amigos que ve telenovelas —le dije.

—No creas. Jorge también ve esta novela. Yo soy el único que lo admite, eso sí.

Me sonreía. Parecía especialmente cariñoso conmigo, cosa rara.

—Paola está a punto de declararle su amor a Humberto —me dijo—. Pero no sé si se atreverá.

—¿Así que no piensas en otra cosa más que en la telenovela?

—Al contrario, hijita. Pienso en demasiadas cosas, y por eso veo las novelas —dijo.

Paola se acercaba a Humberto. Estaban en un jardín, lleno de flores. Ella iba a hablarle. Le temblaban los labios.

—Qué casualidad que llegues justo ahorita porque estaba pensando en ti, sabes.

—¿Ah, sí?

—Estaba viendo este personaje, esta chica que se llama Paola que es igualita a ti.

—¿Por qué?

—No sé.

—¿Por qué es igualita a mí?

—Porque parece tan segura de ella misma pero es tan, no sé, tan sensible. Está tan ansiosa por todo. Como tú.

—Vaya, vaya. Te crees que sabes mucho, ¿no? —le sonreí.

—Claro que sé mucho —rió.

—Somos iguales tú y yo, papá.

Soltó una risa corta.

Miré la televisión.

La chica llamada Paola estaba besando a Humberto. De pronto hubo una música dulce, y empezó un comercial de leche. Mi padre estiró las piernas.

—Yo no sé cómo soy, hija.

—Bueno, eres igualito a mí, papá. Un tipo que aparenta ser frío para que nadie sepa que está desesperado.

—¿Te parece?

No le contesté.

Estuvimos un rato sin hablar.

—No sé. A veces me levanto y camino por la casa y no sé lo que hago aquí, tan solo. Pero después me voy a un café con mis amigos. Al final del día no siento nada. Soy un genuino indiferente, hijita.

Se rió. Su voz se había debilitado.

—No debes ser muy indiferente si te emocionan las telenovelas.

—Bueno, pues. A ratos me echo a llorar y a ratos no siento nada. Pero me distrae ver telenovelas y vivir la vida de otra gente, aunque esa no es gente.

—¿Por qué?

—Porque los personajes de estas novelas —dijo mi padre, señalando la pantalla—, son puro nervio, como unos animalitos, así son. Por eso descansa verlos. Ver una telenovela como esa es como ir al zoológico. Te paseas y ves a otros que viven una vida primitiva y elemental, y te la pasas bien.

—¿Un zoológico?

Mi padre empezó a reírse. Era una risa larga y funeraria, que acabó como siempre en un suspiro.

—La gente va mucho a los zoológicos —dijo—. Es muy entretenido.

—Pero todos son tan guapos en las telenovelas —le dije—. Siempre es la misma historia. Unas mujeres guapas y buenas enamorándose de unos hombres guapos y tontos, y compitiendo por ellos con otras mujeres guapas y malas. Siempre es así, ¿no? Pueden ser buenos o malos pero son tan guapos siempre. Habría que matar a todos los guapos, ¿no te parece?

—Sabes que una vez leí una novela de una escritora americana —me dijo—, de Carson McCullers. La historia es divertida. Miss Amelia se ha divorciado de un criminal bastante guapo y se enamora de un jorobado, el primo Lymon. Y luego el antiguo marido de Miss Amelia, Marvin, sale de la cárcel y el primo Lymon se enamora de él y deja a Miss Amelia. Todos se pelean y se enamoran y se abandonan, siempre sin ninguna razón, por supuesto. Es así. Nada de lo que pasa tiene ninguna razón. Todos los personajes de McCullers son deformes, o tarados, o mudos, o jorobados, y tienen, no sé, cómo decirte, tienen una pasión violenta, como un pozo sin fondo.

Se quedó en silencio. Había una propaganda de margarinas en la televisión.

—Cuando me hablas así, me parece que me estás hablando de mi amiga Rebeca.

—¿Rebeca del Pozo, la de tu colegio?

—Sí. La he visto un par de veces ahora.

Se quedó callado.

—También te estaba hablando de tu mamá.

—No la olvidas, ¿no?

—¿Por qué dices eso?

—No sé, se me ocurre.

Miró hacia la pantalla. Una melodía lenta, una voz dulce, una propaganda de seguros médicos.

—Tu madre hizo tanto por nosotros, por ti y por mí —dijo mi papá—. Nos dio todo su tiempo. Nos acompañó siempre. Con estar allí nomás por estar con nosotros ya hacía un montón. Ahora tienes un buen puesto en el periódico y tienes un hijo y estás más o menos bien. Y a mí me sostuvo todos los días. Creo que esa es la palabra, me sostuvo. Y estoy aquí. Por ella, en parte. Por ella. O sea, no puedo decirlo de otro modo. Soportó mi mal humor con paciencia todos los días. No me permitió abandonarme, sin decírmelo me sostuvo con su energía. Y ahora soy su obra. Mejor dicho, lo que soy, lo que tengo aquí es lo que ella me dejó. Es algo en lo que he estado pensando estos días. Yo y tú, y tu hermana. Todos somos el resultado de las energías y de la buena fe de los esfuerzos de tanta gente en nuestra familia, ¿no? El resultado de muchos muertos que quisieron que estuviéramos siempre bien y que siguen viviendo en nosotros. Somos hechura de los muertos. De los muertos, ¿no crees? O sea, es raro pensar que una mujer como tu madre me dedicó su vida. Es raro para mí, por lo menos; yo no le he dedicado mi vida a nadie, ni siquiera a ustedes, tú sabes eso, hice lo que tenía que hacer pero nada más.

—¿Así lo ves?

—Pero claro que sí.

Hubo una pausa. Las voces de la tele continuaban.

—No sé, yo creo que sí nos diste algo. El gusto por los libros y por la música, por ejemplo. Y siempre estuviste cerca.

Alzó los brazos como en señal de protesta.

—No, no les di nada porque, la verdad, no me importaba mucho. Siento que nadie vale la pena, ¿sabes?; ni siquiera, yo por supuesto. No sé por qué era así. Pero no creo que nada tenga mucha importancia. Después de todo, si alguien me conoce bien, se da cuenta de que yo tampoco. Parece que valgo algo, me doy aires de que sé algo, pero en realidad soy una buena mierda, esa es la verdad. Soy una mierda distinguida, eso sí. Me visto bien, he leído algunos libros, hice mi trabajo en el colegio, pero no he hecho nada que valga la pena. Yo lo sé, tú lo sabes pero ella no lo sabía. Ella creía que yo era alguien. Felizmente.

Se rió.

—No eres una mierda, papá.

—No. Claro que no.

—No le tenías mucho cariño a mi mamá, ¿no?

—Si quieres que te diga la verdad, ahora lo único que quisiera es que tu madre estuviera aquí, viendo televisión, aquí sentada conmigo. Si pudiera, quisiera pedirle perdón a ella, y a ti también, Verónica. Y a Lola. A ella no me atrevo a llamarla. ¿Crees que pueden perdonarme?

—¿Por qué?

Durante un rato solo escuchamos el ruido de las propagandas. La telenovela empezó de nuevo.

Él veía la pantalla.

El teléfono sonó. Sin dejar de mirarme, mi papá alzó el auricular con un movimiento brusco. Era Dan. Cuando colgó cambiamos de tema.

—Lo único importante es estar tranquilos —me dijo después—. Eso es lo que cuenta.

Me acerqué. Le di un abrazo.

—Ya —me dijo—. Ya basta.

Paola y Humberto empezaron a gritarse algo.

—Te dejo. Veo que la telenovela se ha puesto interesante.

Me miraba con los ojos borrosos.

—Ya, hija. Cuídate mucho.

Salí de la casa.

Felizmente había poco tráfico y llegué a mi casa pronto.

Apenas entré a la sala tuve ganas de llamarlo de nuevo.

XV

Todo parecía estar en calma en la casa.

Giovanni contemplaba la televisión. Sebastián estaba haciendo su tarea en su cuarto. Al verme, me siguió hasta la sala. Tenía un papel en la mano.

—Mira, mamá, la sección de avisos económicos que me han mandado por correo electrónico.

—¿Qué te han mandado?

—Adivinanzas. Cosas raras. Y también historias de crímenes.

—Ay, ponte a hacer algo útil en vez de mirar tanta cochinada, oye.

—Bueno. Hablando de crímenes, ¿sabes qué me contó tu amiga Rebeca?

—¿Qué?

—Que tiene una pistola.

—¿Una pistola?

—Sí. Para protegerse, dice. De los asaltantes.

—¿Qué?

—Bueno, ya pues, me parece bacán, nunca había conocido a nadie que tenga una pistola.

Caminé por la casa. Me senté en el sillón de la sala.

Me quedé imaginando su voz. ¿Cómo se lo habría dicho? Tengo una pistola para protegerme, pero es para los asaltantes nomás.

¿Era posible?

* * *

Me eché en la cama, con la luz prendida, y el libro de Horacio Armando que debía presentar en un par de días. Se llamaba *La apuesta del comercio exterior. Una guía para el nuevo siglo.*

El libro incluía muchos de los artículos que había publicado en el periódico, así que pude terminarlo en menos tiempo de lo que pensaba. Lo cerré con un suspiro de alivio. A ver si algún día te exportamos a ti también, Horacio, y te dejas de joder sacando libros, pensé. Tú serías un producto de exportación tradicional, un ejemplo del producto bruto interno, compadre. En fin. En todo caso, hay personas peores que tú. Ay, pero no sé por qué acepté presentar tu libro. Preferiría estar viendo una película en la tele y tomándome un vino esa noche. Eso, seguro.

* * *

Al día siguiente, me desperté, bajé a la cocina, saqué una botella de yogur, una bolsa de cereal y una manzana. Me senté a comer frente a la televisión. Fui a buscar más fruta. Encontré dos limas.

Pensé que Rebeca estaría también comiendo en ese instante. Recordé su frase: la comida me conforta, me hace sentirme acompañada. La imaginé frente a una bandeja de panes, kekes, pasteles y tortas. Una reina devorando a sus súbditos de harina.

¿Tenía una pistola de verdad?

Pensé que iba a escribirle a su correo al día siguiente. Ella debía saber que yo había ido al parque ese día.

Me senté en el sillón junto a unas revistas. Pasé las páginas. Mujeres en trajes verdes y amarillos, en pantalones negros, con el pelo largo y suelto, mujeres de pie, sentadas, con las piernas abiertas, colmadas de joyas, con unos cuerpos suntuosos. Y algunos hombres. Ellos también. Pasaba las páginas de las revistas y todos los cuerpos me miraban. Eran como las páginas de un catecismo con las fotos de los santos. Las penitencias del ejercicio, y la comunión de la dieta, y los templos de los gimnasios, y los milagros de la cirugía plástica, y así vas a ser, así vas a verte. Mira.

En una de las revistas, había un artículo sobre el tratamiento a la gordura.

La carboxiterapia es un nuevo modo de combatir la grasa. El tratamiento consiste en introducir dióxido de carbono en las zonas que acumulan grasa, decía el texto. El dióxido de carbono licúa la grasa y causa una vasodilatación. Con ello la grasa pasa a la sangre y es eliminada en un periodo de 36 a 48 horas. El oxígeno liberado nutre las células, logra que éstas rejuvenezcan y, por consiguiente, combate la flacidez y las estrías. Con algunas inyecciones de carboxiterapia, una persona empieza a adelgazar. La dieta y los ejercicios también son importantes. Las inyecciones de dióxido de carbono se aplican en la cintura, el abdomen y los muslos.

Había un centro en Lima llamado el Slim Esthetic. ¿Podría ir?

* * *

A las tres de la tarde estaba sentada en mi oficina, con la pantalla prendida y una larga fila de cables. No podía trabajar. Quería decirle algo a Rebeca, no sabía muy bien qué. Tenía el recorte del tratamiento a la gordura frente a mí. Lo puse en el bolso. Quizá era una tontería pero, al menos, ¿no debía enseñárselo?

Los titulares de los cables se me acumulaban. Necesitaba hablar con ella.

Al otro lado, Milagros estaba escribiendo el texto de un recuadro.

—Milagros —dije.

—¿Sí?

—No me siento muy bien, ¿podrías cerrar tú hoy?

—No te preocupes.

Me levanté.

—Me voy —le dije—. Tal vez regrese más tarde. Cualquier cosa, me llamas al celular.

—Ya.

* * *

Cuando prendí el auto, el ruido del motor me hizo saltar. Manejé lentamente hacia el Zanjón.

Llegué a la Avenida del Golf en menos tiempo del que esperaba.

El edificio me parecía un lugar nuevo. Antes de bajarme del auto me miré en el espejo y me peiné un poco.

Crucé la pista, y llegué frente a la puerta. Ramiro estaba allí, sentado.

Toqué el timbre. Aló. ¿Sí? Era su voz.

—Soy Verónica.

Hubo una pausa.

—Ahora bajo —contestó.

Esperé.

Los carros pasaban como proyectiles por la avenida. Más allá, se podía ver el campo verde.

La vi aparecer. Tenía un traje oscuro, el pelo recogido y una cartera negra colgando del brazo. Llevaba un lazo blanco en el pelo. Bajaba las escaleras con una agilidad que me sorprendió. Parecía haber adelgazado.

—Hola —me dijo.

Parecía muy contenta de verme.

—Vine a verte.

—¿De verdad?

—Sí.

Sus ojos le iluminaban la cara.

—No te creo. Viniste por tu amigo.

—No, venía a verte a ti. Es que el otro día fui al parque —le dije—. Llegué un poco tarde, pero fui.

—¿Fuiste?

—Sí, llegué tarde, lo siento. Algo pasó en la oficina que me demoró.

—¿De verdad fuiste al parque?

Asentí con la cabeza. Ella se había detenido a mirarme.

—Hablé con un jardinero. Me dijo que te acababas de ir.

—Ya. ¿Para qué querías verme ahora?

Alcé los hombros.

—No sé, para verte nomás. Hace varios días que quiero venir, pero, la verdad, bueno, no me atrevía.

Bajó la cabeza. Miró hacia la pista. Después volteó hacia mí.

—Me estoy yendo a la fábrica.

—Bueno, te dejo entonces. Quería decirte que fui al parque ese día… A ver si nos vemos un día de éstos, ¿no?

—¿Por qué no vienes conmigo? —dijo mientras alzaba la mano.

—¿A dónde?

—A la fábrica. Para que la conozcas. Y para hablar. ¿Tienes algo que hacer?

—No.

—Bueno, entonces acompáñame.

—Ya —dudé—. ¿Quieres que vayamos en mi carro?

—No. Aquí tengo al señor Palacios. Él nos lleva.

Miré su auto aparcado. Era una limousine.

—Vamos —le dije.

XVI

El chofer del auto usaba una gorra, como la de los cho-
feres de las películas antiguas. Tenía una chaqueta azul,
con botones grandes. Me saludó diciendo «Buenos días,
señora».

Los asientos traseros tenían un forro lustroso. Pensé
que el chofer los había estado lavando un buen rato.

Rebeca y yo nos instalamos en el asiento de atrás. Había una pequeña gaveta con un minibar. Rebeca sacó una
botella de whisky y me ofreció servirme. Tenía un conte-
nedor con hielo.

—Muy temprano todavía para un trago —le dije—.
Te acepto un agua mineral.

—Ya.

Me enternecía su inesperada hospitalidad. Ella también
se había servido un vaso de agua mineral y tuve ganas de
hacer un brindis. Salud por nuestro reencuentro, Rebeca,
pero salud con agua nomás.

—¿Dónde queda tu fábrica?

—En Los Olivos. No voy mucho pero tengo que estar
allí una vez a la semana por lo menos. Me alegro de que
me acompañes. ¿Sabes? Nunca me imaginé que ibas a conocer la fábrica.

—Yo nunca me imaginé que íbamos a encontrarnos después de tantos años.

Nos quedamos calladas. El auto se abría paso por entre una procesión de microbuses.

Estiré las piernas. Sentí frío. Una corriente entraba por el piso.

—¿Sabes que últimamente, no sé por qué, pienso en ti de otra manera? —murmuró—. En estos últimos días...

—¿Por qué?

—Porque me hace bien pensar en ti. Ya no es como antes.

—¿Cómo era antes?

—No sé. Cuando pienso en ti me siento bien. Y me encanta que hayas venido a verme ahora.

—Ya. Bueno, no tienes nada que agradecer, yo quería venir.

—Durante todo este tiempo, me ha ayudado mucho pensar en ti. Eso quería decirte el otro día, en el parque.

El carro estaba frente a un semáforo.

Delante de nosotras, había una fila de automóviles. El espejo del auto vibraba.

—Me alegro. Bueno, no sé qué decirte.

—No tienes por qué decirme nada.

El carro aceleró. Estábamos corriendo por la Avenida Javier Prado. Ella cerró los ojos.

—¿Estás bien?

Le había tocado el brazo.

—Sí —dijo—. Estoy bien. Creo que voy a irme a Lima un tiempo.

El carro avanzaba por la Avenida La Marina. Los semáforos se sucedían en verde, uno tras otro. El señor Palacios, el chofer, tenía la cabeza alzada.

Llegamos a una planicie de asfalto sucio, rodeada de letreros.

Era una sensación confortante. Estábamos corriendo juntas hacia algún barrio lejano donde ella iba a enseñarme su fábrica. De pronto, yo era una buena amiga que no había visto en muchos años.

A lo lejos, vi el letrero de un centro comercial.

—¿Y cómo así hiciste la fábrica en Los Olivos?

—Había una oportunidad con un terreno —me dijo—. Y lo compré. La verdad es que es un barrio con gente muy buena, muy trabajadora. Hemos empleado a gente de allí, y nos ha ido muy bien.

—¿Y cuántos trabajan en tu fábrica?

—Son como ochenta personas ahora. Entre operarios, diseñadores, distribuidores y gente de administración. Es poca gente para lo que hacemos pero todos trabajan mucho y están bien pagados. Producimos mil prendas al día. Estamos creciendo muchísimo, la verdad. Estoy muy contenta.

Creciendo muchísimo. La frase era curiosa. ¿Qué le podría contestar? Así que estás haciendo engordar la fábrica. Una frase tonta. Una broma de mal gusto que me guardaría, claro que sí.

—No sé por qué, a pesar de todo, yo siempre he creído en la bondad de la gente —me dijo—. Eso es algo que me enseñó mi mamá.

—¿Tu mamá?

—Sí. Mi mamá, la única amiga que tuve. Pienso mucho en ella.

—Me acuerdo. Nos servía esos lonches tan grandes, con panes, quesos y mermelada. No lo puedo olvidar.

—Sí, parecía que expresaba toda su bondad en una bandeja, ¿no? Así lo veía.

—¿Y ahora cómo está?

—Murió hace varios años. Murió mi mamá, murieron mis tías. La casa la vendí. Y bueno, me quedé sola. Pero voy a su tumba de vez en cuando. Le rezo. Le agradezco y le reprocho. Porque me hizo daño también, por supuesto.

—¿Cómo te hizo daño?

Habíamos parado frente a otro semáforo. Un tipo de polo amarillo se acercó al auto. Tenía la barba crecida y una caja de chocolates en la mano. Rebeca sacó una moneda.

—Bueno, me hizo daño porque mi mamá vivía en un mundo imaginario y quería que yo fuera una niña buena y decente y por eso me vestía con ropa gruesa y me enseñaba a actuar con modales. Estaba demasiado influida por mis tías. Desde que mi papá nos dejó se volvió un poco tonta. Pensaba que cualquier problema se iba a resolver rezando, hay gente así. Y quería que yo rezara el rosario con ella y con mis tías y no me ayudó con el tema de la gordura, claro. No sé por qué ella no aceptaba reconocer ese asunto, pero de todas maneras, sabes que ella me quiso tanto que yo no tengo más remedio que quererla también. Siempre me acompañaba y me ayudaba en las tareas, siempre me decía algo cariñoso. ¿Sabes? Siempre, siempre. Me decía cosas lindas que recuerdo, que tengo aquí —se tomó el pecho—. La verdad es que la extraño mucho. Mucho, mucho la extraño.

Las ventanas me parecían paredes transparentes. Vi un grupo de vendedores entre los carros.

—¿Y tus padres?

—Mi mamá murió. Y mi papá tiene sus achaques, pero está bien —le dije.

—¿Tu mamá murió?

—Sí. Bueno, ya han pasado cinco años, pero todavía pienso en ella. Me acuerdo de que cuando se enfermó estaba de lo más tranquila. Morirse no tiene nada de malo, me dijo una vez.

Nos quedamos calladas.

Estábamos en medio de un atasco. Me sentía aturdida dentro de un infierno de bocinas. Pero Rebeca, instalada en su asiento, con las manos extendidas, parecía de lo más tranquila.

—Ay, los problemas del tráfico limeño —dije con el único propósito de cortar el mutismo.

Su celular sonó y ella murmuró algo.

De pronto pensé que yo había cometido un error. Quizá no debía haber ido. Me sentía a gusto con ella pero no sabía qué podía pasar. ¿A dónde me llevaba? ¿Cómo era esa fábrica suya? A lo mejor me necesitaban en el periódico.

Hubo un ruido, y Rebeca desconectó el teléfono. La línea de carros empezó a avanzar.

—Ya nos falta poco —me dijo.

* * *

Llegamos a una puerta de fierro. Un tipo uniformado nos abrió.

Entramos a un patio. Al fondo, había una franja de pasto y unos árboles.

Sentí una especie de alivio. Ya había hecho lo que quería hacer. Le había dicho que sentía no haber ido al Parque Mora, además habíamos hablado de nuestros padres. Estaba más tranquila con ella. Me sentía como cuando estábamos en su casa, era como en su cuarto un sábado por la tarde.

Mi celular sonó. Milagros me hizo una consulta rápida y me preguntó si iba a regresar al periódico.

En ese momento lo que más quería era quedar con Rebeca en vernos de vez en cuando. Sí, quería verla otra vez. Pero en ese momento debía irme de allí. Debía ayudar a Milagros.

Mientras nos bajábamos y caminábamos por el patio, decidí que podía despedirme allí mismo de ella. Iba a decirle que me gustaría encontrarnos de nuevo. Necesitábamos hablar de muchas cosas todavía. Podía invitarla a almorzar la semana siguiente. Ese sentimiento me sorprendía, era como una lástima muy grande y un remordimiento, y también una extraña alegría.

La historia con ella iba a tener un final feliz después de todo. Mientras caminábamos hacia el edificio pensé en acercarme a ella. Iba a darle un abrazo, el que debía haberle dado unos días antes en el Parque Mora.

La vi alzar la mano, como deteniéndome.

—Vamos a mi oficina —me dijo—, pero antes voy a enseñarte la fábrica para que conozcas.

Empezó a caminar. A pesar de su tamaño daba pasos largos y decididos. Yo no tuve más remedio que seguirla.

Estábamos yendo hacia una puerta de aluminio. A nuestro alrededor había una pequeña explanada con una cancha de fulbito, dos gradas de tribunas, unos arbolitos, un kiosco, y las puertas de los baños al fondo. Me pareció que ese patio había sido construido siguiendo el modelo del de nuestro colegio.

Me llevó por un corredor mientras me explicaba algo sobre los colores que le echaban al hilo de algodón.

Me presentó a un par de empleados de la fábrica. Vimos algunas máquinas procesando las telas. Luego subimos una escalera y entramos a su oficina.

Era un cuarto pequeño y de paredes casi vacías. Había una mesa, una computadora y un teléfono. Unos libros se amontonaban en un estante. En la pared, estaba el retrato de su madre.

Ella se sentó en el escritorio.

—¿Quieres tomar algo? —dijo—. ¿Un té, un café o algo?

—No, no, gracias.

—Yo aquí solo tomo café —se apresuró a decir—. No como nada.

Sonrió.

—¿Te acuerdas ese día en el Chef's, cuando nos encontramos, todo lo que comí ese día?

Asentí con una sonrisa.

—Creo que comías para escandalizarme, ¿no?, para hacerme sentir mal.

Hizo un gesto de disgusto.

—Comía porque siempre he comido. Pero además estaba muy nerviosa.

—¿Nerviosa?

—Sí, nerviosa por verte. Al día siguiente no comí casi nada. Creo que voy a empezar una dieta. Pero no aquí. Aquí, no.

—¿Te vas a ir?

—No sé, voy a ver. Tengo muchas ganas de irme a los Estados Unidos. Esta vez me voy por un tiempo largo, creo. No sé si vuelva.

—Pero ¿no estás muy sola allá?

Me sonrió. Yo acababa de decir una tontería. Ella estaba sola en todos lados. Se mudaba de un país a otro para renovar su soledad.

—Bueno, tengo un par de amigas allá —dijo—, amigas de cuando estudiaba.

—Mi papá quería que yo me fuera a Estados Unidos una época —le dije—, pero como yo siempre quería contradecirlo me quedé. A lo mejor por eso me hice periodista de internacionales, pensando que debía haberme ido.

—¿Y cómo está tu papá?

—Se ha aficionado a las telenovelas. Les echa la culpa a otros de que no llegó a ser un escritor. Eso lo ayuda. Echarle la culpa a alguien lo consuela.

—Echarles la culpa a otros es normal en los hombres —dijo ella—. Las mujeres nos echamos la culpa a nosotras mismas de lo que pasa, los hombres le echan la culpa a los demás. Fíjate y vas a ver que casi siempre es así.

Se hizo una pausa, con un ruido de máquinas al fondo.

El teléfono sonó. La mano le temblaba. Dijo unas cuantas frases, parecía estar dando órdenes, y colgó.

Sentí que debía decírselo.

—¿Quieres hablar de lo que pasó esa vez?

Se reclinó en el asiento.

—¿Qué?

—Lo que quería decirte, Rebeca, es que, bueno, no sé, todo fue tan rápido esa vez, que no sé cómo pudo pasar.

Ella me miró. Yo me había atrevido, por fin.

Nos quedamos calladas. En la ventana, había un grupo de personas con mamelucos.

—He vuelto a ver esa escena muchas veces, sabes, me parece que la veo ahora mismo —dijo—. Y oigo la música. ¿No era algo así?

Empezó a tararear la canción de Rubén Blades. Yo sentí que me replegaba en mi silla. No podía seguir.

—Bueno, eso nomás quería decirte. Mejor hablamos de otra cosa.

Bajó la cabeza. Hubo una pausa larga.

—No me has dicho nada todavía.

—¿No? ¿Qué quieres que te diga?

Miró hacia abajo.

—¿Cómo te va a ti en el periódico? Nunca me has contado.

Sentí alivio.

—Bien. Bueno, por lo menos es un trabajo interesante. Todos los días hay noticias nuevas. Y en el mundo todas las noticias están conectadas. A veces pienso en irme de allí, pero no sé qué haría. Siempre es bueno tener un lugar a dónde ir cuando una sale de la casa.

—Eso quería hacer yo de chica, ¿sabes? Tener un lugar. Pero como no podía salir, hice un lugar en mi propio jardín, me hice una casita. En la época del colegio se me ocurrió que debía tener una casa en el jardín, una casita donde yo podía entrar a quedarme un rato. Y después, cuando ya tuve la necesidad de construirme esa casa, cuando se lo empecé a pedir a mi mamá todos los días, por fin me hizo caso y me llevó a escoger unas planchas de madera a una tienda. Yo misma las uní con alambres, hice las paredes y me construí una casita en el jardín. Ay, Verónica, no sabes todas las veces que yo llegaba de la calle y me metía en esa casita, tenía mis muñecas allí, tenía mi cocina y mi mesita y unos platitos y yo me quedaba allí dentro, era una casita grande —se detuvo y sonrió—, por supuesto que era grande, por mi tamaño, pero yo entraba allí y me quedaba. A veces incluso, sabes que mi mamá me llevaba un vaso de leche y me lo tomaba allí. Era mi casita, mi lugar en el mundo, y hasta ahora guardo algunos pedazos de la madera en mi departamento. Es un poco tonto.

Miró hacia abajo.

—Pero me hacía feliz —agregó.

—¿Y qué sentías allí?

—Cuando estaba allí dentro soñaba con viajar por el mundo y que algún día tendría muchos amigos para invitarlos a mi casa. Les puse hasta nombre a mis amigos, ¿sabes?: Esteban, Daniel y Pedro. Y Sebastián. Nombres fuertes. Pero nunca conocí a hombres así, por supuesto.

—Bueno, pero conociste a mi hijo Sebastián —le contesté—. Te lo llevaste del colegio. Casi te llamo a regañarte. Me diste un susto terrible, oye.

—Sí, discúlpame. Gran muchacho Sebastián. Lo pasamos muy bien. Pasaba por el colegio, me dijeron quién era, y me acerqué. No fue nada planeado.

Alguien pasó junto a la oficina y nos miró por la ventana. Nos quedamos calladas un rato.

—Oye, él me dijo que tienes una pistola.

—Ah, sí. Pero es por seguridad nomás. Por los asaltos, pero nada más.

—Ya.

—Pero de verdad que te felicito por tu hijo, Verónica.

—Me acompaña mucho. No sé qué voy a hacer cuando crezca y ya no me haga caso. Ya me supera a veces.

—¿Qué tal se lleva con su papá?

—Bien. Muy bien.

—¿Así que todo bien con tu familia?

Me miraba con una ansiedad generosa, como si de mi respuesta dependiera mucho.

—Bueno, ya sabes, tengo el problema de Patrick. Y de Giovanni. Quiero dejar a Patrick y quiero vivir tranquila con Giovanni. Pero no sé si pueda vivir con él. Ahora me doy cuenta —le dije— de que me casé con él de puro insegura. Pensé que me quería tanto que era el único hombre que no iba a dejarme nunca. Tiene gracia. Y ahora yo estoy pensando dejarlo a él.

—¿Y no puedes dejar a Patrick más bien?

—Tengo que poder.

—¿Por qué no lo dejas?

—Voy a dejarlo. Y creo que voy a tener que separarme de Giovanni también. Y estar sola un tiempo.

—No creo que puedas.

—¿No crees? ¿Por qué?

Hubo una pausa.

—Lo que pasa —dijo— es que siempre necesitaste a más de un hombre que te hiciera caso.

Sentí el gruñido de alguna máquina cerca de nosotros. Estaba como triturando algo.

—¿Te parece? —le dije.

Me había puesto a temblar.

—Sí, sí. Perdóname. No debí decirte eso. Pero tú sabes que es algo que necesitas. Que los hombres te hagan caso. ¿No te parece?

—No —le dije—. No es verdad, ¿por qué dices eso? Soy una idiota, eso sí es verdad, pero el único hombre al que necesito y al que quiero es a mi hijo.

—Claro. Pero esa es una frase.

—Es que los hombres siempre se me han acercado pero no sé, salvo uno, salvo Nico, creo que nunca me enamoré de verdad.

—¿Y qué pasó con Nico?

—Lo dejé. Lo quería demasiado. Tenía miedo. Ya te dije que soy una idiota.

El teléfono sonó otra vez. Ella no contestó.

—¿Sabes que yo nunca he estado con un hombre? —dijo—. Ni siquiera como novio. Ni he tenido un amigo tampoco. Nunca he tenido a un hombre cerca. Lo mío es ridículo, por supuesto. Tú en cambio has vivido rodeada de hombres. Pero los necesitas. Si no te hacen caso, no sabes qué hacer.

—No es eso —alcé la voz—. Es que, bueno, no sé.

—¿Qué?

—Es que no puedo estar sin vivir una especie de romance, la ilusión de un romance con alguien, es eso, pero me doy cuenta de que es una ilusión, una estupidez.

Miró hacia la ventana. Sentimos el ruido de las máquinas en algún lugar.

—Eso lo entiendo —dijo.

Me miró de frente y agregó:

—Pero eso no es excusa para que te portes como una traidora.

La palabra quedó resonando. Una traidora.

La miré. Parecía estar muy tranquila.

Me puse de pie.

—No he venido hasta aquí para oír tus estupideces —le dije.

Me sentía casi paralizada por la furia.

—Lo siento, Verónica. No sé qué me pasa. Pero es que…

Sentí que todo se derrumbaba. Me estaba cayendo por dentro, en un estado de vértigo. Lo que dije a continuación me llegó a los labios a toda velocidad. Empecé a soltar una artillería de frases. Me había dicho que yo era una traidora, y en cierto modo tenía razón. Quizá por eso yo estaba tan exasperada.

—No me interesa lo que me digas—, le grité—. No me importa nada. Así que vete a la mierda—. Después de una pausa añadí—: gorda de mierda.

Mientras yo le decía eso, ella me observaba impávida. Me di media vuelta y bajé las escaleras. Crucé el patio, llegué al portón de salida y me encontré de pronto en la mitad de la calle.

Alcé la mano, temblando. Pasaron varios carros. Después de algunas cuadras encontré un taxi. Al subir, me sentía agotada.

Apoyé la cabeza en el respaldo del asiento. Carajo. ¿Por qué había reaccionado así? ¿A mi edad no era capaz de recibir una acusación con tranquilidad y de hablar de eso francamente con una amiga? Soy una torpe y una impulsiva y una idiota, comprobé. Como siempre, portándome así.

Cerré los ojos. Ya no tenía sentido recordarlo. Pensé que la relación con Rebeca se acababa de terminar.

Llegué al periódico. Al abrir el bolso para pagar el taxi, encontré el recorte sobre el tratamiento a la gordura. Lo había olvidado por completo.

Milagros me recibió con una exclamación de alivio.

—Ah, qué bueno que llegas —me dijo—. Acaban de llegar montones de noticias y ha entrado más publicidad, así que tenemos otro pliego. Hay otra rebelión en Chechenia. Tenemos que correr.

XVII

Al día siguiente, tratando de sacudirme de las imágenes, me levanté temprano. Primero, al gimnasio, y luego de regreso a la casa y al periódico.

Esa noche tenía que presentar el libro de Horacio Armando.

Llegué a mi escritorio con el libro bajo el brazo. A lo largo del día, tenía que terminar de escribir el texto para la presentación y dejar todo listo para la página: marchas en Washington, una ola de violencia en el Medio Oriente y el comienzo del huracán en New Orleans. Felizmente, Milagros me ayudó y antes de las once tuve tiempo de terminar mi texto.

La voz seguía allí. Eres una traidora.

* * *

Empecé a escribir algo en la pantalla. Aún tengo ese texto guardado.

El pasado es un agente inspector. Sus emboscadas son periódicas y repentinas. Se materializa como por arte de magia. Es una sombra con manos fibrosas. No tiene rasgos faciales. No tiene edad. Nos entrega una hoja en blanco. Nos negamos. Pero él insiste con su voz dura y lenta y fresca. Va a regresar.

* * *

Guardé lo que había escrito.

El resto de la mañana transcurrió con la rutina habitual.

En la reunión de las once, Fito Cárpena anunció la edición de su próximo poemario, *Arrecife de aire*. Explicó que en el título había un juego sonoro y conceptual. Lo perciben, ¿no?, se preguntó en voz alta. Arrecife de aire. Las «a» juegan con las «i» y en medio de ellas, como un motorcito, las empujan las «erres». Esas son las rocas del arrecife que suenan. ¿Qué les parece?

Ana Luisa, de la página deportiva, lo felicitó.

La reunión acabó temprano y todos se pararon muy de prisa. Fito se me acercó.

—Vero, ¿qué dices si vamos a almorzar?

—Ay, pero mejor otro día —le sonreí—. Tengo que hacer la presentación de un libro a la noche.

* * *

Por la tarde revisé el texto que iba a leer. Luego guardé algunas noticias para la página del día siguiente. Hablé con Giovanni. A las seis y media me cambié y fui al local de la Cámara de Comercio.

Me había puesto un traje azul, un chaleco beige y un collar plateado y largo. No mal, no del todo mal. Se me ocurrió que era algo parecido al vestido que yo había usado en la fiesta de promoción, del brazo de Christian. En esa época me ponía trajes azules todo el tiempo. Luego cambié de color.

Me miré al espejo un buen rato. Los zapatos de taco y la falda en las rodillas, el peinado de raya al medio. Tenía un aire de colegiala aplicada. Como si hubiera retrocedido varios años y me hubiera vestido para llegar al colegio. Estoy aquí, ya llegué, soy la primera de la clase.

Me sentí un poco ansiosa, como siempre antes de hablar en público.

Tenía seis páginas escritas, lo que debía dar para doce o quince minutos, el tiempo fijado para una intervención que no aburriera a la gente (que iba a aburrirse de cualquier modo). Pero me tranquilicé pensando que el invitado de honor era Horacio. Yo me podía relajar una vez que terminara de hablar. Mi premio sería el vaso de agua que espera en la mesa a todos los que hablan en público. Y la gratitud de Horacio, por supuesto.

Cuando llegué al local de la Cámara de Comercio, el auditorio estaba vacío.

Me hicieron pasar a una sala reservada. Además del autor encontré allí a un profesor de economía llamado Dante Cabrera y a un economista de la televisión, Jaime Sayán. Los dos presentaban el libro conmigo. Nos recibió Pedro Gubbins, el presidente de la Cámara. En una mesa había café, galletas y jugos. Desde el otro lado de la pared nos llegaban los rumores de la gente que entraba.

Jaime Sayán tenía una cara de niño gobernada por una boca ancha. Sus dientes numerosos se alineaban como soldados. Era quien dirigía la conversación, contando anécdotas, haciendo bromas, difundiendo las historias secretas de la gente del gobierno. Acababan de publicarse las primeras encuestas de los candidatos a las elecciones, una novela de suspenso hasta el último día, dije. Lo que nadie valora es la importancia del azar, opinó Dante. A lo mejor un día, un candidato hace una gira, coge una enfermedad de algún lado y se acabó su candidatura. El azar a veces decide. Pero eso nunca pasa, contestó Gubbins. Los candidatos son inmortales hasta que termina la elección.

La charla continuó. Por entonces, de acuerdo con las encuestas, todos pensaban que Lourdes Flores iba a ser presidente.

Después de la política hablamos del clima. Cuando los comentarios sobre el clima se acabaran, iba a empezar la ceremonia.

Un chico de terno y corbata nos dijo que era hora de salir al escenario. Nos pusimos en fila y subimos las escaleras junto al podio. En un estrado había una mesa de un mantel verde con cuatro micrófonos y vasos de agua.

Me senté y pasé la mirada por el público. Una nube de cabezas serias. Algunos señores con terno, otros sonrientes e ilusionados, con aspecto de ser parientes del autor.

De pronto me detuve.

Rebeca estaba sentada en la última fila. Había un hombre pequeño a su lado.

No me extrañó. En realidad, me di cuenta de que me alegraba verla.

Pensé que podíamos hablar después del acto. Yo tenía algo que decirle. Esperaba que no siguiera molesta por lo que había pasado el día anterior. Tenía que hablar con ella, podíamos tomar un trago durante el cóctel.

Se veía muy bien. Pelo largo, traje rojo, un collar de plata. Y zapatos blancos. Tenía una expresión tranquila. Estaba casi guapa. Consideré por un instante la posibilidad de bajar del estrado a saludarla.

Me miraba y de vez en cuando volteaba hacia el público, y luego me miraba. Su traje rojo resplandecía.

La masa de pelo me llamaba la atención. Una cortina frondosa que le barría los hombros.

Pedro Gubbins había subido al podio y estaba dando los buenos días a las señoras y señores y los distinguidos amigos que nos acompañan. Antes que nada, dijo, quisiera hacer un repaso general de la relación entre las decisiones de gobierno y la obtención de mercados, es decir, entre la política y la economía.

Todos tenían la cara vuelta hacia Gubbins pero Rebeca me miraba solo a mí.

Yo revisaba mi texto, tomaba sorbos de agua y de vez en cuando volteaba hacia ella. De pronto, la vi bajar la cabeza. Me pareció que al hacer ese movimiento, Rebeca estaba sonriendo aunque su gesto no era una sonrisa exactamente.

Terminé el vaso de agua y me quedé mirando las gotas que habían rociado el mantel. Uno de sus zapatos blancos se asomaba en el pasillo.

Mientras hablaba, Gubbins alzaba la mano como si estuviera dirigiendo una orquesta. Muy bien, dijo por fin, ahora voy a tener el gusto de presentar a nuestros invitados. Como les estaba diciendo, tenemos el honor de recibir al doctor Horacio Armando, un gran estudioso de la escena internacional en lo que al comercio se refiere. Nos acompañan también el doctor Jaime Sayán, el profesor Dante Cabrera y la periodista del diario *El Universal*, Verónica Ross. A todos ellos, muchas gracias por estar en esta mesa.

Entonces fue el turno de Jaime Sayán. El futuro de todo el país depende de sus exportaciones, empezó diciendo. En un mundo de dudas, esa es una de las pocas certezas que nos quedan.

De pronto me pareció que una extraña luz había caído sobre los ojos de Rebeca. Estaba inmóvil, con las manos dobladas en el regazo.

Me fijé en su cartera. ¿Era la misma en la que había estado hurgando cuando nos encontramos la primera noche en el avión?

Pensé que Rebeca tenía guardada su pistola allí. Quizás apenas yo me acercara al micrófono, ella iba a extender el brazo con el arma y me iba a disparar. Era lo lógico, después de todo, quizá el fin que merecía nuestra historia.

Mi sospecha pareció confirmarse cuando la vi abrir la cartera y sacar algo.

Pero no era una pistola. Estaba sacando un estuche. Tenía un estuche en la mano. Se estaba echando una capa de polvo en las mejillas.

Jaime Sayán terminaba de hablar. Había sido extremadamente breve. Gracias, Horacio, por este libro tan importante y a la vez tan útil, dijo. El Perú también te lo agradece.

El público lo premió con los discretos aplausos de costumbre (los hombres que llevan corbata nunca aplauden mucho, me dijo una vez Sebastián). Dante Cabrera se acercó al micrófono. Hablaba estirando las vocales. Iba emitiendo, con su voz apasionada, un chorro de lugares comunes (este libro nos servirá como referencia indispensable para consultas futuras, es una herramienta muy útil, nuestro mundo contemporáneo nos enseña que la política y la economía están indisolublemente unidas). En ese momento, Dante juntó los dedos que representaban la política y la economía, y los elevó hacia el techo del local.

Rebeca lo miraba. El hombre pequeño a su lado acababa de pararse y se estaba yendo, lo más probable es que hubiera intuido algo.

Bajé los ojos y tomé el lapicero. Me puse a hacer una serie de círculos, algo parecido al dibujo de unas olas. Era un pretexto antiguo para no mirar de frente, como cuando fingía tomar notas en la clase de Miss Tina.

El discurso de Cabrera llevaba cinco o seis minutos. Yo me sujetaba a cada una de sus frases (y es interesante notar cómo el autor, el doctor Horacio Armando, estudia las relaciones profundas, no solo coyunturales, entre gobierno y mercado). Cabrera alzó una mano, suspendió el aliento, dejó crecer una pausa y arremetió: «Es decir, el cerebro y el corazón de las sociedades modernas». Sus frases se prolongaban. Parecía que iba a terminar su discurso con alguna de ellas pero luego lanzaba con un tono dramático una frase nueva. En esos momentos movía el dedo índice como si quisiera sostener y hacer girar cada palabra.

Se acercaba el momento en el que yo tendría que salir al aire libre del podio, frente a mi compañera de clase.

Cabrera dejó salir una frase final, «Los peruanos más olvidados serán los principales beneficiados de este libro», y recibió nuevos aplausos moderados.

Pedro Gubbins anunció mi nombre.

Me puse de pie, me acerqué al micrófono y logré mirar de frente al auditorio.

Desde allí la vi durante un instante. Ella no se inmutó. Luego recorrí con los ojos el resto de las cabezas.

Entonces empecé con lo usual, algo así como para mí es un honor y un placer presentar el libro de mi amigo Horacio Armando.

Me aferré a mi primera página. Felizmente mi voz se mantenía con firmeza, como despegada de mí, casi alentándome a quedarme.

Me concentré en el texto. Cuando alcé los ojos, vi que Rebeca seguía en su sitio.

Entonces me di cuenta de que ese rostro con el que me miraba no estaba dirigido a mí sino a un lugar remoto, era una mirada perdida, el mismo rostro (los ojos fijos, el pecho inclinado, las piernas estiradas) con el que ella había observado la pared, sentada en el patio del colegio.

Seguí leyendo.

Cuando terminé el primer párrafo, vi que Rebeca se había levantado. Se estaba moviendo, se estaba acercando a mí.

De pie, con su cartera en la mano, caminaba por el pasillo central del auditorio. Sus zapatos blancos avanzaban con trancos largos y firmes.

Sentí un vacío en todo el cuerpo.

Opté por refugiarme en mis papeles. Leía con la cabeza enterrada pero mantenía el rabillo del ojo en la sala. Veía el costado de su cuerpo, el brazo colgado y el primer zapato blanco en las gradas junto al podio.

* * *

En ese momento, desde el silencio de la sala, todos los asistentes la estaban siguiendo con la mirada. Rebeca se había parado frente al estrado. Uno de los guardias se acercó a ella. «Señora, por favor, tome asiento. Por favor, señora», le decía el guardia. Ella lo hizo a un lado. Estaba a centímetros de mí.

Levanté la cabeza.

Allí estaban, borrosos por el sudor, sus ojos. Sentí el olor tibio de su cara.

De pronto me había tomado de un hombro. Había dado el último paso hacia arriba. Estaba parada a mi lado.

Hice un intento de apartarme. Era demasiado tarde.

Sentí sus labios, sus labios en la boca, y sus brazos que me rodeaban. Me estaba besando. Un beso largo y húmedo. Su piel estaba entrando en mi cuerpo, cortándome la respiración, sus brazos me habían rodeado, el largo cosquilleo de los músculos me doblaba hacia ella. Sentí que había empezado a derrumbarme.

Me eché hacia atrás, huyendo de su beso. Me quedé así, con la garganta en alto. Su boca se había separado de la mía y me sentí desamparada, frente al techo, con el frío de la sala y el infierno de todos los rostros que nos miraban.

* * *

Con un manotazo, se liberó de un guardia. Por un instante me inundó su olor a perfume y a sal.

Me tomó del cuello con las manos y acercó la cabeza. Entonces sentí el estallido de sus dientes. Había abarcado ambos lados de la garganta. El dolor que se irradiaba desde allí me hizo dar un grito que se ahogó en su pelo. Luego, sentí que mi cuerpo se perdía.

Mis piernas se habían doblado y yo viajaba hacia el piso. En los dos o tres segundos que duró la caída, di un suspiro.

Una alfombra áspera golpeó mis mejillas y me quedé con los ojos abiertos. Vi los borbotones de sangre: una pequeña laguna, un trozo de materia gomosa y roja. Encima, a lo lejos, las voces de alguien que pedía una ambulancia, un médico, un teléfono, cualquier ayuda contra esa mancha creciente y esos pies gruesos que desaparecían, que habían huido mientras yo me desangraba.

XVIII

—

Cuando me recogieron, y luego, perdida en la nubosidad de la ambulancia, volvió a aparecer nuestro recuerdo, la historia postergada de nuestras conversaciones. Atizados por las sirenas, por los baches de la ambulancia, los episodios de esa historia se sucedieron uno tras otro en mi mente. Todos reaparecieron como en una función organizada por un director metódico que iba demorándose lo necesario en cada escena, cuidando en resaltar cada uno de sus detalles. Los había casi olvidado durante los últimos veinticinco años de ausencia, pero las imágenes y los sonidos habían dormido con lucidez en mis venas y ahora se habían detenido frente a mí, entre los rumores de alarma, el ajetreo en la camilla y el suero que me inyectaban esa noche.

* * *

Las vidas de mis amigas y la mía capitularon por primera vez y para siempre la mañana que vimos a Christian sentado en el salón de clase.

Christian había sido trasladado de otro colegio. Iba a pasar el último año de secundaria con nosotros y lo primero que pensamos Tita, Doris y yo fue que debíamos buscar el momento de acercarnos a él. Era alto, de pelo negro, con ojos verdes como esmeraldas. Se convirtió pronto en el único tema de nuestras conversaciones en el patio, en las caminatas a la casa, en las maratones del teléfono por las noches. Era un chico tan guapo y nosotras teníamos tanta suerte, la de verlo todos los días.

Christian se sentaba delante de Tita. A veces, cuando estaba con nosotras, ella se pegaba las manos a la cara exclamando en voz baja, ay, no sé, a ratos me muero por agarrarlo. No era la única. Como yo me sentaba atrás también lo veía siempre, aunque a cierta distancia. Recorría cada centímetro de su nuca con la mirada. Cuando él se me acercaba en el patio, yo sentía la ansiedad de no saber qué hacer para corresponderle. Fuera de su físico, no tenía mucho que decir. Su conversación era más bien tonta (lo fui recordando con los años), pero por el momento eso obviamente no nos interesaba mucho. En realidad, destacaba solo en educación física y en especial como delantero en la selección de fútbol del colegio.

A lo largo de ese año fuimos a verlo jugar algunas veces. Poder contemplar su cuerpo duro, de piernas fuertes, me parecía razón suficiente para soportar los noventa minutos de cualquier partido de fútbol. Una vez lo vimos meter un gol. Tengo todavía conmigo la imagen de Christian saltando y golpeando la pelota con la cabeza. El arquero del otro equipo cayó al piso y nosotras gritamos y algunas (Tita y Doris) entraron a la cancha para abrazarlo. Yo no, por supuesto.

Ay, Christian. Qué chico más guapo y rastrero. Qué tipo. Un canalla triunfador. ¿Por qué fue Christian el primer chico del que me enamoré, o me creí enamorar? Él había aprendido una sola lección en su vida. Que ser el más guapo le daba todos los derechos sobre las mujeres. Tenía la seguridad de los galanes ficticios. Hablaba, caminaba y se reía seguro de que lo hacía mejor que nadie. Alguien nos contó que su conducta se debía a los embrujos de una madre consentidora y maligna que le había soplado al oído la misma frase, rendida de amor, durante toda su vida. Había sido la primera mujer en caer a sus pies.

Hoy Christian descansa en alguna tumba de Indianápolis, donde se casó con una chica que lo aficionó a los carros nuevos. Se mató a los veinticinco años, hundido en un auto reluciente en el que acababa de gastar sesenta mil dólares. De eso nos enteramos después.

Pero en 1980 Christian estaba aún lejos de la muerte; era como si no fuera a morirse nunca. Un chico tan guapo, altivo y sonriente parecía hecho para preservarse.

A lo largo de ese año Christian se sentó a almorzar varias veces conmigo en las gradas del patio. Fui comprendiendo con alegría y con terror que yo le gustaba. Después de las vacaciones de medio año, cuando ya nos preparábamos para el examen de ingreso a la universidad, apareció por mi casa algunos sábados. Mi mamá y mi papá no aprobaban mucho de él, lo que naturalmente aumentó mi deseo.

Por fin me dio un beso, el primero que recibí en mi vida. Fue a comienzos de noviembre, justamente el Día de todos los Santos. Caminamos por el malecón de Miraflores y nos sentamos en el Parque Salazar. Fue un beso que me erizó la piel.

—Pero vamos a mantenerlo en secreto —le dije ese día.

Yo sabía que ese secreto no iba a durar mucho. La fiesta de promoción se acercaba y naturalmente Christian y yo seríamos una de las parejas. Nuestra relación iba a conocerse allí, cuando nos vieran abrazados. Hasta entonces solo mis padres y María Eugenia lo sabrían.

Rebeca, como todas nosotras, adoraba a Christian. Recuerdo que me pareció extraño descubrir que una chica como ella también podía sentirse atraída por un hombre.

Cuando Christian empezó a ir a mi casa los fines de semana, casi dejé de ver a Rebeca, pero nunca le dije por qué. Me llamó varias veces para que fuera y yo siempre me negaba con cualquier pretexto.

Un día, cuando faltaba una semana para la fiesta de promoción, Rebeca se me acercó en el patio. Estaba muy agitada. El pelo le tapaba parte de las mejillas.

—¿Te puedo contar un secreto?

—Sí. ¿Qué pasa?

Miró hacia los costados.

—¿Sabes quién me ha invitado a la fiesta de promoción? —me dijo—.

—¿Quién?

—Christian.

—¿Christian?

—Ay, estoy tan emocionada.

Me quedé muda.

—¿Christian te invitó?

—No lo puedo creer —me insistió Rebeca con una sonrisa—. ¿No es increíble?

—Pero ¿cuándo te invitó? —le dije.

—Ahora en la mañana, antes de la primera hora —chilló en voz baja—. ¿Lo puedes creer?

—No —le dije, y luego agregué—: qué bien.

Ella me sonrió otra vez y se alejó a toda prisa.

Mi desconcierto había durado algunos segundos. Apenas me lo había dicho, comprendí que se trataba de una broma. Christian había pensado que sería muy divertido invitar a Rebeca. Era un plan para embaucar a la tonta de la clase. Se lo reproché esa noche cuando fue a verme.

—Bueno, pero se me escapó, pues —me dijo—. Es que se me acercó y me parecía tan idiota que la invité por fastidiar pero resulta que la gorda se la creyó. Peor para ella, pues.

—Pero dile que no es verdad. Tú vas conmigo, ¿no? Tienes que decirle la verdad.

—Bueno, voy a ver. No tiene tanta importancia.

No tenía tanta importancia, claro que no.

Tres días después, cuando Rebeca se me acercó en el patio para contarme que se había mandado hacer un traje especial para la fiesta, yo fingí alegrarme.

—Qué bien —le repetí.

—Y también me han dado unos aretes y un collar —me insistió—. Lindos me quedan, ya me los probé. Eran de mi abuela.

—Ya.

—¿Vienes a mi casa este sábado?

—No. Este sábado no puedo. De repente la otra semana.

Al recordar esos encuentros con ella en el patio, me doy cuenta de que yo había empezado a odiar su alegría. Me irritaba su ingenuidad. ¿Tú crees que Christian se puede fijar en ti, gorda? Él está conmigo, Rebe. Ya verás cómo te das cuenta. Pero son unos idiotas en hacerte esa broma. Claro que sí. No lo puedo creer. Qué desgraciados. Voy a pedirle a Christian otra vez que te diga la verdad.

Todas sabíamos quiénes eran nuestras parejas para la fiesta de promoción. Todas menos Rebeca. Ella nunca había estado cerca de eso. Se sentaba en una grada de la tribuna en los recreos, y apenas hablaba con Gaby y conmigo. El colegio hizo una lista de las parejas pero ella nunca se enteró. Y yo le dejé creer que iría con Dante o con otro chico de la clase.

Así, durante esos días ardientes, en los que no terminábamos nuestro último año de colegialas, Rebeca siguió convencida de que iba a ser la pareja de Christian en la fiesta. Cuando se lo encontraba en el patio, y lo veía rodeado de sus amigos, se le acercaba con una sonrisa para decirle «ya tengo listo mi vestido» o «ya tengo mi collar». Christian le sonreía, le decía «ya» y regresaba donde su grupo de amigos para reírse.

La fiesta era en casa de Tita en La Molina, una casa de mil metros con terraza, una gran sala y un jardín con árboles.

La fecha se fue acercando. Iba a ser un sábado y yo había resuelto, desde el lunes anterior, que Rebeca debía enterarse de la broma. Es una crueldad tuya y de tus amigos, le dije a mi novio. Yo suponía que él se lo iba a tener que decir a más tardar ese jueves. Pero el jueves pasó, y también el viernes, día de la graduación. Durante el recreo del viernes Christian me dijo que ya le había informado que era una broma. No iría con ella. ¿Y cómo lo tomó?, le dije. Muy bien, dijo él mirando hacia otro lado.

Le creí sin estar convencida. Pero nunca le pregunté a Rebeca si era cierto. No me atrevía.

Y de ese modo, Rebeca amaneció el día de la fiesta, segura de que iba a ir del brazo de Christian. El día anterior se le había acercado en el patio. ¿Mañana a las nueve?, le dijo. A las nueve, contestó él.

Gracias a Tita y a Christian fui enterándome de lo que ocurrió.

La víspera de la fiesta, Tita la llamó.

—Oye, Rebeca, ¿qué te pasa? ¿Eres tonta o qué?

—¿Por qué?

—Porque Christian va a ir a la fiesta con Vero. Son enamorados, ¿no sabías?

—No es verdad, Tita. No es así.

—Pero claro.

—No. Vero nunca me haría eso.

Rebeca le colgó. Yo me enteré de esta charla dos días después.

La noche de la fiesta, Christian había quedado en recogerme a las diez. Pero pasó por la casa de Rebeca a las nueve. Había llegado allí tan guapo como siempre, con el brillo de su terno y su sonrisa, y le había abierto la puerta del auto a Rebeca, como un caballero. Era el auto que su padre le había prestado por esa noche (era el único de los chicos de la clase que sabía manejar, lo que reforzaba su leyenda). Rebeca se había puesto un traje color caramelo, un collar de perlas y los aretes de su abuela. Se había echado un perfume. Durante los diez o quince minutos que había durado el trayecto, ella habló de sus planes para estudiar administración de empresas y finanzas. Él no le había contestado. Apenas le había sonreído. En algún momento, cuando ya estaban cerca del malecón de Miraflores, ella le preguntó por qué no estaban tomando el camino a La Molina. Fue entonces cuando Christian volteó hacia ella.

—Qué tonta eres, Rebequita. Pero realmente qué tarada que eres.

Ella lo miró, sonrió, lo miró.

—¿Por qué dices eso, Christian?

Christian aceleró y tomó la Bajada de Armendáriz. Quizá en ese momento Rebeca pensó que Christian planeaba parar el auto en la playa frente al mar para besarla allí. Pero no. No podía haber pensado en eso.

El auto llegó al final de la Bajada, junto a las luces de un rancio local de comida rápida junto al mar. Christian se estacionó.

—Mira, allí hay un puesto de hamburguesas —le dijo a Rebeca—. Te dejo aquí mejor porque como eres tan gorda, lo que tú quieres es comer, no bailar. Así que bájate.

Oswaldo le había dado la idea. La bajas a la playa y la dejas en ese sitio de hamburguesas para que coma la gorda. Lo que quiere es comer, no bailar. Qué divertido, carajo.

El idiota de Christian había seguido las indicaciones de Oswaldo y lograba para él y para su grupo la oportunidad de celebrar su broma realizada.

—¿Qué? Pero ¿por que dices eso?

—Ya bájate, gordita. Bájate, bájate.

Le había abierto la puerta. Rebeca se bajó frente al restaurante de hamburguesas y sintió el aire salado estallando en la piel. Se quedó allí, viéndolo partir en la oscuridad.

* * *

Cuando Christian me recogió, media hora después, seguía luciendo muy bien. Con su terno ajustado, sus ojos verdes y su voz impecable, parecía la pareja ideal para la fiesta de promoción. Le volví a preguntar si había desengañado a Rebeca, si le había confesado que su invitación era una broma y me mintió que sí. Lo dijo con tanta naturalidad y pasó a otro tema con tanta rapidez que yo descarté el asunto.

Cuando llegamos a la fiesta, todo estaba organizado para que yo me olvidara de Rebeca. La casa tenía paredes altas, con cuadros grandes, mesas de cristal colmadas de flores y un jardín con una piscina y un toldo. Al llegar, estaba sonando *Pedro Navaja*.

La voz de Rubén Blades nos introducía a la enorme burbuja de felicidad que se había fabricado para recibirnos y almacenarnos en la casa hasta la madrugada. Allí estaban ya Tita, Doris, Hugo, Oswaldo con sus parejas. Habían llegado también algunos padres de familia (un señor calvo y de barriga respetable que yo imaginaba el dueño de casa estaba sentado en el sillón principal de la sala). También estaba Miss Tina. Los adultos sostenían vasos de whisky, nos sonreían con frases condescendientes y nosotros los ignorábamos bailando, conversando y algunos (yo no me atrevía), fumando marihuana cerca de los árboles.

Desde muy pronto me propuse que todos supieran que Christian y yo éramos mucho más que la pareja de una fiesta. Tomé su cabeza entre los brazos en la primera pieza y me apreté a su pecho apenas la música terminó. Sentía a la gente mirándonos. Todas mis amigas estaban comprobando que Christian era mío.

Después de un rato, fue él quién me llevó a la zona del jardín donde empezó a decirme algunas tonterías («Pienso tanto en ti», «Eres tan linda, oye», «Quiero que estemos siempre juntos, chiquilla»). Yo en ese momento solo sentía que mi deseo aumentaba. Mi emoción apenas me permitía contestarle lo mejor que podía a sus declaraciones. Estaban tocando otra vez *Pedro Navaja*.

Entonces ocurrió algo. Poco antes de que él me besara, alguien se estaba acercando a nosotros.

Era Rebeca, con el pelo revuelto y el vestido color caramelo rasgado de manchas. Había tenido la audacia y la torpeza de ir a la fiesta después del abandono de su falsa pareja. Se habría subido a un taxi y habría ido allí para buscar una explicación.

Rebeca nos miró a Christian y a mí con los ojos desmesurados, como los de una persona que ve aparecer a un fantasma. Una luz de terror resplandecía en su piel.

Sentí un escalofrío en la garganta. Pero cuando estaba a punto de apartarme de Christian, él me abrazó y me besó. Yo no hice nada por impedirlo. Cerré los ojos, y sentí la dura profundidad de sus labios.

En ese instante, algo se movió cerca y oímos un ruido. Doris había visto a Rebeca.

—Miren quién vino —dijo—. Es Rebeca, Rebaca, grande y gorda como una vaca.

Desde el jardín vi que un grupo se organizaba, movido por un solo impulso que concertaba a diez o quince de mis compañeros de clase. Era obvio que muchos de ellos ya habían bebido más de la cuenta. Para mala suerte de Rebeca, Gaby, la única que la habría defendido, no estaba en la fiesta. Creo que fue Tita quien cogió a Rebeca de la mano y la jaló a la pista de baile. Allí se formó un círculo. Desde el jardín lo veíamos todo.

—Qué gracioso —me dijo Christian.

Me tomó de la mano y me condujo hasta allí. Todos estábamos formando un círculo alrededor de Rebeca. Algunas habían empezado a repetir un estribillo («Baila, gorda, baila») mientras aplaudían.

Rebeca estaba al centro, casi inmóvil, azorada, mirando de un lado a otro, perdida en la humillación y el horror del sitio que ocupaba. El borde de la falda estaba manchado de negro, seguramente la huella de una larga caminata o de algún taxi inmundo que había tomado. En ese momento yo ya había entrado al círculo pero no aplaudía ni cantaba como los otros.

Parada en medio, de pronto Rebeca hizo un movimiento. Se estaba acercando a Tita con los brazos delante, buscando salir de la ronda, pero Tita la devolvió al centro. Todos seguían palmeando y cantando. Entonces Rebeca se acercó a Oswaldo para tratar de salir pero éste también la devolvió. De pie, en medio del círculo, me miró a mí. Sus ojos eran tan grandes y brillantes... Se me acercó. Yo miré a la gente del resto del círculo y alcé los brazos, y la empujé otra vez al centro. Recuerdo cómo retrocedió sin dejar de mirarme.

Fue entonces cuando todo se paralizó. Miss Tina, que estaba en la sala con los padres, había escuchado el ruido y se había puesto de pronto en el medio de la ronda con un grito que aún retumba en mis oídos.

—¡Basta! ¿Qué les pasa a todos ustedes?

Todos dejamos de cantar y de aplaudir y el círculo se disolvió con la misma prisa con la que se había armado.

Cuando volteé hacia donde había estado Rebeca, ya no la vi.

En realidad, entre los que estuvimos esa noche, nadie recordó haberla visto salir de la casa. Fue como si se hubiera cumplido por primera y única vez el deseo de que la tierra se tragara a alguien.

Luego sobrevino un largo mutismo colectivo. Casi todo el resto de la fiesta siguió así, en un silencio marcado por los restos de conversación sobre el incidente. Aunque la música continuaba en los parlantes, durante un buen rato se formaron solo grupos aislados. Un poco después de la medianoche, las parejas salieron a bailar y la reunión se animó otra vez. Yo ya no bailé con Christian y me quedé casi sin hablar las interminables cuatro o cinco horas más que estuve con él. Nuestra relación terminó al final de ese verano, cuando empecé a estudiar en la universidad.

En algún momento, esa noche de la fiesta, escuché la voz de alguien que dijo: «El tono estaba tan bien hasta que la gorda vino a joderlo todo».

* * *

Al día siguiente, me desperté a las dos. Christian, Tita, Oswaldo y yo habíamos ido a tomar desayuno a un restaurante de chicharrones en Lurín y yo les dije que me parecía terrible lo que había ocurrido.

—Bueno, sí, pero no es para tanto —dijo Tita—. ¿Para qué es tan sonsa, pues?

Esa tarde de domingo, Tita me llamó para darme la noticia.

—Oye, dicen que Rebeca hasta ahora no regresa a su casa. Su mamá llamó a mi casa, desesperada.

Esa misma noche, Tita me llamó de nuevo.

—Ya apareció. La encontraron en la playa.

—¿Qué?

—Sí. ¿Cómo se habrá ido desde La Molina hasta la playa? Imagínate toda esa distancia.

—No sé. Después de lo que le hicieron yo me iría corriendo hasta cualquier sitio.

—¿Cómo que «le» hicieron? —me dijo—. No, hijita. Tú también estuviste en el asunto. No te hagas. Yo te vi que aplaudías con nosotras.

Colgué.

Poco después me dijeron que la había encontrado un guardacostas. Rebeca entró al mar y un guardacostas la había rescatado. Supe también que ese lunes su madre había ido a hablar con la directora del colegio sobre lo ocurrido. La directora le dijo que lo sentía mucho pero que no podía fijar una sanción contra alumnos y alumnas que, técnicamente hablando, ya se habían graduado. La madre se fue dando un portazo. Eso nos contaron. Y eso fue casi lo último que supe de ella durante veinticinco años de disimulo, hasta la noche en que me la encontré sentada a mi lado en un avión que nos traía de regreso a Lima.

* * *

¿Por qué nunca habíamos hablado de ese día? ¿Por qué apenas las menciones y las insinuaciones? El miedo me había paralizado cada vez que me acercaba a hablar de eso pero no entendía del todo por qué ella también había desviado el tema o lo había evitado.

Al ver otra vez su cara en medio de la ronda de esa noche, pensé en la línea delgada por la que había caminado siempre. Nadie podía ponerse en su lugar. Compadecerla era imposible. Todos habíamos vivido más acá del recuerdo. Las irónicas órdenes que da cada latido del corazón.

237

El lastre de las voces y la música. Ocupar algunos espacios secundarios. Irse de la casa, salir de viaje, buscar un jardín, entrar en las calles, en las habitaciones, irse a las playas de Miami, administrar su empresa, mudarse de un país a otro, el esfuerzo descomunal de una vida como la suya. La sangre tiene una fe ciega en el movimiento. El paso del tiempo estaba de su parte. Ella había logrado huir del colegio y se había escapado para siempre de sus compañeras de clase.

Ahora le llegaban, distantes, las noticias. El tiempo también hace sus rondas y se burla de sus víctimas. Son, cómo decirlo, rondas lentas; tienen la monótona música de la rutina. Oswaldo se sumergía en un vaso de whisky todas las mañanas, Tita Traverso lucía su frente de arrugas solitarias en la cola para entrar al cine. Y Christian se había estrellado en su auto nuevo. Pero Rebeca había resistido. Estaba viva. Me habría gustado sentir solo lástima por ella. A lo lejos, en la ventana, la luz de un poste parpadea. Me parece que se mueve al son de alguna música. Baila, gorda, baila.

XIX

Hasta ahora mientras me cargan y me bajan de la ambulancia apenas he visto algunas caras anónimas, un enfermero que me dice cálmese, cálmese, me pone en la camilla, y un médico de guardia en la sala de emergencias. El médico me informa que los tejidos están dañados y que se ha afectado la tráquea, pero que la herida no ha alcanzado la arteria. Sin embargo, creen que hay que operarme.

Luego, instalada en el cuarto, veo aparecer a Pepe Barco, que me toma de la mano, examina la herida y ordena traer al anestesista. «Ya, Verónica, hay que recomponer los tejidos, vamos a tener que operarte, pero no te ha cogido la arteria, no te preocupes que todo va a salir muy bien».

El señor Gubbins había atinado felizmente a ponerme agua oxigenada en la herida y un pañuelo. Lo más importante, me dicen, es que apretó con todas sus fuerzas y paró la hemorragia. Por suerte la ambulancia llegó en minutos. El susto y el dolor no me dejaban tranquila, pero no sé por qué, nunca pensé que iba a morirme.

Todo ha pasado tan rápido. Con los puntos de sutura, solo me queda recuperarme y pensar en la cirugía plástica para borrar las huellas. Estoy echada en una cama de fierros blancos en el último piso de la clínica. No le llegó a la arteria carótida, repite alguien. Felizmente. De pronto todo se nubla.

Me pierdo en la oscuridad, lejos de lo que acaba de ocurrir. Luego me dicen que he dormido un día entero.

Cuando despierto, el cuarto está vacío. Solo un ruido de pasos en el corredor como para demostrarme que no estoy en un sueño. El cuarto vacío. Mejor así. No ver a nadie en ese momento. Si alguien me trajera un espejo… pero mejor no.

De pronto una enfermera entra y me pregunta cómo estoy.

* * *

Me han puesto un suero de antibióticos para controlar lo que los médicos llaman los anaerobios. El dolor, el susto, la vergüenza, el temblor en las piernas, se atenúan con la llegada de la luz.

* * *

Los primeros en llegar ese día fueron Sebastián y Giovanni. Luego vino mi padre (creo que había estado llorando). Me vieron las vendas. Les puse mi mejor expresión, les dije que no había sido tan grave. Tan buena gente que parecía tu amiga Rebeca, me dijo Sebas. No sé qué le pasó. Pero tenemos que hacer que la capturen a esa mujer, acotó Giovanni.

También llegó a visitarme la gente del periódico. Milagros, Chachi, Fito Cárpena (me llevó un ejemplar dedicado de su poemario). También fue Lucho. Una tarde se formó un grupo inmenso dentro del cuarto. Todos hablaban al mismo tiempo, parecía una fiesta. Sólo faltaba la música.

Por fin se fueron.

Al día siguiente, Milagros me dijo que ella se encargaría de todo el trabajo hasta que yo me recuperara. El tema del lanzamiento de la nueva sección internacional podía esperar un tiempo.

Fue a verme el abogado del periódico. Por coincidencia se llamaba también Christian. Un tipo delgado, blanco, de pelo corto. Llevaba un maletín.

—Quería consultarte si quieres iniciar acciones legales contra la mujer que te atacó —me dijo, mientras sacaba un fólder.

—No, Christian. Voy a dejarlo allí nomás.

—¿No quieres que el periódico te ponga un guardia de seguridad aquí?

—No. Qué tontería —le contesté.

Me dijo «Muy bien, como quieras», y se fue. Cuando vino a verme el señor Gubbins, le respondí lo mismo. Abrirle un juicio a Rebeca era algo que no había pensado. La versión que circuló fue que mi compañera de estudios había tenido una enfermedad mental bastante seria. Por supuesto que hubo otros rumores.

Yo me preguntaba lo que estaría haciendo, lo que habría hecho Rebeca. ¿Cómo habría sido su regreso a la casa el día del incidente?

Tres días después de mi llegada a la clínica, apareció Patrick. Fue muy temprano, antes de las horas de visita. Su inesperado coraje me conmovió y me incorporé para recibirlo. Me había traído una caja de bombones.

—Hola, nena. Caramba, cómo te atacó esa mujer.

—Sí.

—¿Estás mejor?

—Estoy bien. Voy a salir en unos días.

—Ya.

Me tomó de la mano. Felizmente no quiso besarme.

—¿Sabes algo sobre ella? —le dije—. ¿Sigue viviendo allí?

—Ya no.

—¿Ya no?

—Se fue. Esa misma noche. Dejó la llave y se fue. Ahora a veces aparece una agente inmobiliaria y les muestra el apartamento a los interesados.

—¿Así que se fue?

—No pienses en eso ahora. Mira, cómete un bombón de los que te traje, vamos.

Le pregunté otra vez por ella pero me dijo que no sabía más. El apartamento estaba cerrado.

La visita de Patrick duró poco. Nena, me dijo, me voy al sauna. Gracias por venir, le contesté. Lo veía muy pálido. El sauna te va a hacer bien, Patrick. Se detuvo en la puerta y se terminó de despedir.

Giovanni me visitaba todos los días y siempre de buen humor. Me traía revistas y libros.

Durante ese tiempo, me sentí muy unida a él. Los mejores momentos eran los de nuestros saludos y despedidas. Se sentía verdaderamente triste de tener que dejarme. Me besaba tomándome de las mejillas. A veces me llamaba al llegar a la casa.

Creo que el hecho de llevarnos tan bien durante esos días fue lo que me animó a pedirle que nos separáramos. Para mi sorpresa, lo tomó muy bien, incluso con alivio. Pero eso fue luego.

Cuando él o una amiga insistían en preguntarme qué había ocurrido, les decía que Rebeca era una antigua compañera de clase. Creo que tiene problemas pero por eso mismo hay que comprenderla, dije. Cómo que comprenderla. Que la comprenda otra, la policía por ejemplo. ¿Por qué no la denuncias, oye?

Por lo general, la gente se marchaba sospechando que había algo que no les contaba.

La difusión de la noticia llegó a controlarse. Me enteré de que algún periódico chico publicó una nota sobre el incidente pero el resto de los diarios guardó discreción. El rumor corrió por Lima por supuesto y se concretó en algunas visitas ávidas de saber más sobre Rebeca. Hasta Tita fue a visitarme. Me dijo que muchas amigas lo comentaban.

* * *

La clínica es una rutina de enfermeras que me dan los buenos días y me ponen inyecciones. El olor a cuerpos tratados con alcohol y jabón me llega desde el pasillo. Hay ruidos distantes en la pared, mucha gente que camina o que se reúne a hablar afuera.

Recibo bandejas con gelatina, sopas de fideos, visitas cariñosas de personas que me traen revistas. Lo soporto todo bien. Los médicos insisten en que mi mejoría es notable. Las cicatrices van a desaparecer con la cirugía. En el periódico, Milagros se ha hecho cargo. En la casa, Giova y Sebas se las arreglan bien. Cuando viene Sebastián, me incorporo de golpe. Hablamos mucho y de todo. He logrado incluso repasarle la tarea.

Pepe entra a examinarme todos los días.

—Habría podido matarte, ¿sabes? Si hubiera presionado más, te habría roto la arteria carótida —me dijo—. Habríamos tenido que ponerte un tubo de teflón, eso si no te morías en el camino.

La idea me parece extraña. En cierto modo le debo la vida a Rebeca. Según el doctor, ella había elegido no matarme.

* * *

En ningún sitio he tenido más tiempo libre que aquí. Leo, escribo, veo televisión. También recuerdo muchas cosas.

Agradezco el silencio. Cuando me quedo sola, me parece que soy capaz de tomar posesión del silencio. Puedo estar conmigo misma.

Me han quitado la aguja del suero. Ya no tengo dolor sino una picazón en la garganta. Me han quitado las vendas y las han reemplazado por una gasa.

A veces recuerdo la sensación de sus dientes. Me parece extraño sentir que en ese recuerdo hay algo de placentero. No lo entiendo, pero es así.

O quizá sí lo entiendo.

Me parece que la aparición de Rebeca ha sido como la irrupción del desorden de la vida. Antes, al cruzarme con gente como ella, siempre había buscado pasar por un puente cubierto de paredes negras, que no me obligara a mirarlas. Si alguien me amenazaba con su torpeza o con su afecto, me había apartado con una frase cortés, había buscado la guarida de mi supuesta dignidad, el refugio de mi temor y mi prudencia. Y mi elegancia, por supuesto. Siempre, siempre mi elegancia o mi belleza, no sé, todavía pensando en eso. Apartarme de las personas vulgares o de las torpes o de las necesitadas. Siempre. Pero un día todas me habían alcanzado. Habían regresado a mí bajo la forma de Rebeca. Se habían confabulado para recordarme el abismo en los ojos que no me había atrevido a mirar de frente. Obligada a detenerme a la mitad del puente, a tener que mirar hacia atrás y hacia abajo. Y ahora…

* * *

Un día apareció en la clínica Tato Drago. Estaba casi irreconocible. Parecía más lozano, llevaba un traje limpio

244

y una gran sonrisa. Me había traído unas revistas. Espero que te sientas mejor, Verónica, me dijo. Además tenemos un almuerzo pendiente, ya sabes.

Por primera vez, lo pasé bien hablando con él. Tuvo el tino de hacer una visita corta.

Esa tarde me quedé sola. Apenas podía moverme, no me atrevía a ponerme de pie. El retazo blanco de la ventana me parecía una pared, la pared sin forma del cielo que cubría la avenida.

Me incorporé. Me acerqué a la ventana. Los carriles de la avenida, una materia borrosa, unos puntos que se mueven. Allí, en el puente, en las veredas, la gente que avanza como impulsada por la fe en algo. El pasado no está atrás sino dentro, un velo que sale de las cosas, la sangre dispersa en la neblina.

Una enfermera entró al cuarto y se quedó mirándome. ¿Qué hace allí, parada?, me dijo.

* * *

Pepe Barco viene todos los días. Es reconfortante verlo entrar. Me dice que voy a salir pronto.

Me duermo, me despierto. La luz incierta de las sábanas. Es muy tarde o muy temprano. Una oscuridad lechosa.

María Eugenia entra. Me incorporo.

—Caray, todavía me siento culpable. Cómo te atacó esa Rebeca. Y yo que la defendía.

—Sí, pero ya me siento mejor. Ya jugaremos tenis en un par de semanas.

—Ya.

—¿No sabes nada de ella?

—No. ¿Cómo voy a saber?

* * *

245

Cuando María Eugenia se va, me levanto y salgo al corredor.

Me parece que voy a verla llegar. Oigo el silencio. No hay nadie.

* * *

Esa noche la extraño. Habría querido que estuviera allí. No me lo explico.

De pronto todo se aclara.

Aunque no sé la razón, creo que todo lo que me ha ocurrido tiene algo que ver con lo que pasó esa noche en la fiesta. Así como puede haber un virus que a una cierta edad entra a nuestro organismo para siempre, creo que el recuerdo de esa noche, la música, las voces, las palmas que yo batía, circula desde entonces en mi conciencia. Las pesadillas de la culpa se han vuelto realidad y todo está claro.

¿Hay un modo de decirlo? Creo que he permitido que la vida se tomara sus atribuciones conmigo. Que mi padre me ignorara, que Christian me besara frente a Rebeca, que Giovanni se casara conmigo, que Patrick me llevara a su apartamento. Había asistido, sonriendo, a fiestas a las que no quería ir. Había pedido que todos me aprobaran antes de escaparme a mi cuarto sola. Era la delincuente más disimulada de todas. Y ahora mis pecados de omisión reaparecían en las voces de fantasmas que cantan.

Recuerdo las escenas de mis encuentros con Rebeca. Las tardes escuchando música y conversando en su casa, los libros que nos prestábamos, las salidas al cine. Veinticinco años después, allí estaban. La noche que nos vimos en el avión y su aparición en la cafetería la tarde siguiente y sus desatinos en el cóctel de la embajada americana y sus frases pidiéndome reunirnos en el parque. Todo me parece el texto y las escenas de un cuento en el que somos dos hermanas perdidas, dos hermanas que se reencuentran cuando ya pensaban que nunca iban a verse.

Me levanto y camino por el cuarto. Me acuesto.

Son las cinco y media y las visitas son hasta las seis. No va a venir nadie más por hoy. Estoy otra vez sentada en la cama, con una revista.

De repente hay un sonido. Una luz ceniza sobre la habitación. La puerta se abre. Un perfil va emergiendo del borde. Su cuerpo va entrando en el aire. Es ella. Rebeca.

XX

Tiene un traje blanco, el peinado tenso, los ojos iluminados por el miedo.

Ha traído un ramo de flores. Lo sostiene entre los brazos, como si estuviera acunando a un niño. Se acerca a la
cama y se queda parada. No se mueve. Me observa.

Yo pienso en apretar el botón de alarma para llamar a
la enfermera. Siento miedo y al mismo tiempo estoy fasci-
nada de verla.

Me deja las flores en la cama. Las pongo sobre la mesa.
Es algo absurdo pero pienso que debo llamar a una enfermera para que me traiga un florero.

No digo nada. No sé cuánto tiempo nos quedamos así,
las dos solas, y en silencio y mirándonos de frente. Por fin
ella baja la cabeza.

Su rostro se va transformando. En el lapso de unos segundos, la veo pasar de la palidez inicial a un color rojo
encendido. Las mejillas se van ampliando. Tiene los ojos
llenos.

Es el momento más temido y esperado de los últimos
días.

Trato de controlarme. Ella se da cuenta.

—No tienes que llamar a la enfermera —me dice—.
No voy a hacerte daño. Más bien...

Se sienta en el borde de la cama, se agacha y pasa a un estado de explosión silenciosa. Está llorando con la cabeza entre los brazos. Llora con golpes leves, perdida en su oscuridad, como no he visto llorar a nadie. Cuando por fin se recupera, confundida entre un esfuerzo de toses y manos en la cara, me dice con la voz húmeda:

—No sé cómo pude hacer algo así, Verónica.

Me mantengo a cierta distancia. Ella me mira con los ojos hinchados de rojo. Me siento inmensamente aliviada, casi feliz.

—Bueno, por lo menos sigo aquí —le bromeo—. Y me diste unos días de vacaciones del trabajo.

Da un suspiro.

Se pone de pie. Pienso en lo que pasaría si alguien entrara en ese momento y me encontrara con ella.

Hay unos pasos en el corredor. Puede ser alguna de mis amigas o alguien del periódico. Rebeca no parece advertir el peligro. Los pasos se van acentuando. Finalmente, oigo con alivio que se abre la puerta del cuarto vecino.

—Vine a esta hora— me dice, mirando el suelo— porque no quería quedarme mucho tiempo. Ya sé que las horas de visita terminan a las seis.

—Ya.

—Solo quería ver cómo estabas, pedirte perdón, y nada más.

—Estoy bien.

* * *

Volteó. Tenía la mirada adolorida, como si acabara de ofenderla.

—Es que vi en el periódico la noticia de la presentación del libro, y vi tu nombre. Y fui a verte. El día anterior te habías ido tan molesta, y bueno, no sé.

—¿Así que fuiste a verme?

—Pensé en ir a verte nomás. No decirte nada. Solo verte. Pero luego estabas hablando en el podio, tan bien, y pensé en todo lo que nos había pasado y me acerqué, no sé en qué estaba pensando. Fue un momento en que no supe quién era. Primero estabas cerca de mí, y de repente estabas en el piso, toda ensangrentada. No lo puedo creer. ¿Sabes lo que hice cuando salí de allí? Fui corriendo por las calles, me pasé corriendo todo Larco, llegué al mar, cerca del faro, y pensé en tirarme pero no pude.

Rebeca empezó a hurgar en el bolso. Sacó una pistola grande y negra. Tenía un cañón largo.

—Habría sido más fácil usar esto — me dijo—. Pero no me he atrevido hasta ahora.

Me quedé mirando el arma. Nunca antes había estado tan cerca de una pistola.

—Por favor, Rebeca —le dije—. Guarda eso.

La puso en la cartera otra vez, la manipulaba con naturalidad. Di un suspiro de alivio. Se sentó en el borde de la cama.

—En vez de irte de allí, me hubieras ayudado a recuperarme —le dije.

—Tenías a un montón de gente que te ayudaba —me sonrió entre lágrimas—. Tenía que irme. No podía ver lo que había hecho.

—Así que hiciste lo mismo que el día de la fiesta de promoción —le dije—. Te fuiste a la playa.

—Sí, como ese día. Pero esta vez hice algo terrible, no me explico cómo pude hacer algo así. No sé.

Me sonreía como si en ese instante tuviera un buen recuerdo.

—La fiesta de promoción —le dije.

—Nunca hablamos de eso. Aunque no lo creas, no me atrevía —movió la cabeza.

—Siempre quise preguntarte algo, Rebeca.

Un mechón le cayó sobre la frente. Seguía sentada en el borde de la cama, balanceaba las piernas lentamente.

—¿Qué?

—¿Cómo llegaste a la casa en La Molina esa noche? ¿Por qué fuiste?

—Quería saber.

—¿Saber qué? ¿No te dabas cuenta de que lo único que querían hacer el idiota de Christian y sus amigos era burlarse de ti?

—Sí, pero quería ir de todos modos. No sé... de repente quería pedirle explicaciones, y además, quería saber si tú estabas allí... Y no podía volver a mi casa. No podía volver a mi casa así como estaba. ¿Qué le habría dicho a mi mamá?

De pronto la puerta se abrió. Una enfermera me estaba trayendo una pastilla con un vaso de agua. Eran órdenes del doctor Barco. Mientras yo la tomaba, Rebeca miró hacia otro lado.

Nos quedamos solas otra vez.

—¿Y cómo llegaste?

—Tomé un taxi. No fue tan fácil llegar, el taxi se perdió. Y cuando me dejó allí, me quedé un rato afuera antes de entrar. Tenía mucho miedo, pero estaba decidida a ir donde estaban ustedes.

Las imágenes de la fiesta se concretaban. Pensé que a nuestro alrededor empezaban a verse los globos y el tabladillo y a oírse la música de Rubén Blades.

—¿Y qué pasó cuando entraste?

—Los señores de la casa me recibieron con mucho cariño. Y me preguntaron por mi pareja. Pero yo les dije que habíamos quedado en encontrarnos allí. Y entré a la casa. Y fui al jardín, y los vi a Christian y a ti. Yo era tan tonta, no sabía nada de lo de ustedes. Tita me lo había dicho y no le creí.

—Él me dijo que ya te había dicho la verdad.

—¿Sabes algo?

—¿Qué?

—Me alegro de que Christian se haya muerto. Me alegro mucho.

—¿Sí?

Movió la cabeza, como si en su aprobación a la muerte de Christian le estuviera agradeciendo a la venganza que recibía del mundo. La muerte de Christian, unas disculpas de la realidad, una ofrenda que había recibido del azar. Christian se había burlado de ella y luego se había muerto en un accidente de automóvil. El cuerpo delgado y veloz de Christian había estallado. Se había hecho justicia. Atrás habían quedado sus burlas (Te dejo aquí porque como eres tan gorda, lo que tú quieres es comer, no bailar, así que bájate, gorda). Ahora ya no podía decirle nada parecido. Estaba tendido en algún lugar de Indianápolis. Y Rebeca estaba allí, conmigo. Era casi para reírse.

—Toda la vida es una suma de casualidades y hay que esperar a que lleguen las que están a favor nuestro —me dijo—. He pensado en eso muchas veces.

Sentí el rumor creciente en la ventana. A esa hora la Avenida Javier Prado se poblaba de ruidos. Un montón de autos con personas que empezaban a dejar sus oficinas y a irse a sus casas, donde los esperarían sus familias. El ruido golpeaba y rebotaba en los edificios de la avenida, y en mi ventana.

—No es bueno alegrarse de la muerte de nadie —le comenté.

—Así que estás muy cristiana a estas alturas —se rió—. ¿Dónde estaba tu cristianismo esa noche?

Alzó la mano, como descartando cualquier respuesta que pudiera darle.

—No me has terminado de contar —le pedí.

—¿Contar qué?

—Cómo te fuiste de la fiesta. Nos dijeron que apareciste en una playa.

Me parece aún estar escuchando lo que me dijo a continuación. Lo puedo reproducir casi todo.

Se levantó. Se sentó en el sillón. Luego se puso de pie. Caminaba de un lado a otro.

—Cuando Miss Tina interrumpió la ronda, yo salí de la casa a toda velocidad, lo más rápido que pude. Empecé a correr. Lo único que no quería era que alguna de ustedes fuera a pedirme disculpas. Quería irme, irme, irme nomás. Quería huir de allí, estar lo más lejos posible de ustedes, de ti sobre todo. Eso era lo que quería. Entonces corrí por la pista. Corría aterrada, no me cansaba, corría nomás. Mientras más corría, más ganas tenía de seguir corriendo. Así que llegué a Molicentro y luego a la Avenida Raúl Ferrero. Vi a mi izquierda la figura de un inmenso gato que me pareció me iba a perseguir. Algunos carros pasaban volando a mi alrededor. Me zumbaban al costado. Por un momento pensé que habría sido bueno que alguno de ellos me atropellara en ese momento. Me habrían velado al día siguiente en el colegio, y a ustedes las habrían obligado a estar junto a mi cuerpo. Era una escena soñada. Todas ustedes arrepentidas, consternadas, castigadas, frente a mi cadáver. Habría sido lindo. Pero ningún carro me atropelló y cuando llegué al cerro, empecé a subir. Subía corriendo, a grandes trancos, me llenaba de polvo. Por fin llegué a lo alto del cerro, y poco después, me detuve. Me quedé allí. ¿Sabes por qué me quedé allí, Verónica? Porque vi desde lo alto del cerro las luces de Lima. Vi la oscilación de las luces y algunos edificios abandonados al fondo, y me di cuenta de todo el silencio que había en ese paisaje de luces, era como un cielo de estrellas en las que estaba dibujado mi destino, sabes, era como mi destino el que me esperaba allí, cada luz era como una irradiación maligna, un punto que iba a quemarme el cuerpo un día, yo solo quería entrar en la oscuridad y quedarme allí pero cada luz estaba hecha para iluminarme, para iluminar mi cuerpo. Por eso tenía que seguir más allá. Iba a llegar al mar, me había propuesto llegar al mismo sitio donde Christian me había dejado, pero en ese momento no podía. Las piernas me dolían y me quedé allí sentada, hasta que vi las luces rojas de un carro que paraba. Había un carro detenido a mi lado, era increíble. De repente una señora se bajó del carro y me preguntó qué me pasaba. Lo primero que vi fueron sus pies en sandalias en el polvo. Eran dedos gruesos, no puedo olvidarlo, sabes, su pie pisando el polvo a mi lado. No lo puedo olvidar. Es una imagen que atesoro. Era la primera vez que alguien había sido amable conmigo, o sea que una persona extraña había sido amable conmigo. Entonces cuando la vi salir del auto a esa señora y me preguntó qué me pasaba, algo se quebró en mi garganta, y lo único que hice fue echarme a llorar. Ella se sentó a mi lado, ¿sabes? Yo creo que ese fue un momento feliz de mi vida, o sea estallar en llanto con alguien. La mujer se levantó para poner el carro a un costado de la pista y regresó donde mí. Y se sentó. Era una mujer de pelo entrecano, con un traje largo. Y tenía esas sandalias. No me preguntó qué había pasado, se quedó allí nomás. Me abracé a ella, y le mojé los hombros, estaba empapada. Después de un rato yo estaba sentada en su auto y ella manejaba. Me preguntó si quería que me llevara a algún lado, y le dije que al mar, quería ir al mar. Así que sin decirme nada manejó hasta allí. Pero no me dejó en la playa, me dejó en el Malecón de Miraflores. Cuídate mucho, me dijo al despedirse. La vi partir. ¿Quién sería esa señora que me dejó allí esa noche? Pero me salvó la vida. Yo había decidido volver al lugar donde me había dejado

Christian, así que bajé hasta la costa. Y me sentí tan feliz cuando sentí el agua helada en el cuerpo, no fue algo que decidiera sino que ocurrió nomás.

—Nos contaron que te salvó el guardacostas —la interrumpí.

—No. No. Esas son tonterías. Fue esa señora, la que me recogió.

—¿Esa señora?

—Sí. Ella me quitó fuerzas. Me quitó las fuerzas que necesitaba. Fue ella. Al mostrarme su cariño. Su voz. Cuídate mucho. Y entonces no pude seguir. Regresé a la orilla. Así que acabé sola, en la playa, y me quedé dormida en la arena hasta el amanecer.

—¿Y qué te dijo tu madre?

—Al comienzo le mentí, pero luego tuve que contarle todo. Me ayudó mucho a su manera. Me ayudó desde entonces. Tenía una prima en Ohio, así que me fui para allá. En Estados Unidos estuve unos años, estudié, y luego viajé por Europa. Hace un año regresé a Lima. Ahora le hablo al retrato de mi madre. La recuerdo con todas mis fuerzas. Le digo que he tenido momentos buenos en mi vida también. He hecho viajes, he ganado dinero, incluso he tenido algunas amigas. ¿Sabes que he visto a Gaby, la del colegio, de vez en cuando? Le va muy bien. Pero no la veo mucho tampoco. ¿Sabes qué? Yo sé lo que tengo. El psiquiatra me lo ha dicho. Soy como una niña, no puedo controlar mis impulsos. No he podido crecer como una persona adulta. Ese es el problema que tengo. No he podido socializar, no he logrado integrarme a ningún grupo. Siempre viviendo sola, apartada. Y entonces...

Hubo un silencio largo.

—Yo también siento que soy así, la verdad —le dije—. A veces...

—Ya.

—También siento eso. Que no pertenezco a ningún grupo, y que casi no tengo amigas de verdad, y bueno, pero tengo a mi familia. Claro, eso sí. Pero, dime, ¿qué más te dijo el psiquiatra?

—Que yo debía entender.

—¿Entender qué?

—O sea, entender lo que pasó en el colegio. Me dijo que ustedes me hacían esas cosas porque pensaban que era una chica muy rara, diferente de todas ustedes. Ustedes no tienen toda la culpa. Tú tenías razón. Yo debo darme cuenta de lo que soy. Soy diferente de todas ustedes, pero también soy una persona normal. Soy una mujer normal, con una educación demasiado estricta y muy sola. Muy sola, muy sola. Pero soy como cualquiera de ustedes. Y lo único que hubiera querido en estos años habría sido tener a una pareja. Tener a un hombre. Y tener un hijo. Sentir que podía vivir con alguien. Y llegar a mi casa y estar con él. Saber que me esperaba. Eso nomás. Pero siempre supe que eso nunca iba a ocurrir. Ni siquiera pensé que era una posibilidad. Pero no importa, no importa. Hay un impulso de fe ciega que se va formando en las personas, ¿sabes?, algo que podríamos llamar la autoestima, o la confianza en una misma, no sé cómo llamarlo. O sea, eso es casi la materia de la que están hechos los sueños. Es lo que te hace resistir, tener la convicción de que te va a ir bien en tu trabajo o con tus amigas. Es un punto desde el cual se puede construir algo sólido, algo que soporte al movimiento de las cosas de afuera. Gracias a eso puedes sentarte un día en un escritorio y escribir algunas ideas para un proyecto, y puedes recibir órdenes de tu jefe, y llamar por teléfono a alguien para invitarlo a salir, y llegar a tu casa y probarte un vestido frente al espejo. Una tiene que tener un enorme valor, a veces una temeridad inmensa, para ponerse frente a un espejo, y mirarse, y mirarse. ¿Te has dado cuenta de que nadie puede mirarse mucho rato? Nadie, nadie. Ni siquiera la gente más guapa. Apenas un atisbo, pero no mucho rato. Pero eso es un asunto de cada una, lograr que tus piernas te sostengan. Que puedas tener las piernas bien puestas sobre el mundo, y que puedas resistir el mundo. Yo he logrado encontrar algo de esa autoestima, pero por mi madre. Por el recuerdo de mi madre. Por ella nomás. Pero si te he estado buscando todo este tiempo, si te he fastidiado tanto, ha sido porque pensaba que tú eras la única persona que podía decirme algo más. Algo sobre lo que pasó esa noche hace veinticinco años, en el colegio, en los patios, en los corredores, en las clases, o sea qué pasó conmigo que apenas nadie quiso que yo tuviera una vida normal. ¿Por qué? ¿Sólo porque yo era tan distinta?

Sentí el ruido de las bocinas desde la avenida.

—No sé —le dije.

Asintió con la cabeza. La vi mirar hacia la puerta.

Una enfermera entró. Era la misma que me había llevado las pastillas.

—Disculpe, se ha terminado la hora de las visitas —nos informó.

—Ya —contesté.

Entonces me pareció que el cuerpo de Rebeca se había inmovilizado. Estaba allí, de pie, cerca de mí, pero inmóvil, como si de pronto toda posibilidad de movimiento hubiera huido de su cuerpo. Por un instante pensé que se había muerto y que solo tardaba un poco en caer al suelo.

—¿Y tú? —me dijo de pronto.

Se sentó. Se apoyó en el espaldar del asiento. Estaba sudando. Creo que nunca la quise más que durante esos segundos.

Un nuevo sonido nos interrumpió. Alguien había entrado al cuarto. Era la enfermera jefe. Una señora de pelo blanco.

—Disculpe, pero la señorita ya le informó que se ha pasado la hora de las visitas —dijo—. Por favor, son las reglas de la clínica. Ya la van a dar de alta pronto a la señora.

Rebeca se puso de pie.

—En realidad, solo venía a despedirme —me dijo.

—¿A despedirte?

—Ya estoy lista para irme, para irme de aquí.

—¿Y a dónde te vas?

—Me voy esta noche. No voy a regresar nunca. Venía a decirte eso nada más. No nos volveremos a ver.

Entonces dio media vuelta y cuando su figura ya había desaparecido del umbral, vi la puerta vacía, el blanco de la pared al otro lado, sentí la desolación del corredor, y me di cuenta de lo que iba a ocurrir. Ella iba a salir de la clínica, iba a caminar por alguno de los parques aledaños y se iba a poner una bala en la cabeza, como hace tiempo lo había planeado. Tal vez iba a esperar a llegar al Parque Mora o a su fábrica en Los Olivos o a la sala de la casa o a la playa, para terminar con sus recuerdos para siempre. Pensé que no había otra razón por la que me había enseñado la pistola en el cuarto. «Ya estoy lista para irme, para irme de aquí».

Entonces me sentí sola, con la soledad de no saber qué hacer ni hacia dónde moverme, perdida para siempre en esa cama. Alcé la cabeza.

Dije su nombre. Lo dije otra vez. La estaba llamando.

* * *

Pasaron algunos segundos.

La puerta se abre. Es ella, me parece que la veo por primera vez.

Entonces salgo de la cama para acercarme. En el largo camino hacia donde está, casi me caigo. Pero Rebeca me sostiene y nos recostamos en la cama.

En la ventana está oscureciendo. Es la última luz de la tarde. Ella se sienta cerca de la cabecera y yo me acomodo en su regazo. La tomo de la mano. La oigo tararear algo, parece una canción de cuna. Estoy recostada encima de ella. Si alguien abriera la puerta en ese momento vería a una madona acunando a su hija.

Entonces aparece una palabra que se había replegado en mis venas durante veinticinco años de olvido.

—Perdóname.

Ella me contesta con un susurro. Me parece que la oigo todavía. La oigo siempre.

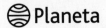
Planeta

España
Av. Diagonal, 662-664
08034 Barcelona (España)
Tel. (34) 93 492 80 36
Fax (34) 93 496 70 58
Mail: info@planetaint.com
www.planeta.es

P.º Recoletos, 4, 3.ª planta
28001 Madrid (España)
Tel. (34) 91 423 03 00
Fax (34) 91 423 03 25
Mail: info@planetaint.com
www.planeta.es

Argentina
Av. Independencia, 1668
C1100 ABQ Buenos Aires
(Argentina)
Tel. (5411) 4382 40 43/45
Fax (5411) 4383 37 93
Mail: info@eplaneta.com.ar
www.editorialplaneta.com.ar

Brasil
Av. Francisco Matarazzo,
1500, 3.º andar, Conj. 32
Edificio New York
05001-100 São Paulo (Brasil)
Tel. (5511) 3087 88 88
Fax (5511) 3898 20 39
Mail: psoto@editoraplaneta.com.br

Chile
Av. 11 de Septiembre, 2353, piso 16
Torre San Ramón, Providencia
Santiago (Chile)
Tel. Gerencia (562) 431 05 20
Fax (562) 431 05 14
Mail: info@planeta.cl
www.editorialplaneta.cl

Colombia
Calle 73, 7-60, pisos 7 al 11
Bogotá, D.C. (Colombia)
Tel. (571) 607 99 97
Fax (571) 607 99 76
Mail: info@planeta.com.co
www.editorialplaneta.com.co

Ecuador
Whymper, N27-166, y A. Orellana,
Quito (Ecuador)
Tel. (5932) 290 89 99
Fax (5932) 250 72 34
Mail: planeta@access.net.ec
www.editorialplaneta.com.ec

Estados Unidos y Centroamérica
2057 NW 87th Avenue
33172 Miami, Florida (USA)
Tel. (1305) 470 0016
Fax (1305) 470 62 67
Mail: infosales@planetapublishing.com
www.planeta.es

México
Presidente Masaryk 111, 2° piso
Col. Chapultepec Morales
Del. Miguel Hidalgo
11570, México, D. F.
Tel. (52) 30 00 62 00
Fax (52) 30 00 62 57
Mail: info@planeta.com.mx
www.editorialplaneta.com.mx
www.planeta.com.mx

Perú
Av. Santa Cruz, 244
San Isidro, Lima (Perú)
Tel. (511) 440 98 98
Fax (511) 422 46 50
Mail: rrosales@eplaneta.com.pe

Portugal
Publicações Dom Quixote
Rua Ivone Silva, 6, 2.º
1050-124 Lisboa (Portugal)
Tel. (351) 21 120 90 00
Fax (351) 21 120 90 39
Mail: editorial@dquixote.pt
www.dquixote.pt

Uruguay
Cuareim, 1647
11100 Montevideo (Uruguay)
Tel. (5982) 901 40 26
Fax (5982) 902 25 50
Mail: info@planeta.com.uy
www.editorialplaneta.com.uy

Venezuela
Calle Madrid, entre New York y Trinidad
Quinta Toscanella
Las Mercedes, Caracas (Venezuela)
Tel. (58212) 991 33 38
Fax (58212) 991 37 92
Mail: info@planeta.com.ve
www.editorialplaneta.com.ve

Grupo Planeta   Planeta es un sello editorial del Grupo Planeta   www.planeta.es